地毯花

赵卫华 著

陕西新华出版传媒集团
太白文艺出版社

图书在版编目（CIP）数据

地毯花 / 赵卫华著. -- 西安：太白文艺出版社，2021.6（2022.1重印）
ISBN 978-7-5513-1833-4

Ⅰ.①地… Ⅱ.①赵… Ⅲ.①散文集—中国—当代 Ⅳ.①I267

中国版本图书馆CIP数据核字(2021)第091138号

地毯花
DITAN HUA

作　　者	赵卫华
责任编辑	曹　甜　关　珊
封面设计	李　珂
版式设计	建明文化
出版发行	陕西新华出版传媒集团 太 白 文 艺 出 版 社
经　　销	新华书店
印　　刷	涿州军迪印刷有限公司
开　　本	787mm×1092mm　1/16
字　　数	270千字
印　　张	16.75
版　　次	2021年6月第1版
印　　次	2022年1月第2次印刷
书　　号	ISBN 978-7-5513-1833-4
定　　价	71.00元

版权所有　翻印必究
如有印装质量问题，可寄出版社印制部调换
联系电话：029-81206800
出版社地址：西安市曲江新区登高路1388号（邮编：710061）
营销中心电话：029-87277748　029-87217872

人生短暂，生命中让我牵挂和感动的是这些可亲可敬的人。他们始终紧紧揪着我，指引着我前行的脚步。

明心见性《地毯花》
——赵卫华散文印象

刘炜评

灯下阅读《地毯花》第一辑"珍珠人生",很自然地联想到了"泛爱天下士"的苏轼。

宋人高文虎《蓼花洲闲录》载:

> 苏子瞻泛爱天下士,无贤不肖,欢如也。尝言:"上可陪玉皇大帝,下可以陪卑田院乞儿。"子由晦默,少许可,尝戒子瞻择友,子瞻曰:"眼前见天下无一个不好人,此乃一病。"

"卑田院"是"悲田院"的语讹,原为佛寺救济贫民之所,后泛指收容乞丐的地方。从苏轼的自道和与苏辙的对话看,其"泛爱"不仅至于"天下士",实包括了士农工商,即各行各业的人们。"泛爱"的原因,是苏轼看谁都好。"此乃一病",是自嘲之语,然话里有话,盖世上看谁都不顺眼者,历来大有人在。

苏轼和赵卫华,一位是北宋官员、大文豪,一位是当代业余作家,两者在人生大多方面,不能不说较少可比性,但在"见天下无一个不好人"这一点上,是近心近情的。

"珍珠人生"聚焦于状人,其后各辑偏于写物、景、事、理,亦涉及不少具体人,合起来有六七十位之多——家人、亲戚、乡党、朋友、同事等,职业、经历、事功等或同或异,但在作者笔下,无一不是善持自己、善待他人、善对世界者。作者宅心仁善,由此可见一斑,也就应了一句俗话:"好人眼里都是好。"

我与作者赵卫华相识近二十年，来往虽无多，情分却纯笃。原因之一，"乡缘"使然：卫华君老家洛南古城镇与我老家商州北宽坪乡，相去不到三十千米；我们早年的生活状况也颇相似，如父亲都在外地工作，母亲都在本地教书；我们的中小学教育，都是在家乡完成的。原因之二，"趣缘"使然：都算得上文学发烧友，自少年以至于今，衣食奔波之余，一直不曾中断写作，又都主要用力于散文一体。

卫华君之于我的一贯印象，可以"敦朴"概言。我以为这敦朴，内蕴于其肝膈，外现为诸言行，绝不是秀出来的"式子"。他不为狂事，不打诳语，责己重以周，待人轻以约。无论面叙、网聊还是通话，都不曾听他说过任何人的不是。他的熟人和我说起他，也无不谓他敦朴人也。其笔墨之精神气象，大多属于温柔敦厚型，其因在此焉。文如其人，信矣哉。

卫华君自道："铭记在心里的是令我感动的人、感动的事、感动的物，才使得我写下这本集子。"（《后记》）乃发自肺腑之语。首先铭记在心、形诸文字的，是老家苦焦而又温馨的生活场景、老家人艰难而又坚挺的走行姿态。可以说，"珍珠人生"是一组真切生动的乡亲别传，不仅注重再现个体生命的"形"，更注重彰显个体生命的"神"：

> 爷的勤劳和处世及教育的思路，抚平了后辈们浮躁的心，使他们不走弯路，不盲从无计划的人生，对正确选择的专业和爱好保持专一、执着奋进的态度，真正成为成功者。（《爷的持家之本》）

> 记得八岁时，我在村上一个空地玩沙子，用石块垒小房子，几个大男孩看见后故意逗我，一个大男孩用脚踢倒我垒的石头，我哭了。舅知道后，找那男孩狠狠臭骂了一顿。舅告诉我："人要自强，人软被人欺。"（《舅》）

> 虽没有大的病症，但她的脊椎变形，背再也不能直起来了，落下了慢性病，让人心酸。但是她总是淡淡的甜美地微笑着，依旧辛苦持家。（《建英姐持家的风范》）

> 表姐夫祁恩全可以说有四十多年的绘画经历了。他的牡丹花画成功了，似乎他心中有朵花，那就是牡丹花。几十年画牡丹，成了

他绘画的常态。(《心中有朵花》)

"心中有朵花",或许可以看作草根阶层"诗意栖居"的象征。人的一生是一个不断克服环境限定性、自身局限性的过程,盖自呱呱坠地之日,每个人的生存场景固已先在,却又并非别无选择。适应、抗拒、超越的三重变奏,是自强不息者的终生主题。而对于草根者而言,每一种自觉,每一次自为,都悲欣交加,乃至不无悲壮性。"向往美好,脚踏实地,匆匆就会向你微笑,用巨臂大手,搂抱渺小的你。"(《匆匆》)是的,是的。所以我读到这些篇章,不仅屡屡心有戚戚,而且常常为之动容。

这部散文集的其他各辑,展现了有滋有味、多姿多彩的"我走我观、我思我悟":"绿色风景"叙日常生活乐趣与体验;"生活美味"道百姓食谱的魅力;"多彩天地"写行旅中的见闻感想;"艺道观望"评多家艺文质相……莫不言由衷发、意不虚表:

"地毯花"给了我们启示:作为普通人,默默生活在这个世界,不就该像"地毯花"一样为社会奉献自己的力量,发出一点点亮光吗?(《地毯花》)

从七个核桃到七棵核桃树苗,是思乡之情再现,也是故乡影子再现。是我那家乡图画的重塑,也是故乡生命的延续。七棵核桃树苗,快快成长壮大吧!(《我种的那七棵核桃树苗》)

我吃了几十年油泼面,从青年到中年,它的魅力就在于香、鲜、耐饥,也显现出其简单、朴素的本质。一种面食,使人感到人生本来就是简单的,只要你求真务实,任何事就会变得如此简单明了。这就是油泼面真正的味道(《油泼面的味道》)

这样的真诚叙议,可谓明心见性,有如汨汨清泉,流溢于字里行间。我喜欢,我回味,我共鸣。

卫华君年届耳顺,情怀裕如。敦朴秉性、丰富阅历、持恒阅读、勤奋笔耕等,玉成了他的文学生涯的充实与稳健,并将支撑他之后的创作臻于更为阔远绚焕的自由王国。我祝愿,我期待,我相信。

是为序。

刘炜评，陕西商州人，号半通斋。1964年10月出生，1985年7月毕业于西北大学中文系。现为西北大学文学院教授、中华诗词学会常务理事、陕西省文艺评论家协会副主席等。主要从事中国古代文学研究、中国当代文学批评、诗歌和散文创作。主要作品有《半通斋散文选》《半通斋诗选》《铁马冰河》《年华暗换在西京》《京兆集》等。

目 录

珍珠人生

小雨中的回忆 / 002
与抗日名将左权之女左太北对话 / 004
李若冰印象 / 007
我所认识的路遥 / 012
偶遇陈忠实 / 015
与贾平凹对话 / 017
王海兄印象 / 019
怀念彭转社 / 021
怀念文兰 / 024
魏德君与他的红色记忆馆 / 026
刘炜评的悟性 / 028

孙见喜印象 / 030

何丹萌的戏剧创作天赋 / 033

肖云儒先生印象 / 035

王志杰与茂陵博物馆 / 036

徐宗德印象 / 039

解伟的教子之道 / 040

蒙永的教育观 / 042

王建哲兄的关怀 / 043

李莉的孝道 / 045

爷的持家之本 / 047

慈祥的外婆 / 049

舅 / 051

善良的妗子 / 055

老爷的烤茄子 / 058

病中的父亲 / 059

母亲腌的那缸大白菜 / 062

失语 / 064

婶娘 / 066

一双虎头鞋 / 068

一碗煎水 / 070

一碗豆花 / 073

成治哥的文艺爱好 / 075

建英姐持家的风范 / 077

东琴姐 / 079

心中有朵花 / 081

西娃哥 / 083

西琴姐 / 085

表弟敬红 / 087

女儿　/　089

那年隆冬尕娃送我时　/　091

院子那些娃　/　093

偏科改行的主持人夏青松　/　095

文友贾松禅　/　097

孙永琳的摄影美　/　099

西房的勤劳　/　100

绿色风景

地毯花　/　104

在故乡过春节　/　106

商洛山中的黑龙口豆腐　/　110

老屋　/　113

城市待久了多望天　/　116

漫沟　/　118

空山鸟语五象岭　/　121

我种的那七棵核桃树苗　/　123

清明细雨采白蒿　/　125

沣河边观柳　/　126

暑热蝉鸣听小说　/　127

酷暑坐车见闻　/　129

匆匆　/　131

感受大自然　/　132

河床上的古杨树　/　133

沙河边采"鹿肚子"　/　134

阳台上不知从何处飞来一只鸟　/　136

三篇短文　/　137

雪中练车 / 138

老屋背后那棵柿子树 / 139

羊毛湾水库的大青菜 / 140

沙河里逮鱼 / 141

羊毛湾水库中的鱼 / 142

过年的记忆 / 144

沙河堤边拾地软 / 146

特色婚礼点缀生活之美 / 148

山静鸟鸣树林幽 / 149

雨中菜园 / 151

望海 / 152

钻探场上用餐 / 153

我爱买葱 / 154

马的神气 / 155

水磨房 / 157

凤翔东湖园林美 / 159

人无亲情牵挂的时候 / 161

古城中学校园的绒花树 / 162

关山草原之美 / 163

中条山下白菊开 / 167

担水点煤油灯烧柴的年月 / 171

大山里的读书声 / 172

读懂渭河 / 174

宁静的田园 / 177

感悟西安 / 178

商洛核桃 / 180

南宁五象岭观雨 / 182

生活美味

油泼面的味道 / 184

箸头面 / 185

宁强熏肉 / 187

商洛山中的槲叶粽子 / 189

古城镇的水煎包子 / 191

关中美味肉夹馍 / 192

饦饦面 / 195

多彩天地

天下之幽青城山 / 200

天下之美桂林山水 / 202

秦鲁空中夜行 / 204

游西安曲江海洋世界畅想 / 206

登南宁龙象塔印象 / 208

香港见闻 / 210

故乡行 / 213

游圆明园思考 / 216

艺道观望

李基源书法欣赏 / 222

张艺谋艺术视觉简析 / 224

沙石文学作品中的哲学思路 / 226

读孙犁先生散文《母亲的记忆》有感 / 229

胡适散文《我的母亲》的艺术感召力 / 235

李宏涛先生的书法与人品 / 239
岳晖花鸟画欣赏 / 241
陆树铭《一壶老酒》的歌曲艺术感染力 / 243

片言只语

说认人 / 246
蛹虫草茯茶的魅力 / 248
借《汉武大帝》扬咸阳之名 / 249
说通畅 / 250

后记 / 251

珍珠人生

小雨中的回忆

每当下小雨时,我的眼前便浮现出王相泉的身影。他那"卖豆腐——卖豆腐!"的洪亮吆喝声,似乎刚刚在耳边响过。

那是去年9月的一个早晨,天阴沉沉的,一会儿,天空中落下了几滴零星的雨。微风吹过,雨便淅淅沥沥地下开了。

这一下就是七八天。我们的驻地要是逢了这样的连阴雨,道路泥泞,人人都为买菜发愁。正当这时,他就来了。

他有四十多岁,身穿一件褪色的蓝色上衣,一条黑涤纶哔叽裤子,衣服皱巴巴的,给人的感觉不算富有。他的脸又黑又瘦,胡子拉碴的,目光中没有一丝狡黠,个子虽矮,但很结实、精干。他蹬着三轮车,带着好几筐豆腐,却并不显得吃力。

看到他被雨淋湿了,我关心地问道:"雨天你还来这儿卖豆腐,不怕淋雨?"他笑着对我说:"不要紧,习惯了。"

"买两斤豆腐!不知你的豆腐咋样?"这声音打断了我俩的对话。

"我这豆腐,不好的话,你就别买。来,先尝点。"他说着,用粗糙的手拿着薄刀片切了一块递给了这个人。那人尝了后,便让王大哥给他称。待了一会儿,我也让他给我称一斤半豆腐,他麻利地切了一块,一称,一斤五两半,我真服他的刀下功夫。我摸摸口袋,唉,太不凑巧了,只有一毛多。他看见我这样子,就说:"你先拿走吧!明天我来时再给钱……"我便有点不好意思。

这时,小雨点轻轻地打在树叶上,几个小孩叠了小纸船在积水潭里嬉戏。雨幕中,卖豆腐的大哥还在叫卖着。他的到来,使泥泞的路面上留下了一条条深深的车轮印。雨中不时地传来他和买者的声音。他薄薄的衣衫和裤管上溅满了雨水和泥点。

时间一长，认识他的人就多了。只要他一来，人们就向他微笑，问长问短。说实话，他来此地后，和我们这些人也愈来愈亲近了。一次，他对我说："平常人们都爱吃我这豆腐，更何况在雨天，这里偏僻，买菜难。你们这里的人都盼我来，你说不来咱心里踏实吗？再说，豆腐是个好东西，从营养角度看，它不但是生活中不可缺少的营养品，而且味道鲜美，可谓物美价廉；它也是我国城乡人民喜爱的传统食物。"

他的话引起了我的沉思，做豆腐买卖，利小本大，随着物价上涨，现在卖豆腐的人已是寥寥无几，而他就像磁石一般选中了它。小打小闹，从事这平凡的劳动，方便了我们这些偏僻乡村的群众。

雨越来越小，我望着窗外的雨丝，忆想之情再次升华。卖豆腐的大哥不就是像雨一样，滋润土壤，以微小的贡献改善人们的生活吗？

1989年4月

与抗日名将左权之女左太北对话

2006年10月22日,在纪念红军长征七十周年之际,由多家单位主办及共和国元帅、将军子女参与的重走长征路,缅怀革命先烈活动中,我作为企业代表有幸参加了华商报社等组织的与共和国元帅、将军子女的见面活动,近距离与抗日名将左权之女左太北对话。

左太北中等个儿,穿着朴素,语速慢,显得和蔼可亲。她看上去与我母亲的年龄差不多。我对左太北女士说:"前一段时间,我看了二十集电视连续剧《抗日名将左权》,很感人,也很震撼人心。我看您长得很像您母亲。"

她说:"我也看了,父亲最会打仗,作战前,都是实地细致察看后,才分析研究决定部署方案。电视剧拍的肯定与实际还有距离。"我肃然起敬,知道她对她父亲很是钦佩。我还说:"我是做策划的……"她说:"策划,在作战中,就是参谋的角色。"可见她对军事也是很熟悉,而且说的都是关键点。

后来我从她的介绍资料上得知,她1940年5月27日出生于山西省左权县麻田八路军总部,是八路军副参谋长左权与刘志兰唯一的女儿。因为生在太行山北麓,所以,她父亲左权给她取名"太北"。

实际上,左权将军牺牲时,左太北不满两岁,父亲的形象在她的记忆当中十分模糊。随着左太北慢慢长大懂事了,她从母亲刘志兰和老一辈革命家那儿了解了她父亲的身世以及革命战斗经历。她母亲刘志兰也是一位有学识的女性,一二·九运动时期很活跃,是北师大女附中"民先"队长。到延安后,在中共北方局妇委工作,并任陕北公学分校教导员,1939年4月16日同左权在八路军总部潞城北村结婚。婚后一年为年已三十五岁的左权生下女儿左太北。1942年5月,左将军不幸牺牲,二十五岁的她,与左权婚后仅仅相处了三年多就天人永隔了。刘志兰当时伤心欲绝，在朱德总司令的一再安慰鼓励下，强忍悲痛，并在延安《解放日报》撰文纪念左权，其文感人肺腑，让人伤痛至极。她不仅博览群书，文采好，下笔千言，更有一手好书法，北师大女附中的不少同学以其字为帖。

从与她的对话中，我感到她父亲左权在她心目中是一个高大的形象。在她了解了父亲后，写了不少关于父亲的书，来纪念她敬爱的父亲。

左权1905年3月15日生于湖南醴陵，1925年加入中国共产党，同年12月赴苏联学习，1934年参加长征，参与指挥了强渡大渡河、攻打腊子口等战斗。红军长征到达陕北后，左权率部参加了直罗镇战役和红军东征。1936年，他担任红一军团代理军团长，率部西征并参与指挥山城堡战役。抗日战争爆发后，他协助指挥八路军开赴华北抗日前线，粉碎日伪军"扫荡"，发展壮大人民武装力量，取得了百团大战等战役、战斗的胜利。1942年5月，日军对太行抗日根据地发动大"扫荡"，左权指挥部队掩护中共中央北方局和八路军总部等机关突围转移时，不幸牺牲，年仅三十七岁。左权生前以学习刻苦、精于钻研，博得了人们的尊敬。他阅读了许多政治理论、军事理论的书籍，对八路军的军队建设、军事理论建设做出了突出的贡献。他与刘伯承合译的《苏联工农红军的步兵战斗条令》，于1942年被十八集团军总司令部列为步兵战术教育的基本教材，并要求"今后本军关于现代步兵战术的研究，均应以此为蓝本"。他对战术问题特别是游击战术的研究颇有创新，为中国著名的游击战术创始人之一。2009年，左权被中央宣传部、中央组织部等八个部门评为"100位为新中国成立做出突出贡献的英雄模范人物"。

据资料介绍，左权牺牲后，全党全军悲恸，党内军内主要领导人都题诗撰文纪念左权。周恩来称他是"有理论修养，同时有实践经验的军事家"，"足以为党之模范"，"左权壮烈牺牲，对于抗战事业，真是一个无可补偿的损失"。朱德赞誉他是"中国军事界不可多得的人才"，并写下《吊左权同志在太行山与日寇作战战死于清漳河畔》："名将以身殉国家，愿拼热血卫吾华。太行浩气传千古，留得清漳吐血花。"彭德怀撰写和手书了《左权同志碑志》："壮志未成，遗恨太行。露冷风凄，恸失全民优秀之指挥。"轻易不动笔不动情的林彪为纪念左权，写下一首长达百多行的抒情长诗《悼左权同志》，以"凌霄"的笔名发表在1942年6月19日的《解放日报》上。

1942年9月8日，晋冀鲁豫边区政府为纪念左权，将八路军总部驻地辽县改名为左权县。1942年9月18日，辽县党政军民等五千余人举行了辽县易名典礼。1946年，毛泽东批准在刚解放的邯郸建立以左权墓与左权纪念馆为中心的晋冀鲁豫烈士陵园。一贯反对搞个人崇拜的毛泽东亲自批准保留左权县的县名。左权的家乡湖南醴陵市将城区的几条大道分别命名为左权东路、左权西路、左权南路、左权北路。1949年，解放军南下解放全中国，朱德命令所有入湘部队都要绕道醴陵去看望左权将军的母亲，第一个去的是四野第四十军军长罗舜初，后来是二野第十三军军长……从他们的嘴里，老太太才知道自己日思夜想的小儿子已为国捐躯七年了。

可见左权牺牲后，牵动了多少人的心。

与抗日名将左权之女左太北对话后，我发现左太北是一位很有修养和思想的女士，为人随和、可亲、可敬。从对话中我也感觉到她的坚强。

她说，她为有一个伟大的父亲而自豪。她有一种责任，就是继承和发扬她父亲及老一辈革命家的光荣传统，发扬红军长征精神，从而不畏艰难，忘我工作，勇往直前。

我为认识英雄之女而骄傲。

2018年5月31日

李若冰印象

著名作家李若冰和蔼、可敬的形象，让人一直想念。他是泾阳县人，1926年生，2005年去世。

1949年，他开始发表作品，笔名沙驼铃，1956年加入中国作家协会。著有散文集《在勘探的道路上》《柴达木手记》《旅途集》《红色的道路》《神泉日出》《高原语丝》《塔里木书简》《满目绿树鲜花》《李若冰散文选》等。另有文集《永远的诗人》（李若冰文论集）、《李若冰序文集》《李若冰文集》（四卷）等。1993年曾获青海石油文联突出贡献奖。

朱鸿曾在《李若冰先生》一文中写道："推贤进士是先生最可贵可敬的品质，20世纪80年代……陕西文化界公认先生为风雅之司命。三秦的青年，凡有志者，有技者，谁不盼投奔先生，博得先生的激赏，从而有一个平台，以振翅远飞……先生的甄拔与调度，奠定了陕西文学、艺术、电影和出版的格局，尤其是给陕西文化界注入了强劲的朝气、生机和清气……先生是一位散文作家，著作甚丰，影响颇大，并孜孜促进陕西的散文创作。他对散文作家倾注着热情，只要发现有特点的作品，便不惜口舌，见了同道就夸。他夸过刘成章的作品，夸过李天芳、李佩芝的作品，也夸过匡燮与和谷的作品，当然也夸过贾平凹的作品。先生是散文的妙手，风格清俊，意境明澈，论中国散文少不了李若冰这一家，然而他从不夸自己……李若冰先生深具领袖风范，一向忘己立人且达人，素能不偏向，不伐异，不嫉妒，不毁钟，不鸣瓦，弃谗拒佞，凌是非之上，近乎于仁，岂非吾曹的一个景仰吗？"

李若冰被称作披了一身柴达木风沙走进中国文学史的老一代作家，从20世纪50年代起，他就和他笔下的柴达木一起享誉中国文坛。他的《柴达木手记》几次再版，每一次再版，都会在社会上掀起一股柴达木热，因而产生了广泛而深远的社会影响。此后，他去过大庆油田塔里木盆地，还代理过大庆油田党委宣传部副部长，写下了一系列讴歌石油人的作品。他的石油作家之称就是这么来的，因而荣获了"中国石油铁人文学特殊贡献奖"。

2001年10月18日，李若冰随陕西电视台的"沙驼铃"摄制组再次来到青海油田敦煌基地，这是李若冰第六次来青海油田，与他第一次涉足柴达木已经相距整整四十八年。其时，李若冰已是一位七十六岁的老人，身体状况不允许他再进盆地，这给老人造成了六到青海油田却只能五进柴达木盆地的极大遗憾。李若冰和工人最有感情，特别是一线工人，他笔下的文字始终都和人民群众血肉相连。这次不能如愿，他不甘心，说过几年还要来，没进盆地怎么能叫又到了青海油田呢？

李若冰1926年出生于陕西泾阳云岗镇，本姓刘，由于家境贫寒，一生下来就被卖到杜家，随养父的姓，取名杜西山，小名虎娃。后来养父母双双病逝，他便成了孤儿，由杜姓的四叔和大伯照料。据说李若冰的李姓，源自生母姓氏，若冰取"一片冰心在玉壶"之意，他和妻子一个叫若冰，一个叫抒玉，寓意他们纯洁的爱情。

李若冰十二岁的时候，一个偶然的事件，改变了他的命运。一天，从北山上下来了一个孩子流亡剧团，搞革命宣传活动，住在他家对面的棉花店里。团长叫杨醉乡，是个中年男子，可孩子们却亲切地叫他杨妈妈。李若冰羡慕这样温暖的集体，他缠住杨妈妈要参加剧团，可因大伯不同意未能如愿。几天后，他和一个小伙伴偷偷离家出走，找到了八路军驻云阳办事处，被安排藏在去北山拉棉花的大车里，终于追上了边演边走的流亡剧团，来到延安。

在延安，他开始了全新的生活，边排练，边开荒种地，还上了边区艺术学校，接触到了《西游记》《水浒传》等传统小说。他是个刻苦而有天赋的孩子，后来考取了鲁迅艺术学院文学系，1944年开始练习写作。1945年调到中央宣传部做助理秘书，后随中央机关转战陕北。1946年调到第一野战军骑六师，主办《群力报》，后调到西北军区政治部任秘书。1950年转业，入北京中央文学研究所进修，并开始在《西北文艺》《文艺报》《小说》等报刊上发表作品。1953年调回中国作协陕北分会从事专业创作。他最初涉足石油勘探是在1953年夏天，那时他刚刚从北京中央文艺讲习所结业，在陕北石油探区，他心中产生了一种强烈的冲动,于是,第一组表现石油生活的散文《陕北札记》,在11月的《人民文学》上与读者见面。此后,他要求到地质勘探单位挂职,担任了酒泉勘探大队副大队长,与队员们建立了深厚的感情。

1954年9月,李若冰跟随燃料工业部石油管理总局局长康世恩带领的柴达木地质考察团,与著名诗人李季等人一起第一次进入柴达木盆地。柴达木盆地以稀有的地理地貌吸引了专家、学者们注意的同时,也以她的神秘、沧桑极大地激发了李季、李若冰的创作热情。由此,柴达木盆地有史以来第一次被赋予了文学的浪漫走进作品。李季的《柴达木小唱》从此脍炙人口,而李若冰则这样描述柴达木:"满眼是无涯无际的沙海,天上地下飘着变幻莫测的云雾,仿佛到了另一个世界似的。"他一口气写下了《在柴达木盆地》《勘探者的足迹》《在严寒的季节里》等作品,在社会上产生了深远的影响,使柴达木的勘探队员一下子上升为青年心目中的偶像。后来,他在北京参加中国作家理事扩大会时,和柳青等几位作家受到周恩来总理的亲切接见。周总理握着李若冰的手说:"你很年轻,希望你继续写出大西北地质工作的好作品。"他那时确实年轻,只有二十八岁。

1957年,李若冰第二次奔赴柴达木盆地。他写柴达木绮丽的风光,写勘探者的精神。这些篇章后来结集为著名的《柴达木手记》,感召了一代有志青年。有意思的是,这本书出版时,书中的好几位主人公都被打成了右派,按照当时的惯例,右派的名字是不允许出现在出版物当中的,但是李若冰凭着他正直的本性,不肯违背生活的真实和艺术上的良心,他没有把柴达木的反右情况告诉出版社,于是这些创业者的形象,才得以深入读者心灵。

1958年到"文革"前,他先后在陕西礼泉农村和大庆油田深入生活,并写了一些反映农村和工业建设的散文和报告文学。1959年出版散文集《旅途集》。"文革"中,他一度搁笔。

1971年,他重返陕北,写出一组反映党中央转战陕北生活的散文,收入《神泉日出》中。其后继续在礼泉、大庆油田体验生活。1979年任中国作协陕西分会副主席。

1980年,李若冰第三次来柴达木。故地重游,使李若冰感慨万千,思如泉涌,于是,又一批反映柴达木的作品问世。他说:"我热爱生活,热爱大自然，似乎离开了这些，我就无法动笔，就失去了灵魂。这就是我几十年来写的多是野外勘探者生活的缘故。这些地方都很荒凉，是被中外探险家称为生命禁区的，然而越荒凉越有宝贝，越有人们需求的热源和稀有矿藏，越是荒凉越能显示人类的吃苦耐劳精神和创造的魅力。我正是从他们身上，真正领悟了人生的意义和生命的价值。"

1987年，李若冰四进柴达木之后，又去了西部新的石油探区塔里木盆地。他的《塔里木书简》被认为是他文学创作生涯中的又一个高峰。时隔六年后，李若冰又于1993年五进柴达木，他对柴达木始终有着一种至深至纯的爱。他深情地写道："柴达木，久久地向往你！我仿佛始终在不停地跋涉，一次又一次怀着炽烈的渴望，投向你神奇的怀抱。"

李若冰的文学人生和石油结下了扯不断的缘，他不停地追赶着石油发展的步伐，除了柴达木，他还先后去了华北、中原等油田，还去了海上石油基地。他不断讴歌石油人的风采，1999年被国家授予"中国石油铁人文学特殊贡献奖"。李若冰自十六岁在延安边区刊物上发表第一首诗作开始，已走过六十多个年头。他是永不疲倦的跋涉者，也是中国当代文学史上一位成绩显著的散文作家。

其代表作散文《龟兹乐舞之乡》以磅礴大气的风格，深邃凝重的意蕴和文化色彩形成了独有的魅力，在艺术表现方面和语言方面都具有鲜明独特的个性。

李若冰不但是延安文学和新中国文学的连接人，更是西部新时期散文的连接人。

他的散文从始至终贯穿着一种文学殉道精神，自由、奔放而且豁达，充盈着一种时代意识与自然意识，表现了人和自然相知的主题。

我与李若冰先生认识是在1991年4月，当时，我刚二十九岁，在临潼参加《人民文学》创作培训中心召开的笔会，李若冰先生与其他著名作家作为特邀领导和嘉宾与青年作者们见面，讲文学创作经验并鼓励青年作者们多写，要有坚定的创作信念和勤奋精神。会后，我要返回西安给广东文友购买火车票，凑巧与李若冰先生共乘一辆丰田面包车返回西安，车上还有胡采先生、著名作家路遥、著名诗人晓蕾、散文家李天芳等人。路上，我与路遥、李若冰先生聊了关于文学创作之事。路遥很谦虚，李若冰先生更是和蔼，他说省作协离我们单位近，他与我们那儿的党委书记很熟悉。我说还有分部在咸阳。

下车后，我说有一篇散文，想让他看看，他便邀请我到他家。他家里很整洁，书香气浓厚，我在他的书房里同他聊了不到半小时，我便把我写的散文《地毯花》稿子给他。我准备给他留两角钱，作为邮寄贴邮票用，他说："你这小伙子，我咋连两角钱都花不起？我看后给你寄过去……"我看他态度坚决，便没再坚持。就这样，我与李若冰先生握手分别，他送我到门口，随后，我返回了咸阳。

一周后，我正上班，传达室的马国强师傅叫我，他说："卫华，有你一封信，是省作协的……"我说："谢谢！"看见此信，我的心里有说不出的高兴，有一位同事见此开玩笑说："作协的信？没见你写东西呀，得是同名同姓寄错了？"我随口回道："就是寄错了……"我暗想，以后更要谦虚了。

打开李若冰先生的信，见信如见其人。他写的钢笔字潇洒自如，如疾风，又如飘洒的雨，令人振奋，给人力量。

他在信中对我的散文《地毯花》给了很高的评价，也提出了相关的修改意见，使我心潮澎湃。感谢这位著名老作家给了我热情洋溢的寄语，让我一辈子也不能忘记他诚恳的评语。那篇散文也让《人民文学》的编审刘翠林老师看过，她也给了好评和建议。此后，我将此文改了几遍，随后在湖南《新化文艺报》上发表，还在《咸阳人口报》上发表，又在咸阳《秦都》杂志上作为青年作家散文作品刊登。

2007年，此文被《华夏散文选萃》一书收录。李若冰先生给了我文学自信，感恩他的大家感言，李若冰先生不愧是文学青年学习的榜样，他的文学精神让人体会到一位著名文化人的风范。先生虽已逝去，但他那光辉的形象永远在我心中铭记，虽然与他接触时间很短，但他的认真、细致、负责，让我一辈子难忘。只有以自己的特长发掘更大的潜力，写出更好更多的作品，才是对老先生最大的回报。

2019年2月23日于咸阳

我所认识的路遥

　　1991年春，《人民文学》创作培训中心在临潼开笔会期间，我作为一名学员受广东两位老同志之托返回西安为他们预订火车卧铺票，正好创作培训中心培训部的主任向前安排陕西天文台招待所的司机送陕西作协几位作家，《人民文学》的曹凌云编辑便吩咐我随行，她也陪同前往西安。车大概是丰田面包，我急忙上车坐在一个离车门不远的座位上，坐稳后，才发现坐在车门右侧第一个座位上的是路遥。来自全国各地参加笔会的文友达两百多人，在天文台礼堂里，因距离远，看不清路遥的面容。在车上近看，他有五十多岁，穿着朴素，身体微胖，上穿灰色哔叽夹克，下穿青灰色的筒裤，脚蹬黑色三接头皮鞋。他头发已白了不少，但有一种说不出的气质。

　　车飞似的驶到了宽展、笔直的西临高速公路上。我从兜里掏出一盒窄版金丝猴烟并抽出两根，其中一根递给路遥，并冒昧地说了一句："路老师，请抽烟！"他看看我，也看看烟，随后操着一口地道的陕北话说："谢谢！我抽惯了一种烟，不要了。"我纳闷了。一会儿，我发现他抽的是红塔山烟，也许人抽惯了一种牌子的烟便对其他烟没啥感觉，也许红塔山烟是他的创作灵感烟，他对烟有苛刻的要求。半年后，我看到别的资料上介绍他抽烟很凶，专抽红塔山，创作时，在房间的好几处都放着几盒拆开的红塔山烟，我才理解了，他把烟与创作紧紧连在一起，烟给了他思考，给了他启迪，给了他灵感。

　　过了一会儿，我又知道我旁边是陕西省作协党组书记李若冰同志，前面是省作协主席胡采同志，后面还有女作家李天芳、诗人晓蕾夫妇。我以学生的身份求教于路遥老师，我说："路老师，您好！请问散文怎样才能写好？"他很和善、谦虚地说："我只是写小说的，写散文我是个外行，你问后面的李天芳吧。"我猜想，他可能是由于有两位老前辈在而谦虚不说罢了。但我还是追问他有关小说的问题："路老师，写好小说，成功之道在于哪儿？"此时，他很干脆地回答："多读书。"看来他不是不想说，是我的问题不对路。我初步观察到他这人性格内向，言语不多，但说得很深刻，表露出他是一个实在人。我见他像是在思索着什么，便不想打扰他了。就这样，我再没和他说啥了，只是和李若冰同志聊了一会儿。

在我回到家时，思考着路遥言简意赅的话，以及"多读书"的含义。几个月后，我查询了相关介绍路遥关于文学创作的经验谈，知他读书的面很广。

他数十年坚持阅读，他的阅读偏好与他的文学创作息息相关。从他的绝笔作品《早晨从中午开始》中可以看到，他有着惊人的阅读量，他的阅读涉及面非常广泛。

文学书如《创业史》《青年近卫军》《钢铁是怎样炼成的》《把一切献给党》《铁流》《红楼梦》《三国演义》《静静的顿河》《安娜·卡列尼娜》《外国作家谈创作经验》《法国当代短篇小说选》《海明威短篇小说选》《歌德谈话录》《鲁迅文集》《戈拉》《简·爱》《百年孤独》《霍乱时期的爱情》等，尤以外国文学作品居多。杂志如《延河》《萌芽》《收获》《小说月刊》等。在延安上大学时，路遥的床头经常放着两本书，一本是柳青的《创业史》，一本是艾思奇的《辩证唯物主义历史唯物主义》，这两本他百看不厌。

他七读《创业史》，三次阅读《红楼梦》。他常说："多读书，会读书。"这是路遥的读书体会。就像路遥纪念馆研究员、作家秦客写道："观路遥这一生，他有过几次华丽的转身，从山村一步步走到城市，从贫困学生到受人尊敬的作家。他的几次转身，起到关键作用的就是从未停止的阅读。"路遥离开的日子，他的文学作品像一股清澈见底的山泉，流向了世界文学的大海，滋润着阅读者的心灵。

他在一次答问时，讲到他七岁就被亲生父亲送养给伯父，是因他家中兄弟姐妹多，父母养不起，送养就能上学。他苦难的童年经历，使其有了《在困难的日子里》这样的作品，如此的童年，让人伤感。生活不易，却造就了一位非同凡响的作家。

车驶出了高速公路，进入了西安城。我又凝望着路遥老师，他很斯文，不怎么浓密的头发中夹着不少白发，我猜想他大概有五十岁了吧，后来，我知道他才四十二岁，比我年长十三岁。1992年11月，我知道了路遥老师去世的噩耗，不禁伤心落泪。他早早地离开了人世，但却为中国文学事业留下了辉煌巨制——长篇小说《平凡的世界》，为一代又一代青年创业、奋斗树立了学习的榜样。

车在陕西省作协大院平稳地停下，我和曹凌云同志搀扶着胡采主席、李若冰老师，随后，路遥老师同李天芳同志和我握手告别。我说："路老师，以后可能我还要求教于您。"他说："不敢，你想来就来吧。"分别后，本来我想找他看看我那稚嫩的习作，谁知，一拖再拖，不承想，他竟在第二年11月英年早逝，与我们这些学员真正分别了。

我真后悔那天在车上没和路遥老师多说几句话，如今，再看他的《平凡的世界》只觉得他真是用血蘸着写的。他说过，写作，如上法场，他做到了，他也太累了。我想，认识他既是文学之缘，也是福分，因为有了学习榜样，使我有了文学自信：只有写下去才有希望。

路遥老师，您是太疲倦了，您就好好休息吧！

1993年4月初稿
2018年4月定稿

偶遇陈忠实

2004年10月31日，我在西安参加文友文兰老师长篇小说《命运峡谷》的作品研讨会，正好碰见著名作家陈忠实、京夫、方英文、叶广芩、孙见喜，文学评论家李星、刘炜评等。

开会前，我去见陈忠实老师，自我介绍了一番后，请教了他对散文创作的建议，他很重视我提出的问题，并说："写东西，要有特点，尤其我们这些搞文学创作的人，初学，可模仿。发表一些作品后，下来要有自己的风格，对于散文，以真、善、美为根本，但须有新颖的特色，朝创新理念发展……"我茅塞顿开。早在1991年，《人民文学》创作培训中心在临潼召开全国优秀学员笔会时，编审王南宁老师曾说过创作散文应注意的几点："作者动笔时必须对你写的作品有所感受，作品感动自己，才能感动别人。对写的主题要有所感悟，在观察生活时要注意分析，发现亮点，有了好悟性，才能出真、美。有了真情实感，就能出彩。没想到，没悟到，就别硬写，否则，就是败笔。优秀名篇能如此传承，一代又一代人传诵吟背，就是因它有光彩耀人的一面，如明珠放光。"陈忠实老师也同样讲出了创作散文的关键，让人敬仰。

我为陈忠实老师对文学创作的深刻的洞察力而深感钦佩，特请他为我写句寄语，他很爽快，坐在黑色靠背椅上用力拿签字笔写下了："独立体验，独成一家。"让我受宠若惊。我为陈老师道出了散文创作的灵魂而感慨。至今，在我写散文时，哪怕是一篇普通的文章，我都要想，它能打动我吗？只有让我感动的人和事及物，才能成文，否则，就别写。只要写两百个字以上的文章，便要推敲再推敲，用陈忠实老师的寄语鞭策我、激励我，多年来，力求写好每一篇文章。我想，经典名篇只有凝结着作者的生命体验、人生体验及对生活的观察和思考，才会经久不衰，也激励无数人继续前行。我将以陈老师之言督促自己，不辜负他的教导。

  2016年5月，我得知他去世的消息，心里很难过。幸而省作协副主席、咸阳市文联副主席、著名作家王海知道后，同我一起去省作协大院吊唁陈忠实老师。在祭奠大厅，我向陈老师三鞠躬，以表敬意，并留言悼念："陈老师，一路走好。"

  在今后文学创作的路上，我仍然要向陈忠实老师等优秀作家学习，勤奋创作，发掘生活中的动人之处。多出新作品，才是对陈忠实老师最大的报答。

2018年5月27日

与贾平凹对话

2009年4月底,文友于国良打来电话说,贾平凹老师要来咸阳陕西科技大学做报告,让我与他一块儿去。随后,我与妻子一起在4月29日下午三点前赶到陕西科技大学的大礼堂。

进入大礼堂,见前几十排座无虚席,我们在后排找了几个空位置坐下。报告会上,贾平凹向学生们及文友们谈了自己的创作经历以及对事物分析和观察生活的视角,也谈了多读书的重要性及选择书的方法。这让在座的所有听众受到了一次难得的文学创作启发,受益匪浅。实际上,这是我第二次听贾平凹老师做文学报告,第一次是在咸阳师范学院教学楼大门口,那次是学校图书馆组织的,可惜听完后没有参加对话会。

大约在四点半,报告会结束了,大家都纷纷退场,我也准备回家。走在南校区的路上,正巧碰见文友王三龙,他告诉我:"卫华,走,楼上小会议室有贾老师与文友们的对话会,不妨听一下。"

到了会议室,在座的大多是咸阳文学界的新老朋友。对话会开始后,先是几位写长篇小说的文友与贾平凹对话,他们向贾老师请教了有关创作小说的几个问题,如主题把握、人物性格刻画、故事主线等,贾老师一一回答。

我问了散文创作方面的问题。我说:"贾老师,您好!我是写散文的,也是商洛人,我母亲是丹凤人。看了您好多散文,都很美,都是从小事上写,反映出一个大主题,如《丑石》,气势磅礴,用词极具特点,耐人思考,给人启迪。请问,您一般写散文咋构思?"

贾平凹老师思索了一会儿,用地道的商洛话答道:"你问的这个问题有点大。但根据我创作散文的经验看,我一般写文章都是想好了就写,没啥固定模式,我写一篇散文,思考好后就一气呵成,从不拖……"

他说话诚恳，说得具体、实在。我很高兴，在对话会中我成了唯一与他交流散文方面的人。我从中受到了很大启发。

分手时，我对他说，我与何丹萌是亲戚，他点头，因他与丹萌是要好的文学朋友。他为我写下了手机号，之后，我因一些文学方面的问题曾与他通过两次电话。

我曾用发表第一篇散文《小雨中的回忆》的稿费买了贾平凹老师的长篇小说《浮躁》，叹服于他的才华。1991年12月10日，我还在书摊上买下作家出版社出版的贾平凹老师的散文集《抱散集》，共有散文五十九篇，其中《丑石》为首篇，《月迹》《五味巷》《一棵小桃树》《商州又录》《黄陵柏》《酒》《人病》《祭父》等都引人深思。就《风雨》一文来说，让人佩服贾平凹深厚扎实的文学功底，作品写于1982年，是贾平凹早期的优秀散文。我认为，成功之处在于细节描写独到，动词用得多，增加了文章的灵性，使人身临其境。文字随风雨变化，使植物与动物及人物相呼应，如立体的风雨图，似乎字在说话。字中有声，声中有情。文中结尾处点明人物，使其有了生命的活力。这都足以表现出贾平凹极强的观察力。《祭父》一文，我看了好多遍，每次看，都让人感伤贾父的辛酸不易。贾父逝去后，贾平凹作为长子有责任、有义务撑起他的大家。就如他在文中写道："为了父亲，我们都在努力地活着。"表现了贾家人的坚强意志。

前几年，我还买了他的散文集《四十岁说》，看后爱不释手，后被一位同事借去看，一直没还，我想，大概同事是太爱此书了。同时还买了贾平凹的小说《病相报告》和长篇小说《怀念狼》《土门》《秦腔》等。

对话中，我觉得他在朴实的语言中显示出他的大智慧，他用平常的心态看待人生、看待生活。热爱文学创作的人，应该向他学习。不光是在创作上发奋努力，勤奋动笔，重要的是要有高瞻远瞩的文学创作眼光，才能使作品篇篇耐人寻味，部部站立在文学的顶峰上。只有一步一步夯实文学基础，我们才能登高望远。

2018年5月26日

王海兄印象

称作家王海为兄，是因其比我年长五岁，认识他时是在2004年，至今已有十四年了。

王海视我为弟，是因他家有兄妹四人，他排行老大，1957年生。我与他的一个弟同龄，因而互称兄弟。他作为兄长，不但在帝陵文化工作中与我交流，还在我兼职担当《五陵原文化报》副主编时，让我了解了不少关于咸阳历史方面的知识，认识了不少省内乃至全国的著名历史学家。他为副刊提供了咸阳文学界的新老朋友的不少文学作品，也使我与徐宗德老师、苟晓锋先生和王海兄把《五陵原文化报》办得还像是一份报纸。几年中，报纸有了一定知名度，特别是在2005年"咸阳帝陵文化高层论坛暨咸阳城市文化誉名定位研讨会"上确定咸阳命名宣传中和纪念世界刘氏联谊大会中起到了积极的宣传作用。报纸被刘氏友人带到了东南亚几国。

后来，由于办报经费问题，《五陵原文化报》改版更名为《秦汉文化》专刊，由原市二纺医院出资合办。我重新学习，接触医疗卫生，学习新的医疗知识。王海兄也常鼓励我："与新单位合作，要有创新意识，再发挥出你的才气来……"

他还常在日常生活中关心我，最让我感动的一次是，他送来了几篇作品，对我说："收入多一点是一点，多出了几百元收入，也可给娃买书本……"这话让我至今难忘。

几年中，我们办的《秦汉文化》专刊也在二纺医院的宣传台上发放，医疗卫生栏目因其知识容量多，深受就医者的欢迎。王海兄称："有了一定特色。"

随着时间推移，二纺医院经过改制归并到陕西中医药大学第二附属医院,《秦汉文化》专刊也进行了调整、停刊。但我们仍然没有停止文学创作这条路。

这以后,每次我与他见面,都是匆匆忙忙,有关文学创作的话也说得少。其实他知道,文学创作不是说出来的,是靠个人悟的。

长久不见,十分想念。一次,有几个月没见面,他给我打电话,问我:"最近啥都好着没?"我说:"好着哩。"他说:"好着,就好。我打电话问问你。"这一次王海兄的电话让我十分感激,因为他人本身忙,腿又不太好,关心我,就是给我力量。

王海兄是块写长篇小说的料,自20世纪80年代起他开始文学创作,三十多年的磨砺,终成正果。这从他写的《老坟》《天堂》《城市门》《新姨》等长篇小说中就可看出。人物个性鲜明,人物性格各有特色,小说主题具有时代特点。短篇小说也不例外,从长篇小说《天堂》改编为话剧《钟声远去》可看出其作品的影响力和耐看性。2005年,我有幸作为《五陵原文化报》的副主编,参与到评析《钟声远去》的工作中来,让我也看到了陈忠实、贾平凹等著名作家对他做出的评价。他长期的生活积累以及祖辈在五陵原生活的阅历使一部长篇被专家和读者、观众认可。

文学力量,经久不衰,祝愿王海兄的文学事业更辉煌。

2018年6月10日

怀念彭转社

彭转社兄去世已有十四年了。回想他任咸阳民营企业家协会常务副会长时多次关心我的工作情况，仍感激不尽。

彭转社创业是从做保健品开始的，到后来做起医药品，越做越大，后成立了工贸公司，资产达千万。他为人真诚、随和，说话时总面带微笑，忙碌中不忘社会公益事业。在江苏经商时，他曾给当地福利院等机构捐献十万元，他还在咸阳市各种捐助活动中捐献二十五万元。企业和他本人多次被陕西省和咸阳市工商联、民营企业家协会评为优秀企业和优秀民营企业家。

2003年下半年，民营企业家协会组织企业家进行交流活动。彭总对几位刚刚创业的青年老板语重心长地说："一个立志创业的青年，要做好长期吃苦的准备，如一个才成立的新公司，挺过三年才算度过了困难期。因此，创业要有耐心。"他们的公司发展也是这样。这番话使在场的几位青年创业者茅塞顿开，便向彭总讨教经营企业的经验，向彭总学习管理技巧。我听后顿觉长了知识，此后在管理中遇到难题时，常想到彭兄这句话。彭总是用自己企业的发展情况很真诚地说此话。有几位我熟悉的青年经过彭总指点选择了市场占有率好的医药小产品，他们努力在全国各地做市场销售，短短三年，就有了起色，挣了第一桶金，在五年后办起了小型药品辅助物厂。逢民营企业家开会交流时，他们都称彭转社是青年创业者的财富领路人。

我刚担任《咸阳民营企业家报》副主编时，彭总鼓励我好好干，多写反映咸阳民营企业家创业历程、企业文化以及企业家精神风貌的文章。

两年后，我成了主编，更知道自己的责任，因而写了十多篇有关民营企业家的报告文学，大力宣传咸阳民营企业家的创业精神，彭总看后，又是称赞又是鼓励，我便心怀感激，再接再厉，向民营企业家学习。

过了不久，协会召开工作会议。当时，要选一位副秘书长，会长郑勇提名了我，并让大家讨论表决，常务副会长李勇、彭转社、王喜华、谢学同一致通过。彭总说了一句，卫华就按秘书长对待。当时郑勇会长考虑到我还年轻，秘书长便由市上那位离退休的老同志担任。彭总再次祝贺我，鼓励我好好干。

2004年下半年，彭总有次路过协会时，与我交流，很亲切地同我聊民营企业中的情况。随后，我送他下楼，目送着他坐车离开。

天有不测风云，我俩分别不到二十天，我便得知了彭总因车祸去世的消息，协会所有同事为失去一位好友悲痛至极。我将为悼念彭总的悼词改了又改。记得那年11月24日，雪花飞舞，天阴沉沉的，整个世界似乎都处在悲凉之中，大家在殡仪馆送走了可亲可敬的彭转社先生。没承想那天送他到楼下，竟然成了永别。可见，世事难料呀！

几年来，彭转社对我如兄长一样亲切。他为人温和、善良，总把别人的事当作自己的事。几位民营企业家曾告诉我，咸阳民营企业家协会最初成立的提出者就是彭转社。他较早接触企业协会，知道企业协会的作用，一次，他碰见在陕西省企业协会帮忙的郑勇先生，关心道："不要老跑到西安，人会很辛苦，在咸阳成立一个民间社团组织，也能为企业服务。"郑勇理解他的苦心和一番好意，也很感谢他的提醒，后来与几位民营企业家沟通商量后，用了半年时间，在2003年4月初成立了咸阳民营企业家协会。郑勇作为法人，担当会长，彭转社等几位民营企业家被选为常务副会长。民营企业家协会在他的关心和支持下发展很快，不到两年会员就有两百多人。作为首任副秘书长，我很高兴与彭转社为协会工作，常在开会时听到他对协会工作的指导性意见。如协会必须为企业服务，为企业排忧解难，提供维权服务，解决融资难问题；发现创新型企业，并加大力度扶持和支持，发挥协会的桥梁纽带作用等。在管理协会和开展各项有意义的活动中，咸阳民营企业家协会有了一定知名度，省外几家准备成立协会的筹备组还来咸阳学习、考察。

我从彭总那里学到了要为人谦虚，学习别人的长处，使我在与优秀民营企业家的接触中，也提高了自己的见解和独立思考问题的能力。

遗憾的是，如兄长般的彭转社，英年早逝，让人心痛。我会记住这位让人一辈子难以忘记的优秀民营企业家。

2018年2月1日下午

怀念文兰

2017年8月2日上午，我看到咸阳市文联原副主席李春光老师发来著名作家文兰老师逝世的讣告。我十分惊讶！我一直认为文老师身体很好，人很开朗，说话幽默，精神好。但咋就说走人就走了？而且他年龄不是很大，才七十五岁。

文兰老师是我很尊敬的一位老师。同他打交道是在十三年前，2004年左右，我俩一同参加了咸阳市几次文学方面的座谈会，通过交流，相互间都留下了好印象。因为他写过有关咸阳市早期几位民营企业家创业的文章，我在市民营企业家协会也常写一些有关民营企业家创业和经营的文章，聊起来有共同语言；他对咸阳民营企业家的创业经历和精神说得也到位，常与我探讨企业的现状。

让我至今难忘的就是他说过的几句关心我的话。他知道，我在2006年后不在民营企业家协会待了，便很关心我的经济来源问题，因为他也曾是业余作家。由于作品有一定影响力，后担当咸阳市作协名誉主席，成为国家一级作家，很能体会到业余作者的辛苦。一次，我去他家约稿，他马上就问："卫华，现在谁给你发工资？最近情况咋样……"我谢谢他的关心，对他说现在有着落了，在市科技企业协会上班，他便放心了。

我在兼任《五陵原文化报》（后改为《秦汉文化报》）副主编时，向文兰老师多次约稿，便常与他交流文学创作上的问题。他鼓励我勤奋写作，并写了激励的寄语，我也以此作为动力，要求自己常动笔。

他业余时也练书法，有一年夏天，我约他为《五陵原文化报》写一幅字。到他书房时，他热得光着膀子，穿着短裤，流着汗，写下了刚劲有力的书法作品，我为之叫好。

时间长了，我与文兰老师建立了友好情谊。他虽年长，但他没有架子，我们成了要好的文友。

　　有时候他有啥事需要帮忙的话，就打电话告诉我，特别是他的得意之作，花了快五年的心血写出的长篇小说《命运峡谷》出版后，他给了我几份他专门设计印制的大型海报，让我帮忙宣传。

　　此小说当时引起省市各界轰动，得到省内乃至全国文学名家的一致好评，陕西省作协等单位对其很重视，专门在西安召开了长篇小说《命运峡谷》的作品研讨会。我省的著名作家陈忠实、京夫、孙见喜、叶广芩、方英文、王海等都参加了研讨会，我有幸同咸阳十几位文友一起参加了研讨会，受益匪浅。会后，我专门写了专题报道，经过文兰老师过目后，在《秦都》杂志和《五陵原文化报》上刊登。文兰老师很高兴，并向我表示感谢，我说，那是应该的。

　　最让我感动的是，我申请陕西省作家协会会员时要填两位推荐人，我便想到了文兰老师和王海兄，因要本人签字，我便打电话给他，他告诉我他正在陕北考察体验生活，创作长篇小说《米脂婆姨》，没办法来签字，随后他欣然同意让我代签他的名字。那时，我很激动，特别感谢这位咸阳文坛上乐于助人的老作家。经过两位著名作家的推荐和省作协对我的作品的审核，不到半年，我顺利地加入了陕西省作家协会。我觉得很荣耀，也对自己今后的文学创作道路提出了更高要求并制订了写作计划。

　　文学不老。文兰老师虽已故去，但他的作品永存在广大读者和文学界朋友的心中。他的敬业精神和对文学的执着、热爱永远激励着我，让我永生难忘。他那些厚重的优秀的作品记载着、诉说着他辉煌的一生，让人铭记。

2017年8月4日

魏德君与他的红色记忆馆

  魏德君，1961年生人。他是一位复员军人，原在陕西临潼当兵，在部队接受了传统教育后，对中国革命史、党史、红军史等有了浓厚的兴趣。他认为红色文化是中华民族近百年来的脊梁文化，也是中华民族的复兴文化，它更是使中华民族站起来的文化。他对红色文化有一定深刻的认识，他对我说："看红色文化，树民族自信，悟天公地道，看万山红遍。老一辈无产阶级革命家忘我的牺牲精神，无私奉献的精神，创造了新中国，时时打动着我。"我为他对红色文化有深刻的认识而深感佩服。他之所以有了与众不同的认识，思想有了升华，是因为长时间以来对红色文化的重要意义有了感悟，才下定决心为红色文化事业做出一点贡献来。

  他从部队复员后，被分配到西北电力技校。经常性地出差让他见识并了解了不同地域的历史文化，其中，中国革命史最让他上心。

  工作中，每次出差到外地，只要有机会，他就想办法去有红色文物的地方看看并花钱收集。他有时会抽时间去革命老区陕北，专门收集延安时期的用品，为了一件延安时期作战用过的牛皮包，他走了几十里路翻山跨涧才找到。不到十年，他收集了共一万多件实物。2002年，他在自己置换的四亩地上，盖起了窑洞造型的房间，将收集来的实物陈设在此。2007年7月1日建成后开始对外开放，让游人参观。我为表达心意送去了鲜花篮，朵朵盛开的红花被魏德君特意放在毛主席像前。我为此也很高兴。

  2007年7月1日，红色记忆馆开馆时，《人民日报》《西安晚报》《华商报》《咸阳日报》、西安电视台、咸阳电视台等十几家新闻媒体相继报道。

  截至2018年10月，魏德君先生先后投资了六百多万元，为他热爱的红色事业继续奔走着。

红色记忆馆的展示主题分为六大部分：第一部分，近现代图片展；第二部分，复兴之路，民族十大转折；第三部分，长征；第四部分，延安；第五部分，社会主义建设；第六部分，红色陈炉。

近几年里，有不少名人慕名前去红色记忆馆参观，都给予了高度评价和认可，表扬了魏德君对红色文化的热爱及一心一意为红色记忆馆建设操劳的精神。毛泽东主席的女儿李讷、女婿王景清和原秘书高智专门到馆里参观并给予了指导，也给予了很高的评价。随后，魏德君专门去北京拜访了王景清老人，王景清为了鼓励魏德君，特意将由河南省禹县制作的一尊毛主席钧瓷像送给红色记忆馆。

红色记忆馆的建设和发展，得到了各级部门的重视和支持。经过多次会议讨论，红色记忆馆被咸阳市秦都区确定为党员干部教育基地、爱国主义教育基地，被咸阳市教育局、文物局确定为爱国主义教育基地、中小学生德育教育基地。西咸新区秦汉新城管委会将其确定为廉政教育基地。相关部门还在路口设置了路标，方便游人前来参观。

魏德君现在一边上班，一边用业余时间为红色记忆馆和管道安装工程之事奔走。红色记忆馆虽然没产生经济效益，但他仍然无比热爱他这个二十多年来坚持着的红色事业。

将红色记忆馆的面积再扩大，成了他今后的奋斗目标。愿魏德君的一颗红心永葆青春。

2018年10月15日

刘炜评的悟性

认识刘炜评已快八年，真正对他有更深层的了解是在近两年。我俩是商洛乡党，他比我小两岁，但每次与他交流，都有启发。追其缘由，是他对世事有极为敏锐的洞察力，总是一语道出其本质，说出一个问题的实质，说出独到见解来，让人拍案叫绝，大家无不佩服他的好悟性。

他从事的是古代文学研究。我在日常与他交流中感觉他比一般人看的书要多，博古通今，并且话题多，每次同他交流，都有说不完的话。从文友那儿得知，他是商洛地区高考文科状元，有天才少年之称。我与他之间有六个缘：一是我俩是乡党；二是我俩年龄相近；三是他特别要好的朋友何丹萌与我是亲戚关系，丹萌他爷与我姨父是亲弟兄；四是他母亲当过民办老师，我母亲也当过民办教师；五是我俩的孩子是同年出生，他的是男孩，我的是女儿；六是我俩都爱好文学。

更有意思的是，他的妻子是1964年生人，我的妻子也是1964年生人，且都是关中人。一次与他和朋友聚餐，他幽默的话让人忍俊不禁，他说："现在咱们这些人介绍自己老婆时，真不好说称呼，说夫人太大，说婆娘太土，说老伴太老，说媳妇太小，说爱人不对劲，只能说是我家里的领导。"这种说法让人很是认同。事实上就是这个理，人到中年，找准合适的词有时真得需要让人仔细思量和推敲。

2013年是我与炜评真正共事的一年。一次偶然的机会，文友张劲光与我聊天时聊到他需要一篇描写和反映秦汉新城历史变迁和时代风貌的赋，我极力推荐炜评，我知炜评创作了一篇西汉高速公路赋，相当成功，在《华商报》上刊登过。劲光也知我是商洛人，业余搞策划，就把此事托付给我。我先联系炜评，将此事告知他，炜评欣然答应，他在百忙中抽身前去实地考察，并听取了秦汉新城管委会几位主管领导及部分同志的意见。经过两个多月的创作和修改，赋已经初具形制。因管委会想尽早以此做宣传，他们便只管催问。但炜评几十年形成了严谨的工作作风和细致的创作风格，他认为创作好的赋还是不尽他意，便又静心修改，严格推敲。管委会主管领导一再催问，我也给炜评打了二十余次电话，有时真不好意思催他，他也不厌其烦地说几句玩笑话："像黄世仁催债似的。"他真是动真格了，他认为干文字工作一定要做好。为了写好《秦汉新城赋》，他有时熬夜到凌晨两点多；他还虚心与几位研究古代文学的专家在一起讨论修改。终于在11月中旬一个下午给我打电话说："卫华，赋写好了。"随后把电子版发了过来。

此后，西咸新区管委会副主任、秦汉新城管委会主任杨占文在审阅稿上亲自签下"可完稿，尽快推广使用"。这下终于完成了令他满意的一篇赋。

我对赋没有研究，只能说出他创作的艰辛和严谨以及其认真的程度。炜评写的《秦汉新城赋》，概括性强，语言大气磅礴，用词意义深远，语句连贯，情景交融，事例突出。赋的气势恢宏，既有古典之美，又有时代精神，且意韵悠长，有气贯长虹之势，也有绵绵秦汉情调，给人思古之情，如有几大幅古代秦汉的画卷从眼前划过。实在是一篇佳作，一篇优秀的赋。也无怪乎秦汉新城管委会主要领导倡导让所有员工要理解此赋的含义，人人要背诵，哪怕只背诵几句，并把它当作是以后秦汉新城对外宣传和推广的经典。

现今，清华附中墙上、管委会办公楼大厅走廊上、秦汉新城宣传册上以及在第十八届西洽会上都有《秦汉新城赋》的宣传展示。

炜评对文字斟酌的功夫炉火纯青，他送给我的散文集、诗集，耐看，寓意深刻。追其由，悟性就是这样练成的。

2014年

孙见喜印象

我与孙见喜先生认识有十五年了。他为人爽快朴实，令人钦佩。他是商县人，我是洛南县人，我们算是乡党，有不少话可聊。他与何丹萌、刘炜评也是好朋友，更使我们关系亲近。

1969年，孙见喜先生毕业于西安工业学院，他知识面广，对文学创作有执着的追求。1974年开始文学创作，先后写了许多小说、散文、评论。1981年在西安某军工所任工程师，1984年在陕西省某出版社任编辑，后任太白文艺出版社编审。

他的长篇纪实文学《贾平凹之谜》引起了轰动。他发表了散文集《小河涨水》《孙见喜散文精选》《浔阳夜月》等以及小说集《望月婆罗门》，评论集《孙见喜评论集》。其中，散文《荒地两章》获得1990年度上海《萌芽》杂志社文学奖。1991年，散文《罐子》获得"红玫瑰当代散文大奖赛纪念奖"。散文《文竹》获得"全国第三届报纸副刊作品评选"三等奖。后来，他创作的长篇小说《山匪》获得文学界好评，还在《华商报》上连载。

孙见喜先生在书法方面有独到的深厚功底和理论修养。2004年，我在咸阳市民营企业家协会任副秘书长时，孙见喜先生专门给我用毛笔写了一封信，并附了策划案。我看策划方案可行，便只调整了两条，后来，因协会还有别的计划，忙碌别的事，这个方案就搁置了。但在2006年左右，企业家魏德君建设的红色记忆馆需名人书法点缀，我便推荐孙见喜先生，我与魏德君一起专程拜访他，请求他为红色记忆馆书写几幅宣传书法，他欣然答应。孙见喜先生的书法秀丽而刚劲，且显出文化内涵，让魏德君爱不释手，专门悬挂在红色记忆馆中最醒目的位置，以示对先生的敬重。

孙见喜先生很注重情感，注重乡党情。2005年下半年，作家董学武写的

《老咸阳》一书在咸阳开作品研讨会，著名作家京夫等人作为特邀嘉宾来咸阳，孙见喜先生也参加了。会前，孙见喜先生专门给京夫老师介绍了我。我第一次见到京夫，觉得很亲切，随后，还同他一起用餐。我认识到在文学创作中，要向几位老同志老作家虚心学习，学习他们朴素的心态和创作时敬业认真的精神。

　　后来，在西安参加咸阳著名作家文兰老师的长篇小说《命运峡谷》的作品研讨会上，我又见到了京夫老师和孙见喜先生，情意更加深厚。

　　此后，孙见喜先生对读书理论有了深入研究，发表了《读书与人生》《读书与写作》等文章，我也感受到了他的博学。一次，文友叫我一起去听孙见喜先生在咸阳图书馆讲读书与创作的报告，后又与孙见喜先生一起用餐听他的讲解。

　　还有一次是2016年，他提前给我发了条短信，告诉我次日将在咸阳渭城区计划生育委员会会议室做读书与人生及创作方面的报告，我提前告诉朋友魏德君，我们一起去听。这次也巧，离我的住处很近，更应该提前到场了，老朋友相见更觉得亲切。第二次听他的报告会，对读书的重要性和如何选择书有了新认识。他把读书与人生两者的关系说得很深刻，他引用了古人"读万卷书，行万里路"的观点，阐释其义，认为要通过书本和社会两个途径获得知识。古人说：书犹药也，善读之可以医愚。他还引用贾平凹《好读书》一篇文章中的"能好读书必有读书的好。譬如，能识天地之大，能晓人生之难，有自知之明，有预料之先，不为苦而悲，不受宠而欢"，来说明读书有益于人格建设。

　　他还谈到读书的方法：一要博览群书，先泛后精，运用"三勤阅读法"，即"勤读勤抄勤写"；二是读书时读世道人心，读风情民俗，而后阅人知世。

　　他对读书的理解已经上升了一个层次，让人顿悟，让人思考，给人启发，促使有志于奋斗事业的人珍惜时光，勤奋读书，刻苦学习，为实现人生梦想而拼搏。

　　2019年1月18日，我代表一家民营企业去西咸新区参加环保会议。会后，在西咸大厦参观西咸新区获批国家级新区五周年摄影书法美术作品展，浏览摄影作品时，一幅《大道直行》的书法作品吸引了我，我看字迹秀丽，功力深厚，走近看时，才知是孙见喜先生写的，怪不得有一种熟悉之感。尤其是"大"字写得有力度，如人大步行走，一般书法起笔的第一个字不易掌握，而孙先生能把"大"字写得刚劲，可见他的深厚功底。"大道直行"四个字十分和谐，有种强大的感召力。第二天，我给孙见喜先生打电话祝贺他的书法作品参展。他说，那是金石书画院请他写的，在此参展。我说，时隔几年，书法作品不一般，有收藏的价值。后来才得知他练书法是从小就习练，从他爷爷那儿学的，他爷爷教他习练赵孟頫等人的字帖。他的书法确实不同寻常，是有几十年功底的人，又知他还在研究国学。这可能是他退休后的爱好。孙见喜的文学才华和积极求索精神，值得人一辈子向他学习。

2019年2月20日

何丹萌的戏剧创作天赋

何丹萌与我是亲戚，因他爷与我姨父是弟兄关系，虽然他年龄比我大，但他的辈分小，我俩便以叔侄相称。我们虽见面不多，有时见了都叫名字，更显亲近。

我上小学时，就知道与丹萌是亲戚。他工作早，在丹凤县电影公司工作，后来因文艺特长在商洛文化创作室工作。这期间，他如鱼得水，对商洛地方戏花鼓、民间小调、歌谣等很感兴趣，他挖掘其内涵，经常走访民间艺人，只要有机会就去商洛各地了解、调研地方文艺，创作剧本成了他专业的任务。几年中，他先后创作了不少剧本，其中就有改编自著名作家贾平凹的小说，成为商洛花鼓戏剧本的《鸡洼窝人家》。他的几个商洛花鼓戏剧本曾被商洛人民剧团演出，在西安汇报演出并获奖。1985年，剧本《鸡洼窝人家》获得文化部农村题材创作二等奖。他在戏剧创作中作品接连不断，又继续在商洛各地挖掘素材创作了几个优秀的剧本。由于他在戏剧创作上取得了出色的成绩，1985年被调到陕西省群众艺术馆成为一名专业戏剧作家。平台大了，他的足迹遍布陕西省，十几年间，去陕北、陕南、关中等地搜集了更多适合他创作的素材。这期间，他在上海戏剧学院进修并毕业。接着，他撰写的文章《戏剧困境与突围》获奖。

一次偶然的机会，他来咸阳出差，我约几位文友与他见面，与他交流文学上的问题。他对西北民间歌谣及诗歌有深刻见解，谈论起青海花儿、陕北民歌有他自己独到的分析。他说，西北民间民歌被群众喜爱，就是因为歌词接地气，来自基层，许多词是经过创作者长期观察生活思考人生斟酌确定的。流传至今，其生命力就在于它对群众富有浓浓的情感，有相当重的地方特色，才使人爱听、爱传、爱唱。他说着，还将里面很动人的歌词唱出来，大家为他精彩的唱腔叫好。

  他对民间文学分析得很透彻，也是由于他多年来对戏剧创作有深层次的领悟，才道出了民间文学与戏剧创作的关系之根本。

  我想，一个人的天赋来自自身对事物的敏锐感悟。灵感的出现，也因其对钟爱的事物倾注、投入，才有了深刻的思维表达。丹萌在几十年的文艺道路上走出了自己的特点，作品语言幽默，语句重于表现情感，而且真诚、朴实、感人的文字中充满了哲理性，这些从他的几部散文集中足以反映出，如散文集《将就屋笔记》《冬月流水》等。《将就屋笔记》中《贴着城墙行走》一文以厚重的古城历史，衬托个人的渺小，赞叹古城的包容和强健，给人以力量，让人奋进，让人沉思，是一篇哲理性很强的散文。还有《语言的局限》《学会表达》等，深刻地阐述了他对事物的独特见解，给人以启迪。

  作为一名剧作家，一位群众文艺工作者，他始终扎根于群众之中，不断创作出文艺精品。

2018年9月4日

肖云儒先生印象

早些年读过著名文化学者肖云儒一篇关于创作散文的理论观点的文章《形散神不散》，我赞同他的观点，自己写作时也力求注意这一点。肖云儒先生对散文写作其本质的分析十分透彻。优秀的理论文章来自长期的实践和感悟，肖云儒先生此文就有这种感觉。

一次，作为弘扬汉文化古汉纸复原工艺品的策划者之一，我有幸参加了韩城市举办的纪念司马迁文化活动。在活动现场结识了肖云儒先生，为他在大会中声情并茂、文采飞扬的讲话所感动，讲话虽短，但蕴含着对司马迁的高度评价和敬意，让在场的所有人为之振奋，可见肖先生的文笔过人。会后，大家争相要看他的原稿。

2005年，我作为咸阳帝陵文化研究会成员，准备承办《五陵原文化报》，也巧，我被推荐担当了副主编，王海会长说："咱们先以《各界导报》的五陵原文化专刊出现，《各界导报》有国内统一刊号。"随后，他请肖云儒先生写了书法体的"五陵原文化"五个字给我，让作为报头。"五陵原文化"五个字浑然相映，给人一种厚重和洒脱的感觉，有艺术美。首刊分发到相关部门和历史文化界朋友手中，大家都为肖云儒先生题的报头拍案叫绝。我为肖先生渊博的知识和深厚的文化及书法功力所折服。

知识在于积累，功力在于磨炼。肖云儒先生有如此深厚的历史文化功底，是与他长期的勤奋和感悟分不开的。

2018年12月24日

王志杰与茂陵博物馆

在陕西历史界，博物馆行业，无人不知王志杰。自他1962年被调到茂陵博物馆后，这一干就是五十六年，几十年里，他由一位年轻人变成年已古稀的老人，让人不由得感叹岁月如流水。

我认识王志杰先生是在2005年的咸阳市首届帝陵文化高峰论坛上，王志杰在会上发言着重讲解了汉陵和汉帝、汉文化在中国历史上的重要地位。他中等个子，穿着笔挺的蓝色西服，显得很有精神。会后，我们还交流了关于汉文化方面的知识，相互都留下了好印象。这以后，只要有关汉文化的会议，就能碰见王志杰先生，我们也成了无话不说的朋友。

2005年，历史电视连续剧《汉武大帝》在央视一套热播，我作为《五陵原文化报》副主编心情激动，写下了《借汉武大帝扬咸阳之名》一文并在《咸阳日报》上刊登发表。王志杰先生也有一篇《咸阳原上说茂陵》刊登在《咸阳日报》上，配有一幅老照片，一下使半个版面的历史氛围很浓厚，让人读后深思。我们两个人的文章在此发表，都觉得有意思，也为咸阳有厚重的历史文化而自豪。一次，我去茂陵见他，说起同时在《咸阳日报》发表文章，感到很巧，并与他进行了交流。

此后，咸阳新闻工作者协会新办的杂志《新咸阳》，王志杰先生是顾问，我是编委之一，我们俩交流的机会就多了。有时为了约稿我还专程去茂陵博物馆，王志杰先生热情接待我，他很支持《新咸阳》，几次以论文形式撰稿发到编辑部，如2014年12月《新咸阳》杂志刊登的王志杰先生写的《中国古代大型石雕群——西汉茂陵霍去病墓石刻探析》，王志杰先生认为西汉茂陵霍去病墓大型石刻是一批具有无穷艺术魅力且最能代表石雕艺术的珍品。

石雕艺术珍品，是两千多年前汉文化遗产，他从其特点给予了概括性的总结，石雕群艺术风格有三个：一是不拘一格，求得自然；二是技法多样，求得神韵；三是形象生动，求得真实。

他的总结性文字也是很精到，如"这些石雕群被公认为人类古代文化艺术史上的不朽精华，是古代美术最伟大、最杰出的作品，是稀世独存、极为罕见的一批艺术瑰宝，极具历史、艺术、科学研究和观赏价值。同时，无论从群雕整体来看，还是从群雕个体来看，它都属于孤品，独一无二。"

他在论文中引用了在20世纪初鲁迅先生对汉代石刻的高度评价："唯汉人石刻气魄深沉、雄大。"郭沫若先生在任国家科学院院长到茂陵视察时，以文史考古学者的眼光对石雕一件件研究和鉴定，指出："霍去病墓前的大型石刻群是民族精神的升华，是国粹。"1995年，国家文物局专家对霍去病墓十七件石雕进行鉴定和审评，根据每件石雕文物的历史价值、研究价值、艺术价值和观赏价值，鉴定为国家文物十二件，分别为马踏匈奴、起马、跃马、石人、人与熊、怪兽吃羊、野猪、伏虎、卧牛、卧象、蛙、蟾；其余两件石鱼和三件石刻题记被鉴定为国家一级文物。这些石刻不仅是我国古代匠师智慧的结晶，也是我国雕刻艺术史上的开山之作，是迄今为止发现时代最早、体积最大、保存最完整的大型石雕群，是人类历史文化之瑰宝，被中外美学界称为"千古绝品"，在国际上享有极高的声誉。

王志杰先生将他五十六年来最大的爱奉献给了茂陵博物馆，他对石刻的探索分析，进一步反映了一位历史学家对西汉文物研究的透彻、到位。茂陵的所有文物成为他工作研究的主体，他把文物当成了他生命的一部分。按理说，他到六十岁就该退休了，可他对茂陵的无限热爱，对西汉文化研究的执着追求，让他舍不得放下几十年的工作，文物主管领导看在眼里，特意批准他的要求，也恳请他扶持新人，做好接力棒工作。这一干干到了七十七岁，他仍然忙碌于工作。

王志杰先生热爱茂陵文物研究，几十年来，著作不少，发表了《茂陵志》《茂陵珍闻》《茂陵国宝藏》《陵园博物馆论》等专著和论文百余万字，尤其是王志杰先生著的《汉武帝与茂陵》，轰动陕西历史界，属于权威之作。王志杰先生深入细致地研究、分析、总结了汉武帝刘彻在西汉的重要地位和卓越贡献以及与茂陵的关系，使读者更了解茂陵。

几十年来，王志杰先生将对茂陵深深的爱体现在他的行动之中，他除过休息，用大量的时间和精力在研究探索茂陵。他担任茂陵博物馆馆长后，大胆创新，抓其亮点，对国家级文物大力宣传，改善一些不适应茂陵博物馆发展的展馆、展品，带领职工们栽树、种花、种草，提高茂陵在国内外的知名度。

茂陵博物馆扩大了规模，文物数量随之增多，自然吸引了大量中外历史文化名人和要员以及游客，每逢旅游旺季，游人如织。王志杰先生做出的贡献，行业没有忘记，他也多次获得国家及省市级别的表扬和奖励，被评为全国劳动模范，享受国务院特殊津贴，还多次在中央电视台历史文化栏目讲解茂陵，为咸阳和陕西争了荣誉。2014年3月17日，由中央电视台和陕西省委宣传部、陕西省文物局、陕文投集团联合出品拍摄的二十集电视纪录片《东方帝王谷》在茂陵举行拍摄仪式和新闻发布会，王志杰先生给了大力协助。一年后，电视纪录片拍摄成功并在央视播映，反响热烈。

王志杰以建设好时代为荣，带领着他的团队完成了一件件历史文化任务。2018年，在一次石刻新建设中，近八十岁高龄的他仍在第一线工作，由于长期工作劳累，连日的高烧让他一下晕倒在现场，经过抢救诊断为菌血病，幸好抢救及时。主管部门领导劝他要休息，他也知道了自己重病的原因，是时候该休息了，但心里还惦记着茂陵每天的发展状况。为了进一步肯定王志杰先生五十六年来对茂陵的研究和建设发展所做出的巨大贡献，主管部门授予他终身名誉馆长，王志杰先生无愧于这个称号。

2019年4月16日

徐宗德印象

我与徐宗德是同事，又是乡党，他年长我九岁，如同兄长。他多才多艺，值得我学习，同他谈话，很亲切。

他如同商洛中的一座青翠的山，有无尽的宝藏有待开采。他是学中文的，可偏偏对文艺工作如痴如醉，且做起来往往极有创意性。他如同商洛山中的一条小溪，淙淙流水，流动着的是清澈灵动的音符，哗哗的水声中有商洛人的灵气。歌词、演讲稿中处处透出他的艺术细胞，如涌泉般喷出一股股创作灵感。火一样的激情燃烧、浇筑、打磨出多变的艺术形象。艺术贵在创新，徐宗德在变化中不断追求艺术的高境界。他的作品多次获奖，甚至在中央电视台播放，就是对他艺术创造高度的认可。

2004年，他成为《五陵原文化报》的主编，我是副主编，审稿时觉得他的审美观很独特，对文章要求严格。经他过手的文章，句句思想深刻，内涵极强。我敬佩这位兄长般的同事知识面的宽广。多年的艺术人生积累，对世事的感悟，使他一下子出了两部不同凡响的文集。

他的语速快，有说不完的话。在新出版的《寓言集》中更显出他那灵动、新颖的语言，运用各种动物丰富的生活，描绘动物世界的许多故事，告诉人们人生哲理，因而成为少儿优秀读物。

不知不觉间，他从咸阳市工人文化宫一位普通文化干部变成了一位才华出众的文艺导演。2006年，他被选举担任咸阳市音乐家协会主席，由于出色的成绩，咸阳市委宣传部给予了他表扬和奖励。

徐宗德的艺术之路在变化，他也不断朝着文艺创新之巅峰奋斗着。

2008年6月

解伟的教子之道

解伟是与我能聊到一块儿的同事，也是我的好朋友。我与他在青年时期都负责过团支部的工作，他在勘探试验室，我在勘探机械修造厂。我们上班时住在同一层楼上的单身宿舍。他人很上进，从陕西省水利学校毕业后，一直从事水电地质试验工作。他知识面广，喜欢读哲学、文学及管理方面的书籍。他热爱体育，尤其是对足球颇为喜欢。每逢国内大的足球比赛，他只要有机会就去现场看。奥运会在北京举行时，他专程住在北京，一去就是五天，从黑市票贩子手中买下高价足球票看，有几场票的座位不行，距离远，看不清，他返回宾馆看电视回放。我佩服他对足球的执着。

他成家了，有一个儿子，娃是我们看着长大的。他的儿子上初中时，我们各自忙各自的事情。他儿子上高中时，通过刻苦勤奋的学习和对知识执着的追求和好悟性，在咸阳市渭城中学名列前茅，2010年高考时考了677分，考上了清华大学。这让家人惊喜，整个朋友圈人人称赞。为了更好鼓励他的儿子，学校派人专门敲锣打鼓到他家送了一个大红奖牌及一万元奖金。那场面使小区的男女老少欢喜沸腾，都说解伟两口子把娃培养成才了，都为小区出了清华大学生自豪。

后来听他说，培养孩子对学习的兴趣，这很关键。他说，孩子小时候，他让学吹笛子。教笛子的朱老师原是一位省级乒乓球运动员，说话幽默，爱好摄影，是极热爱生活的人。朱老师对他的孩子认真负责，手把手教吹笛子，从基本功和基础知识学起。父子俩关系亲密，无话不说。孩子也懂事，与他母亲也常交流思想，说出对一些问题的看法和心中最想说的话。他的妻子毕秋宁在教子上也是从一点一滴的细节做起。从小她就给孩子订阅《科学世界》《环球科学》等杂志，讲著名的《神笔马良》，儿子很听话，每次在晚上临睡时，都要听他妈妈讲故事，并叫妈妈从神笔马良的故事开始讲起，神笔马良是必讲不可的。马良是一个穷孩子，小时候就失去了父母，但酷爱绘画，靠勤奋、聪明画出了形象逼真的各种动物，为百姓谋福，成为智慧、勇敢和正义的化身。长大了的儿子对此刻骨铭心，他把神笔马良那聪明、好学，勇于创造和拼搏的精神与学习文化课融为一体，成为他自己奋发图强的动力，成为他学习、奋斗的精神支柱。

解伟对我说："孩子对神笔马良的故事记忆犹新，马良的执着、奋进的精神激励并伴随着孩子的成长。这个励志故事，使我深深体会到在孩子小时候给他讲故事的重要性。我与他妈妈都感到，娃小时，通过讲故事，让娃对人生产生美好向往，启迪心智。"

有兴趣有特长，使解伟的孩子对学习很专注。他常常与孩子交流，甚至以朋友式的关系跟孩子做游戏。培养了孩子扎实的特长基础，也找到了教子之法。

虽然解伟的儿子以优异的成绩考上了清华大学，而且在班上学习成绩总排在前三名，但那小伙子没有骄傲，很谦虚，与人见面也很斯文地微笑。

后来听解伟说，儿子选了飞机制造专业。大学毕业后，儿子学习优秀，又勤奋努力，2014年被学校保送研博连读，主攻飞机制造和研究。

以小见大，培养孩子要从小事做起。这就是解伟教子成才最大的道理。实际上，世界上任何一个人走向成功，成为国家有用之才，都是从细微之事做起，一步一个脚印迈向辉煌的人生之巅。解伟教子之道，值得人学习，让人从中得到很大启迪。

2017年6月3日上午

蒙永的教育观

朋友蒙永在子女教育上花费的心血，一般人与他无法比较，他有一女一儿，女儿大，被送到了美国洛杉矶留学。一是锻炼女儿生活学习的独立性，二是让在国外长长见识。凭他的经济能力是能保证女儿学业上的费用的。儿子，在上初中时就被送到西安高新一中学习，高中时他专门在西安租房子陪儿子，夫妻俩轮换着为儿子做饭，有时还从咸阳捎饭送到学校，真是用心良苦。辛苦是值得的，儿子2017年以656分的高分考上西安交通大学，全家人都为之高兴。

总结蒙永教育子女的经验，主要是观念新，鼓励女儿要有全球意识，考托福去美国留学。女儿现在已经很独立，并且已适应在美国的学习和生活了。

他对儿子的教育则重在让儿子知道学习的重要性和上名校的优势。从小为儿子树立优秀意识，培养他的上进心，为儿子以后择业和服务于社会打下坚实的基础。培养儿子男子汉的气魄，使他勇于担当，敢于创新。

教育的前瞻性是蒙永教育观的最大特点，让儿女站立在时代的前沿，更好地为社会服务。

2017年11月29日

王建哲兄的关怀

王建哲兄大我十岁，自从1995年我们一起上咸阳市委党校文秘班后，便成了无话不说的好同学。他是我们班班长，我是第五组组长，我俩经常一起探讨学习，开展活动。

后来，我知他是他家兄妹中的老大，我也是老大，老大有老大的责任。他作为老大经常回去看他父母，有时也把父母从礼泉接到咸阳住，父母住院时他一直在医院陪护。十几年前，他把父母的旧房拆了盖了新房，还为他侄子上学和工作操心，他尽到了老大的责任。

至今让我难忘和感动的四件事仍历历在目。

那是1996年2月下旬，建哲兄知道我能独立做勘探工程，也知道我们单位由事业转换为企业，市场有了变化，他想办法帮我联系生意，为我减轻负担。一天，他与我骑着自行车，穿梭在咸阳市市区，打算将他熟悉的朋友介绍给我，他在前面骑着26式自行车，我骑着24式自行车在后面跟随着。望着他的背影，我很感动，感动于这位兄长的帮助。路没有白跑，对方将来年的勘探工程交给我们来做，承担此工作的几位同事，花了半个月左右时间以优质的质量完成了工程，经过甲方验收合格。1998年，甲方又给了我们一栋楼的勘探工程，我们按期完成，在雨中施工还采用了新工艺，使甲方更加满意，给甲方留下了好印象。

2002年，建哲兄在业余时间同我做起了企业策划。因他在单位工会工作，熟悉企业经营情况，就为我出主意，提出了不少指导性意见，我一一采纳。同年还得到了政府职能部门的支持，成功策划了"张海良关于企业产品的市场推广"的报告会，到场的大多是国企、民企高级管理人员，现场座无虚席。我后来的策划水平也提高不少，我们共同做了一些企业策划。

2008年后,我父亲因高血压引发脑出血,动手术恢复后出院,建哲兄与嫂子专程去我家看望我父亲,让人十分感激。

最让人感恩的是,2015年,我父亲去世,建哲兄与嫂子前来吊唁。次日,王兄早晨一个人打的去殡仪馆一直陪着我,后来又一个人回去,真让我过意不去,他已是六十多岁的人了,还为我奔忙。

岁月流逝,我与建哲兄已有二十三年的友情了。我仍有许多心里话向他说,他也有许多心里话向我说。每隔一段时间,我们总会打电话相互问候,现在用微信了,也常交流,如有好消息、新奇事总是互相分享。因他是兄长,我总向他说心里话,他能给人带来温暖、带来力量、带来自信、带来好的处事方法。

2018年2月22日(正月初七)

李莉的孝道

李莉是王建哲兄的夫人，我叫她嫂子。我认识李莉二十几年了，知道她不但组织管理能力强，而且孝敬父母，做事让人非常敬佩。

每逢周末她都要从咸阳回兴平看望父母，为父母做饭、做家务。父母年龄大了，都是八十多岁的老人。她退休后更是体贴入微，经常关心两位老人的身体，常与父母说些心里话。她深知父母总操心小弟，她也把心思多用在小弟身上，分担父母的忧愁。

一次，她母亲得了重病，经过诊断后，确诊为心脏病，需要做心脏支架手术。李莉嫂心急如焚，想尽一切办法托人找到经验丰富、技术老练的有名大夫为母亲治疗，使母亲转危为安，躲过了一难。

中国传统美德中的孝敬老人在李莉那儿体现得太多了。生活中，她除了为女儿看小孩外，剩下时间就是照顾两位老人，也常与建哲兄看望她婆婆和公公，关系特别融洽。她的孝，不是谁强求的，而是一种自觉，而且成了习惯。每逢周末去看望父母，成了她生活中的固定安排。孝成了她的行动准则。

她到了父母那儿，总是聊一些开心的话题，与父母分享快乐。

2017年11月，她母亲因突发心脏病去世。这如天塌了，李莉嫂子一下子失去了往日的神采。她对我说："母亲去世后，我似乎连家也没有了。以后去哪儿呀？"她道出了做女儿的心声。李莉对母亲的感情深似海，娘儿俩如此亲，谁也无法取代。我对李莉嫂说："孝已尽到，但我们无法阻挡死亡。你与王哥多保重身体。母爱的伟大永远在我们心中。"李莉说，母亲去世后，她2018年一整年都没过好。是的，母亲去世，怎能不难过呢？人都一样。

李莉的孝道尽显，也是中国传统文化大爱无疆的缩影，让人深思自己对父母尽的孝道。

2018年2月27（正月十二）

爷的持家之本

爷是个大个子，有一米八左右，我从记事起，就知道爷能干，使赵家一大家子人的日子过得红火。我们的住房当时在古城镇上算是最好的，古典式窗户格、组合门等，在街东头几排排房中很显眼。

爷有三个子女，两个男娃，一个女娃，父亲是老二。爷深知教育的重要性，一直鼓励伯、父亲、姑好好学习。父亲深知爷的良苦用心，也爱学习，而且很用功，上初中时就考上了当时洛南县最好的中学——位于东寨坡的洛南县第一中学。他上高中时很下苦功，1953年考上了西北大学，爷很高兴，全家人为之庆贺。伯也很努力，学习会计，在洛南县剧团工作。姑在农村务农，聪明好学，种地是一把好手。

爷很勤奋，除过种庄稼还爱种菜，喜欢种点韭菜、萝卜、辣椒等。菜长得很好，韭菜绿油油的；萝卜长得大，水多，甜味浓；萝卜缨让婆做酸菜；辣椒红了，晒干后，在石碾子上碾辣面，除过给家里留点吃，其余卖了作为日常零用钱。

母亲生下我后，爷特别高兴。我的眼睛大、圆，爷逢人就说："我有孙子了，我孙子长了一双鹰眼，叫他小鹰吧。"我长大后很爱听爷叫我小鹰。我暗下决心，长大后要为爷争气，做对社会有用的人，实实在在做人。

爷为人随和，说话不紧不慢，我幼时爷常给我说一些种菜知识、果树知识以及家乡的民俗，让我掌握了不少知识，尤其是栽种果树的知识。后来我在后院里栽了几棵樱桃树、李子树、桃树、杏树、苹果树，栽种打理果树的知识就是从爷那里学来的。

早些年，家乡逢过年都要在正月十五前后耍狮子，爷和婆每年都早早把门前的红灯笼点亮，等着耍狮子的人来，准备好烟、花生、糖果，以礼待人。

小时候，我上学时，总看见爷、婆为家里的生计忙个不停。爷的个子大，干活有力气，挑着扁担担粪上地。到了冬天，他穿着黑棉衣棉裤，像个老先生。

爷为人厚道、豪爽，爱交朋友。因家靠路边，离古城街道近，每逢集市，赶集人路过爷家要喝开水，爷都热情招呼。遇到饭时，爷让婆舀上几碗饭，让赶集人吃。婆也随着爷的豪爽，对赶集人很热情，她嘴角有一颗大痣，笑起来很有福相。时间久了，从山里来赶集的人跟爷成了熟人，与爷拉家常，与爷也成了朋友。

爷虽然没有多少文化，但他知道文化的重要性，因而给伯父起名叫文绪，给父亲起名叫文彦，给姑起名叫仁彩，寓意都很好。后来，伯父、父亲、姑都很争气，学习很努力。伯、姑后来虽然没有上大学，但还是把儿子、孙女培养成才了。父亲在五十五岁时，就成为陕西水利水电设计勘察行业第一批高级工程师。孙辈们也很上进，没辜负爷的期望，其中几个上了重点大学。

这下了却了爷的心愿，以至于在后来，我仔细查了父亲的名字，"彦"字寓意着有才学的人，可见爷为父亲起名是下了一番苦心的，水平不一般。的确，父亲给赵家争光了，给爷争气了，把文化传承了，也使赵家的祖训得到了传承。后来，我钟情于文学，也许是受爷的影响吧。我有了女儿，女儿大了也争气，考上了研究生；妹妹的儿子长大后，也考上了研究生；三弟的女儿也在2017年考上了西安工业大学，给爷和家族增光添彩了。

爷的宏伟目标实现了。爷的勤劳和处世及教育的思路，抚平了后辈们浮躁的心，使他们不走弯路，不盲从无计划的人生，对正确选择的专业和爱好保持专一、执着奋进的态度，真正成为成功者。

2018年2月9日

慈祥的外婆

外婆的名字我以前不知道，近日问母亲才知外婆姓雷，叫彩莲，记得外婆是在六十多岁去世的。外婆大眼睛，大脸庞，人长得端庄秀丽，衣着很整齐，说话不快不慢，个子在一米六左右。让我记忆犹新的是，在我四岁时的秋天，我到外婆家，推开院子大门，刚刚跨过门槛，就听见外婆叫我："鹰儿，我娃来了。"我应答道："噢，外婆，是我。"我走进院子，那花坛里黄色的菊花的香味很好闻。到了上房，只见外婆坐在炕上，我便与外婆说这说那。外婆给我夹了几个核桃让我吃。

后来，外婆还给我讲了收麦季节叫"算黄算割"的鸟的故事，外婆很会讲故事，也会做许多针线活，如纳鞋底、绣花、做布鞋、做棉鞋等手工活。母亲和二姨的针线活就是外婆教的。

我从母亲那儿知道，外爷的名字叫王象贤，因去世早，我那时小，对外爷印象模糊。母亲说，外爷除操持一大家人生活外，余下时间喜欢乐器，常拉二胡，二胡声使全家人心情舒畅。外婆有四个女儿、一个儿子。母亲说，她是外爷外婆的三女儿。至于后辈有几个人从事音乐工作也可能是受外爷的影响。母亲和小姨受外爷的影响，性格活泼，也爱跳舞。小姨爱唱歌，后来当了音乐老师。

到了春天，外婆住的院子里有外爷栽的梨树、苹果树，满树梨花、苹果花，满园春色，蜂蝶飞舞，好不热闹。我又去见外婆，外婆稀罕我，拿着好多吃的让我吃。我家离外婆家很近，不到六百米，外婆也常到我家去。

1966年4月，一个雨天，外婆身体不适，久病不愈，大概是得了胃病，舅请医生看，后来与母亲和大姨几个人专门带外婆到医院看，大夫看后说必须要动手术。考虑到外婆年龄大，他们与大夫商量后决定保守治疗。

又是一个雨天,外婆在炕上睡着,我与母亲在跟前,外婆说要吃葡萄,母亲冒雨赶去古城街道买,买回来给外婆吃了几个,可能是胃很难受,外婆就休息了。

隔了几日,外婆胃难受得厉害,一天上午,有舅、母亲和大姨等人在场时,外婆用仅有的力气看了母亲、舅、大姨一眼就离世了。全家人为之伤心。失去了外婆,全家人就像失掉了魂一样,难受了两个多月后,大家情绪才好些,各自去忙自己的事了。我那时想,人为什么会死?不死该多好呀。直到长大后才知生死是自然规律,每个人都不能逃脱。

外爷和外婆及舅舅为我们在洛南闯出了一片天地。外婆的伟大之处在于与天下所有老人一样慈祥地对待后辈,她的善良和质朴,值得后辈学习和传承。感恩外婆给予了母亲生命,母亲又给予了我生命。我们这一代成了幸福之人,少了战乱,多了幸福。怎能不让人纪念我亲爱的外婆呢?记得外婆去世后,表哥成治写了诗以表达对外婆的爱。

2016年6月,因舅去世三年,母亲带着我们弟兄三个和妹、妹夫从咸阳回了趟老家,专门在外婆的坟前烧纸、磕头。

我只能用文字纪念她,今后我将再继续努力做出点成绩来报答外婆给予我的爱。

2018年12月28日

舅

　　舅是在他九十三岁时去世的,他的一生也算功德圆满。

　　听母亲说,舅是1919年在商洛丹凤县出生的,从小就懂事,舅到了十几岁时,丹凤县城闹匪乱,烧、杀、抢不断发生,外爷和外婆住的几大间房屋也被大火烧毁,家具无法搬出,也被烧光,能清理出的唯有一两筐家当。为了以后一家人的安宁日子,躲避频繁的战乱,外爷决定迁移到相邻的洛南乡下。逃难路上,外爷腿脚不便,外婆搀扶着他,年仅十五岁干瘦的舅担着担子,一头挑着大姨和二姨,另一头挑着唯一的家当。一路上,遇险不少,遇见土匪打枪,子弹"嗖嗖"地从头顶飞过,一家人提心吊胆;遇见了死人骨更让人心惊肉跳,有几处沟里还有可怜的弃婴,一家人看到更是心酸。因路途多是崎岖坎坷的山路,外爷也有丢下孩子的想法,想把两个姨给人。舅害怕父母走不动了,把两个妹妹扔掉,他想,只要走出大山,就有出路。由于他的勇敢和执拗,从内心感觉到他作为哥哥,要有保护妹妹的责任,外爷也打消了丢下孩子的念头。经过三天多的跋涉,他们翻过了蟒岭山,临天黑了,先借宿在一户人家的破屋中。天亮后,他们又穿过几个小山沟来到洛南寻找地方落脚。后来,他们苦巴巴地在古城南何村才找下一处破旧房暂住下。时间久了,外爷和外婆以他们的善良和朴实博得南何村人的同情,村上保长与其他人商量后给了他们一处地方,同意盖简易的土坯墙瓦房。就这样,一家人有了属于自己的住处。

　　后来,又在下滩村找下了一块地方搬了过去。

　　到了1940年,外婆生下了母亲,过了几年外婆又生下了小姨。

　　舅在年轻时好学而且勤劳,他知道他是家里未来的顶梁柱。听母亲对我说,舅虽然没文化,原来家里穷上不起学,却常常借富有学生的课本,抄书学习。外爷、外婆和舅知道文化的重要性,让母亲和小姨好好上学,母亲和小姨也深知大人的苦心，刻苦努力学习。小姨在古城中学上完初中，母亲在洛南县城上完中学，高中毕业后和小姨都当了教师，为外爷、外婆、舅争了光。外爷除过种好田，也喜欢乐器，对二胡、板胡有好悟性，常常在农闲之余拉起二胡、板胡。有时他也在周围人过红白事时被请去助兴，换点零钱，也算补贴家用。舅虽然没有学外爷的板胡，但也喜欢听乐曲、听秦腔、看唱戏。他觉得家离小镇街道不远，可以做点小生意，给外爷、外婆减轻点生活负担。舅不到二十岁时，从外爷那儿要了一点钱，从盐商那儿批发了盐，从糖商那儿批发了糖，从火柴商那儿批发了火柴，开起了不足二十平方米的铺子。母亲和小姨长大上小学了，买零食也能从她们哥哥那儿要钱。听母亲说，她小时候到舅开的铺子那儿，舅从钱匣子取出零钱给她让到街上买吃的，大姨、二姨、小姨去了舅那儿，舅同样给。她们为有一个会赚小钱的哥而自豪、高兴，因为有钱买零食了。

舅办的小铺里大多是小镇中人们所需的日用品，尤其他卖的时间长了且经营得好，进的量也多了，生意大了，舅的经济收入好了，他在故乡也有了一定知名度。进入20世纪50年代，国家有了公私合营的政策，地方上成立了国营合作社，舅的小铺也被合作社看中，经过多次协商，地方管商业的负责人也佩服舅经商的能力，看他算账好、勤劳、市场方向好，多次诚心请他加入公私合营之列。舅反复考虑了几天，从家庭大局出发，也为子女考虑，他想，加入公私合营之列，以后的养老问题也有了保证。此后，舅成为县商业局下属古城公社一名正式的合作社职工。全家人为此庆贺，舅吃上了商品粮，成了公家人。

这以后，舅所处的合作社扩大了，经营范围也在拓展，除过生活日用品外，还有农副产品等，整个小镇街道群众把合作社当成了必去购买百货的地方，也对舅的爽快感到亲切。舅为合作社在经营上出谋划策，使合作社在经营上稳步发展。

20世纪60年代末70年代初，父亲在外地工作，工资也不高，母亲带着我们兄弟三个和一个妹，日子过得艰辛，时常为吃饭问题发愁。舅看在眼里，作为哥哥也要为妹想办法，有时舅想办法给我们送点大米、面粉，还有盐、黑糖、碱面等。一年一年，让我们走出了困境。

作为家里唯一的男孩，舅从小养成了独立、勇敢的性格，个性很强，但他的脾气不好。记得我在八岁时，我在村上一个空地玩沙子，用石块垒小房子，几个大男孩看见后故意逗我，一个大男孩用脚踢倒我垒的石头，我哭了。舅知道后，找那男孩狠狠臭骂了一顿。舅告诉我："人要自强，人软被人欺。"这使我也自信、自强起来。

舅的勤劳和善于经营也多次得到单位领导和职工们的好评，连续多年被评为先进个人。

舅勤奋努力，勤俭持家，日积月累有了积蓄，为一大家经济收入出了大力，在外爷的提议下，修建了上房三间、厦屋三间和新门楼，有了一个大院子，足有上千平方米的地方，使一大家子人其乐融融。院子里，舅栽了竹子，建了小花坛，栽了从洛阳带回的红牡丹、墨菊花等，这些花与外爷、外婆栽的梨树、苹果树相映成趣，使院子里充满着活力。每到春天来临，蝶蜂飞舞，满园春色。后来，舅还在院外自留地旁栽了几棵核桃树，地旁栽着一行黄花菜、一行马兰花，更显得生机勃勃，绿意浓浓。舅在门楼上养了灰鸽子，表哥有次爬上梯子掏了几个鸽子蛋给我们炒着吃，我心里美滋滋的，第一次品尝鸽子蛋，觉得新奇快乐。

20世纪70年代末，舅退休了，但他闲不下，还操劳着家里的事，为孙女们上学操心，他常常鼓励孙女好好读书，几个孙女很听话，考上了师范学校，毕业后当了老师。表妹爱霞放弃接班稳定工作的好机会，以舅为榜样，自强自立，奋发读书考上商洛师范学院英语班，毕业后，在中学当了英语老师。舅感到很高兴，也能理解女儿不接他班的原因，他知道女儿只有学会自己奋斗，人生才有价值，觉得女儿没有辜负他的期望。也有孙女自主创业的，效益不错，更是继承了舅的优秀品质，自力更生，一步一步走向成功。

20世纪80年代初，我们家迁到咸阳，与舅和姨他们要分别了。虽然离舅家远了，但舅常常在秋季寄来十多斤故乡的核桃，我们吃着核桃，想起亲爱的舅。

有一年，舅与妗子和二姨到咸阳看母亲。舅告诉我，在外，你们兄弟和妹子要团结，防止人欺侮，照顾好自己，少让大人操心。舅的一番话，让人受益一辈子。

我结婚时，舅与表哥成治和嫂子专门从老家来参加婚礼，并且送来一大块很有故乡风俗的红缎布,在结婚仪式上用此系一朵大红花戴在我胸前,我心里喜滋滋的,舅的细心和对我的爱,让我感激和感动,打心底感到舅是内心世界很丰富、热爱生活的人。

我有女儿后,回到故乡看望舅,舅见女儿活泼可爱,十分欢喜,我们返回时,舅依依不舍,给女儿钱作为分别礼,我看挡不住,只得收下,向舅告别。

舅到了晚年,得了一场大病,人消瘦了,表妹爱霞和妹夫长计想尽一切办法在西安为其医治且动了手术,舅挺过来了。

舅到了快九十岁时,我回故乡看舅,他仍然精神,说话干脆。一天早晨,我去舅家,他在炕上靠着,我取出一包奶,想给他打开喝,他说:"我自己来。"他依然坚强,与母亲一样,自己能干的事,就不叫人帮忙。

2013年,舅去世了,我们所有亲戚都无比哀痛,伤心至极。我挥毫写了一首自由诗为亲爱的舅送行。人们哀悼这位长寿老人,朋友们都来为他默哀、鞠躬。那天,天阴沉沉的,出灵下葬时,下起了大雨,似乎在为舅送行。我们被雨淋着,泪水、雨水交融,腿脚不方便的表哥敬西也与我们一起跪拜。等下葬完,雨停了,亲戚朋友们都说,这一位九十三岁老人的离去,让天也为他下雨送行。

我为舅不平凡和辉煌的人生感叹,人有来处,也有归处,要看你怎样面对。舅的养生之道,乐观处世的态度,值得我们这些晚辈学习,以他的勤奋努力为榜样,完满人生。

2019年4月16日

善良的妗子

中午，小姨从老家突然打来电话说："小鹰，你妗子去世了。"我不相信这事，又打电话到洛南大表姐家，经证实，妗子去世了。这意外的噩耗让我难以接受，母亲泪流满面，和我商量着回老家吊唁。我们打点好行装，去街上买了几米黑布和一些食物，准备起程返回。

我小的时候就知道妗子的老家在河南省卢氏县兰草村，从母亲那儿知道妗子的名字叫李桂枝，后改名为李桂芳。她不紧不慢的语气听起来让人舒心，也耐听。妗子在村子里是受人爱戴的老人，光是认她为干妈的就有八个女子，干女儿把她当作比亲妈还要亲的慈母。妗子的身世很清苦，她的母亲原是逃荒要饭的，后来在一大地主家落脚当了丫鬟。妗子与舅成家后，才有了一个像样的家，因不能生育，与舅商量从古城山里要了一个男娃，从三要镇要了一个女娃，就是后来我的表哥和表妹。不同姓氏的人组合成一个家，全靠妗子辛苦的劳作和舅父微薄的收入支撑着。

妗子整天都在忙碌着家务，还操心我们家几个人的吃喝。记得一次，母亲忙于教学在学校还没回家，我们兄妹四人放学了，到晚上还没晚饭吃。妗子知道后，烙了十几张煎饼，用笼布盖着从下滩村端到花园村的我家。她见了我就说："鹰，你妈没回来，我烙的饼你们几个先吃吧！"她还给我们熬了玉米糁稀饭。妗子是个闲不下的人，我每次见到她，她不是担水，就是锄地，或给猪喂食，她把劳动当作是一种生活方式，唯有劳动才能使她舒心、满足。她爱栽培菜苗，每逢古城街的集市，她就挑着两柳条笼的菜苗去售卖，如莲花白（卷心菜）苗、茄子苗、辣子苗、红薯苗，一天就能卖完，因为她的菜苗苗壮有形，价格又便宜，人们都愿意和她打交道。她收获的是喜悦和丰硕的回报。她种的红薯又大又甜，邻村的人还请她做技术指导。

舅家是一个大家族，十三四口人，妗子把饭做好后先让舅和几个娃吃，她不坐到饭桌边，而是随便坐到一边，有时靠到墙边简单地吃一下，舅为这事很是生气，总训斥她，妗子不听，依旧是那样。舅看没办法就顺着她，可能这就是妗子辛苦了多年后养成的饮食习惯，改不了。妗子在六十多岁时，担着满满两粪笼要倒到一千米外的鸦雀岭自留地，家里人拦也拦不住，为她操心。她只是执拗地微笑着说没事。

自从我们家搬到咸阳后，与妗子相处的时间少了，但还是想她。1992年过年时，我带着妻子和小女儿专门回老家，妗子非常热情地款待我们。妻子说要吃豆腐脑，妗子与表嫂在点豆腐时特意舀了几碗，调上韭花和蒜水端到妻子和我手上。我说："妗子，你年龄大了，再别干重活了，别担水了。"她说："担水现在少了，重活让孙女干。"几天内，为了少让妗子干活，我担了几担水。表妹夫过年买了带鱼，我洗净在灶房烧好，用筷子夹起给妗子喂了几口，妗子笑眯眯地说："我鹰娃子做的鱼好吃得很。"

我们要返回咸阳了，妗子一家人来送我们。她硬是拉着我的手给我塞了二十元钱，说给娃买点吃的，我说啥也不收，妗子死活不松手，舅看后狠狠训我："你这娃，那钱是你妗子积攒的，不多，是她的心意。你不拿，她过意不去……"我没办法，只得收下，拿上了那妗子用勤劳的血汗换来的沉甸甸的钱。

过了几年，舅和大姨来咸阳看母亲时，舅刚跨进门，还没歇息，就将一个用方格纹的带小花的手帕包的小包递给了母亲。母亲小心翼翼地打开，里面竟是一厚沓皱巴巴的但压得很整齐的一角、二角、五角钱，舅对母亲说："那是你嫂子卖菜苗积攒的钱，她让你花，再给娃买点吃的。"母亲没说什么，顿时泪水不由自主地流到脸上。妗子的心极细，很独特的礼节显得她极为纯朴，就像一条小溪涓涓地流入人的心田，可亲、可敬。

妗子的丧事办得很隆重，村里所有能来的人都来了，母亲和我及所有亲戚、友邻、朋友一样，怀着沉重的心情痛悼慈善的妗子，我们泪如雨下，同这位辛苦了一辈子的老人做最后的告别。我望着妗子那黝黑的脸，潸然泪下。葬礼后的第二天，所有亲戚的心情依然沉重。表嫂的大哥和村上几位与妗子关系很好的老人，挥动着锄头锄着妗子没锄完的小豆地。地无声，人沉默，再哀悼一次吧！

1999年7月

老爷的烤茄子

老爷,实际上是我爷的叔父。小时候我记得老爷的住房是三间土坯瓦房,没有院墙,但门口的一棵大核桃树倒是引人注目。树径有四十厘米左右,树龄有五六十年,树冠高大,有十七八米。每到夏季,人在树底下歇凉,谝闲传,很有乡间情趣。离核桃树不远处是老爷的六七分菜地,老爷常种些韭菜、白菜、辣椒、大葱、茄子、萝卜、香菜、苜蓿等,其中茄子栽得不少。他种的菜一部分在集市上卖,换点零用钱,一部分留下来自己吃。

老爷做茄子的方法很特别,先摘下两三个新鲜茄子,放在灶房的柴火上烤,约莫有二十分钟,几个茄子烤熟了,老爷将其取出,弹掉柴灰,剥去茄子皮。烤熟的茄子肉白白的,老爷用手撕下一条条茄子肉并放在搪瓷盆中,然后剥几瓣蒜,用石头蒜窝捶烂。后又切点葱花和青辣椒丝,放适量的盐,倒上自制的柿子醋,烤茄子就完成了。

他总爱喝玉米糁稀饭和吃黑馍,就上凉拌烤茄子,黑馍是以前乡里人用麦子磨了好几次的面做成的。老爷吃着这简朴的早饭和晚饭,就这样日复一日过了若干年。小时候,我与堂弟去老人那儿吃了几次这样的饭,菜好吃,饭也香,对老爷那样爱吃茄子也好奇。因而,我对老爷爱吃茄子印象很深。

2017年11月14日

病中的父亲

2008年11月11日下午五点多，母亲打来电话说："小鹰，你爸不会说话了。"这突如其来的消息，使我震惊不已。稍许，我冷静了，赶快给母亲说："千万不敢动，我马上就回。"随后我取出几千元的现金，急匆匆打车朝回赶。回到家里，门已大开，看到躺在床上的父亲脸色蜡黄，我的心情沉重极了，我才知父亲血压高达210，是脑出血。单位诊所的张大夫及时叫来了咸阳市第二人民医院的急救车，医务人员和来帮忙的朋友小心翼翼地将父亲抬到急救担架上。母亲不知所措，痛苦到了极点，但仍然强打精神收拾东西一起去医院。

经过急诊，诊断是重症脑出血，出血量达52毫升。这该怎么办呀？全家人忙乱不堪，精神恍惚，主治医生决定动手术。此时，弟弟、妹妹、妹夫及妻子都陆续赶到医院，已临近七点，医生开出了病危通知书，因为父亲的出血量相当多。主治大夫是科室主任，他也不敢保证动手术不会出意外，就看我们家的意见。母亲几乎要昏倒。我作为长子，与二弟、三弟商量后决定必须动手术，经过一番考虑后在病危通知书上签了字。

然后配合医院尽快给父亲剃头，做好手术准备。全家人都心情沉重地跟着医务人员推着活动床把即将动手术的父亲送进手术室。

一个小时、两个小时、三个小时过去了，全家人都在手术室门口及楼道焦急地等待着，我无法形容当时复杂的心情。过了五个小时，也就是凌晨一点多，手术室的大门开了。主刀医生白大夫出来了，白大夫看我们全家人都在，声音不高，慢慢地给大家说："手术很成功……"几位大夫用高超的医术，将父亲的生命保住了。全家人心里稍稍松了口气，母亲也放心了。

紧接着是在重症监护室治疗。一天、两天、三天，父亲一直昏迷不醒。

到第七天，我有机会去了一次重症监护室。危险期已度过了，父亲变得稍有精神了，十天后，父亲出了重症监护室，全家人的心落定了。但父亲仍是不说话，偶尔迸出一句也是听不清楚，大小便也无法控制。接着是常规住院，整整一个星期后父亲病情慢慢有所好转，手、胳膊、腿、脚稍能活动了。

父亲是头一次得了这么重的病，也是第一次住院，也许是日常缺乏保健，有了小病也硬抗着。他是很倔的人，原先查出有轻度脑梗和高血压，却不按时吃降压药，这次的病才这样来势汹汹。护理的日子是漫长的，我和弟弟、妹夫、弟媳及表兄换着照料父亲，渡过了一个又一个难关，熬过了一个又一个夜晚。二十多天后，父亲苏醒了，只要父亲有一点劲他自己就要动、翻身。护理中，我看到了父亲的坚强，面对病魔有一股不屈不挠的精神。我作为长子，深受感动，为他坚忍的毅力而深感敬佩。父亲现已是八十二岁的老人了，他对我的爱说不尽。上中学时，他为我买了一套数理化自学丛书，这是鼓励我在理科中有所提高，可我偏偏对文学着迷，辜负了他的期望。我刚上班时，他托人为我捎了一身蓝色的纯布红卫服。我成家后，他在家附近的集市上挑选了一个纯梨木的案板和一个菜板扛在肩上送到我住的五楼。见此情景，我不知所措，赶快接下，有点想要落泪的冲动。

当我遇到困难时，他没有过多的言语，只是说："要自己解决，去克服，路是靠自己走的。"正值工作单位经济效益下滑，一件件难事，我都撑过去了，我这才理解了父亲的话。

父亲是一个固执的人，也是很自强的人，听父亲原来说过，他在老家商洛洛南上学，因爷爷的教导和他的勤奋，考上了西北大学地质系。20世纪50年代，从商洛山到西安交通不便，父亲与其他五位同学背着被子及行李从洛南步行到西安，一连走了三天两夜，穿烂了八双草鞋。怪不得他对待工作是那样的肯吃苦、严谨和执着。

这样的父亲我怎能不佩服他呢？

从父亲那里我学到了自立，使我在事业上也有所进步。我看到病中的父亲依然坚强，虽然他说话有点吃力，现在也无法与人沟通了，但他心里还是明白的。我相信这病对他来说又是一次人生的历练，黑夜过去总会见到太阳。

住院两个多月后，父亲稍能下床挪步了，这是天大的幸运。他在医院的过道里扶着助步器,来回走动锻炼着。几位主治大夫都说父亲病情恢复得好。他的病例也在神经外科被作为典型。也就是这样硬撑着,父亲的身体机能好多了,尽管他说话依然吃力,甚至不想说话,但令人担心的危及生命的情况不会发生了。

我庆幸父亲被抢救得及时,众好友的帮忙和几位好大夫高超的医术,才使父亲转危为安。最重要的一点就是父亲坚毅和不屈服的精神,顽强抗争,笑对疾病。

此后,随着母亲的精心照料,父亲无数次用药、打针、服药,病情不断好转。我想,每个人都会遇到困难,只是看你怎样对待,父亲就是这样,正视疾病,与之抗衡,人在病中行,荡气回肠见毅力。

2014年

母亲腌的那缸大白菜

那是三十年前的事了。记得在老家商洛上初中时，家中的主食大多是玉米粥和烩面。菜一般是母亲腌的大白菜。那菜吃起来很脆，一股清香让人食欲大增。简单的一顿饭，却很扛饿。

母亲腌大白菜是拿手活，她人麻利，从外婆那儿学了厨艺和针线活。母亲在家不远处的小学教书，教语文课，教学课程很繁重。等到放学后，赶紧步行回家给我们兄妹四个人做饭，总是一大铁锅玉米粥配上腌的大白菜，或者有时炒白萝卜丝配饭。我的饭量大，要吃饱就得两大搪瓷碗才够。日子久了，母亲也变着花样把腌的咸白菜炒一下或者加点浆水豆腐，但那味总没有从缸里直接捞的咸大白菜好吃，是因被炒得变味了。我是兄妹四个中的老大，老二总戏称我是"大肚子"，吃得多。我不知咋的，吃玉米粥时，总觉得很香，一下饭量猛增。

这样的生活伴随着我度过了少年时代，进入青年时，生活也多样化了，似乎对腌大白菜也不怎么关注了。但有时喝玉米糁稀饭就腌的大白菜，味道非同一般。

母亲腌制的那缸大白菜，是商洛蟒岭山的山林味，是沙河边的水草味，它凝聚的是一种纯朴。

自我们从老家商洛落户到古都咸阳后，母亲每年都要腌些大白菜，它倾注的是对商洛的眷恋，也为餐桌上增添了一分怀旧意味。时光荏苒，我已步入中年，母亲也成了白发老人，但她仍健谈。前些日子，我与母亲就餐，母亲说："今年只腌了一缸大白菜，味道很好。"我尝后，赞叹不已，因为吃到了在故乡时吃的那个味。我眼前又浮现出当年母亲为了我们兄妹四个的生活，白天教书，晚上腌大白菜的情景。

几十年了，人的年龄增长了，都变老了，但母亲那腌大白菜的手艺没变。让我佩服的是，母亲对生活仍然充满无限热爱，仍然有股活力。

2014年1月

失语

父亲在2008年因脑出血留下了后遗症，就是不会说话了。我们全家人一下陷入悲痛之中，为此与他沟通只能看他的表情。我伤心到了极点，过后，也不得不面对这残酷的现实。作为长子，我也再不能同他对话了。遗憾的是，还有许多心里话没对他说，就听不见他的声音了。昔日慢条斯理不善言辞的父亲就此失语了。

我觉得天塌了，全家人忧虑、无奈甚至彷徨，感叹人生的无常。我真正意识到了人到晚年会被疾病折磨到何等地步，但还是要重新面对生活。以后怎样让已出现此状况的父亲维持他那脆弱的生命。与母亲及弟、妹商量后，为了尽快让全家人走出这种困境，我去医院咨询主治大夫看通过别的渠道还有没有办法医治这失语症。几位脑血管专家断言："语言功能脑神经受压迫，已无法医治。"这无情的现实让人无法面对。但今后还是要让父亲继续好好生活呀！

瘦弱且刚毅的母亲，想尽一切办法给父亲买鲜牛奶等营养补品，为的是让父亲再健康起来。

父亲虽不能说话，但有时意识稍能清楚，知道上厕所大小便，有时他自己上，但手不听使唤，还得让人帮助。

一次，护理父亲时，他用左手竖起了四根指头，我认为他是指我们兄妹四个，但他又摆了摆右手好像说不是。母亲走到跟前也说是指我们，他摆摆手，我与母亲纳闷了，不知他指的是啥。

今后的日子与父亲相处，就必须先了解他的手语。我忽然醒悟，想起了父亲是学理工科的，原来他教女儿识数，就用指头数数。也正是有了手势，父亲找到了与家人和看望他的同事沟通的方式。

有几次,父亲的同事去医院和家里看望他时,父亲不能说话,但总是伸出左手拉他们的手,他们也懂他的意思。分别时,父亲挥动着左手向人招手再见。手语代替了父亲失语后的思想表达。他的心灵在呼唤,那是竭力想战胜病魔的表现。

　　自那以后,我们学会了看父亲的手语和眼神,也习惯了他的交流方式。

　　换个方式与我们沟通交流也是一位八十岁老人坚毅的精神体现。父亲晚年的生活就是在这样一种状态下度过的。

2012年3月

婶娘

婶娘是妻子叔父的老伴，当过民办教师，后来自己勤奋努力转为正式公办教师。作为教师，她深知必须教好学生，从教几十年教了不少优秀学生，学生爱戴她，同事也喜欢她这位认真负责、细致入微的教师。

除过教学外，婶娘最重要的事就是教育好三个子女，老大、老二是男孩，老三是女孩，他们也懂得母亲的用心良苦，从小他们的父亲因在新疆等地做勘探工作，孩子的教育、生活成了母亲一个人的事。新洲兄曾对我说过，他上小学时婶娘对他要求严格，但也是用巧妙的引导方法去督促并说服他明白学习的重要性，使他从小就深深知道母亲讲的话是实实在在用心讲的。新洲兄明白了母亲的心思，小小的他很懂事，他知道了人生只有靠勤奋学习、努力奋斗才能获得幸福。幸福在哪里？就在"勤奋"二字上。有了老大这个榜样，老二也跟着学，妹妹也被带动着。听妻子说，新洲兄上中学时曾在咸阳地区的化学竞赛中得过奖，当时的奖品是一部收音机。

我记得回妻子老家周至时，见到婶娘，她很健谈，说话亲切。因教师职业，喜欢孩子，同我们无话不谈。

我们回去的那一年，逢新洲兄本命年，婶娘看儿子没有系她做的红裤带，当着大家的面指出，让新洲兄系上。

婶娘热爱生活，做事细致，她把后院整理得如花园一般。通往厕所的一条小路约有三十米，两边栽了不少竹子，竹子长得绿汪汪的，还配有石山，且栽有几种花木，她就像教育几个孩子一样用心培养。

十几年间，三个子女没有辜负婶娘和叔父的期望。老大、老二双双成了博士，一个在清华大学，一个在西安交通大学，都当了大学教授。女儿大学毕业后在周至当地的学校当了一名教师。周边人无不竖起大拇指称赞。婶娘教子有方，而且有优秀之处可学，我为婶娘教育子女的优秀方法叫绝。这个教子故事在当地成为美谈。

婶娘退休后，三个子女为了孝敬她，接她到北京、西安住，但婶娘习惯了周至园林般的生活，在外面住了一段时间后就回到周至，因为那里有她熟悉的乡亲，熟悉的乡音。

除过家务，她也热心地为村上人帮忙，如过红白事时，她成了大家离不了的一位热心老人。

天有不测风云，2016年冬季，天很寒冷，附近一家人过事，婶娘给人帮忙。过了不多久，婶娘就病倒了，心脑血管病复发，先去周至县城看，后到西安住院看。我与妻子专门去医院看她，但因她病情重，没能见到。婶娘也是因常常操劳，忽略了保养自己，才出现此情况。过了一个多星期，她就去世了。这消息传来，我与妻子及妻姐、姐夫便连忙去周至吊唁。几天后，我们参加了婶娘的葬礼。那天，三个子女哭成了泪人，婶娘原工作学校的老师和学生及村上乡亲都参加了婶娘的追悼会。追悼会上，叔父诉说了失去老伴的痛苦心情。新洲兄痛哭流涕地念了祭文，让在场所有人都感动落泪。他们几个子女为有好母亲骄傲，我们为有一位正直、有责任、会教育子女的婶娘自豪。

在葬礼上，新洲兄很细心地在墓地放置了三个核桃作为纪念，它象征着三个孩子，来向他们伟大的母亲做最后的告别。

我默默与婶娘告别，愿婶娘安息。婶娘的子女没有忘记婶娘的教诲，在今后的工作及人生历程中仍然努力奋斗着，为婶娘争光。

2018年8月1日

一双虎头鞋

女儿不足半岁时，堂兄新洲与妻弟专程来看望他们的外甥女。堂兄买的礼物很特别，是一双手工制作的红色虎头鞋，至今让人难以忘怀。

堂兄新洲的年龄实际上比我小一岁，他是我妻子叔父的大儿子。我俩年龄相仿，也总能聊到一起。我结婚后在1988年回到妻子老家周至，与堂兄新洲见面，觉得他为人随和，语速快，总聊一些新知识和家乡的新鲜事，感觉他的上进心很强。我俩一起去他周至县城的家，晚上聊到了凌晨一点多才入睡。聊的大多是对人生的看法，今后的打算。他的思维很敏捷，对事物能进行透彻地分析。

他当时才上大学，在西安交通大学。那年，他作为一个学生，经济不宽裕，还要依靠父母的工资上学，能买一双虎头鞋也是他做舅的一份心意。这双鞋蕴藏着他对外甥女的厚望，希望她穿上虎头鞋像小虎一样健康成长。

多年后，新洲兄从西安交通大学毕业了，被分配到汉中陕西工学院（现陕西理工大学）当了一名大学教师。他严格要求自己，不安于现状，除过为学生上课，其余时间发奋努力学习，过了几年，考上了母校的研究生。这以后又去天津大学读博士，毕业后，在清华大学做博士后，经过十几年的实践磨炼，成为一名优秀的教授。苦尽甘来，他的事业走向了辉煌，也给家族带来了荣誉。家族亲戚的子女们以他奋斗的故事作为榜样，激励自己努力学习。他的亲弟弟也以此为榜样，奋发努力考上西安交通大学，同样考上研究生，后来也努力学习成为博士。妻弟工作后，不甘落后，努力学习，考上西安矿业学院，毕业后又回原单位，经过十几年奋斗，成为一名专业技术管理者。妻姐的儿子同样努力学习，考上西安交通大学，毕业后，考上研究生，工作后，又不甘落后，努力学习考上了博士。这些事也在周边被传为美谈。

一双虎头鞋如一份厚礼，似乎给女儿在学习上增添了无限自信。有一位博士后舅舅在后面推着她冲向学习之峰，让女儿也有了拼劲，伴她成长，从而迈向成功。

小小一双虎头鞋，是两代人互相进步、共同奋斗的象征。女儿不负她舅舅的期望，长大后，努力学习，以舅舅为榜样，考上了西北大学的研究生，工作后，成为行业内的一名专业技术人员。

虎虎生威，力量无穷，虎头鞋以传统的文化寄予着长辈的期望，为祖上争光，为社会尽一份力。如虎添翼，凌空飞翔。

2018年7月31日

一碗煎水

煎水，就是烧开的水。老家商洛习惯把为客人做的荷包蛋称为煎水。一碗煎水蕴藏着浓浓的感情。

原先回老家时母亲总是先给我打几个荷包蛋，随后端上来，那是母亲给我最大的礼遇。现在在城里，母亲仍保持着传统的习惯。前些年到伯父家，伯父吩咐伯母尽快打荷包蛋招呼款待。

记忆犹新的是2011年春，因给老家亲戚办事，我与二弟专门去看望姑姑。姑早已住进了新楼房，靠近公路边，那是表兄在2009年盖的。姑说话仍是一板一眼，虽已是七十八岁的老人，但说话很有力，她赶忙吩咐表兄表嫂："去，烧喝的！"一会儿，表兄表嫂端上了两碗热气腾腾的荷包蛋。我实际上不太饿，但还是吃了两个，二弟很倔不吃，表兄只得自己陪着吃。我与姑和表兄拉了一会儿家常，就匆匆分手了。

时隔一年，在2012年6月初，表哥东计打来电话说："小鹰，你姑得了大病，是食道癌晚期，在县上、西安都看了，病没啥好转，她想你，看你啥时回来一趟。"我一下愣了，问了详细的病情，就说："我尽快把事安排好，这两天就回来。"

两天后的星期天，我一个人搭上了回老家的大巴，一路上如画的景色我无心去欣赏，总想，不知姑现在成什么样子了，胡思乱想了一路。到了县城，我就先给表哥打电话，让他放心。我买了去镇上的车票，又踏上熟悉的故乡之路。杨树的树叶茂盛，山坡上的核桃树果实累累。当教师的侄女专门在乡街道接我。见了姑，我不敢相信自己的眼睛，原来那么精干、沉稳的姑，人一下变成皮包骨头了，都不敢认了，她在新房的一间卧室床上躺着。表哥说："你姑现在是饭无法下咽，专用针也打不进去，人痛得要命，已有两周没吃东西了，现在只能靠喂点温水度日，维持生命。"姑吃力地眯着眼看我，打起精神同我说话："这事，不要给你爸说。"她知道我父亲身体不好。看见原先特别硬朗的姑如今干瘦成这惨状，我落泪了，姑无力叫表嫂打荷包蛋、烧煎水，但表嫂知道该怎么做，不一会儿就端上了一碗荷包蛋。我无法下咽，先放在床头柜上，拉住姑干瘦的手，用脸贴住姑的脸。我特别伤感，人到了这一步，才深感到生命的脆弱。姑的嘴一直张着，我让表哥找棉签给姑的嘴唇抹点水，好让姑的嘴湿润一点，这下还管用，姑不太痛了，我才吃下这碗荷包蛋。我下午专门还与在陕西中医学院附属医院工作的同学联系，咨询病情，看还有啥办法去治。他说，现在只有靠打几种营养药来维持生命。我对表哥说了，他说："前一段村上诊所的医生就来打过，现在关键就是针打不进去了。"我担忧这病咋就成这样子了，真是无法治了吗？又一会儿，姑胃烧得难受，她让表哥拿核桃叶放到她肚子上凉一下。

我住了一天，因还有其他事，就要走。第二天上午九点多，我又去看姑，拉着她冰冷的手说："姑，我要回咸阳了。"她说："那你不看你伯了？"我说："这次我是专门来看你的……"我依依不舍，她知我有事，很干脆地说："你走。"我给了表哥一些钱，让给姑买些吃的，表哥为难地接下了钱，给姑说："小鹰要走，给你点钱。"她说："不要！"我说："你拿上，买点吃的。"实际上姑现在已不能进食了，这只是做小辈的一片心意。姑吩咐表哥给我拿上苞谷糁、核桃等，表哥一一照办。

表哥送我到乡上搭去县城的车，我心想，这也许是见姑的最后一面了，表哥有预感，灰心地说："可能人快不行了。"我也叮咛表哥，该做最后的准备了，他说一切都已准备好。就这样，我回家了。

回到咸阳不到一星期，我总担心姑的病症。一个上午，表哥突然打电话哭着叫着我的小名说："小鹰，你姑走了……"他沙哑的哭声，让我更加伤感。我说："明天我就回。"

安排了手头上的事，我又匆匆赶回老家。一路上，我的心情相当沉重。

见到了身穿孝服且一脸疲倦的表哥，我心里有股酸楚感。见到了八十三岁的伯父，他坐在一条凳子上，看到我，一脸无奈。我拉着伯父的手问着情况。此时，见到了好多年没见的几位叔，我问候了几句。就这样守候着，没过多久，表嫂端着一个小方盘走到我跟前，上面放着四碗荷包蛋，当我见到这熟悉的礼遇时，心里十分难受。这次特别的礼遇，它不是简单的一碗煎水，而是回老家参加我已逝去的亲爱的姑的丧事而吃的荷包蛋。我难以下咽，过了十多分钟，才慢慢吃下去。这次喝煎水太不寻常了。平时喝碗煎水很容易，唯独这次是因为失去了一位亲人才享用的，可见这碗煎水的分量是多么的沉重啊！

2013年

一碗豆花

陇东的早市很有特点，如小吃炉齿馍、豆花就很有地域特色。这是在庆阳待了许久才寻到的特殊的风味。热乎乎的豆花配料讲究，香菜、大蒜水、辣椒油、咸菜丁等。那炉齿馍如同炉齿，是用发面在案板上拍成饼状，用刀切七八个齿印，然后放置在黑得发亮的小石子上烙的，这像炉齿的饼子烙得焦黄，吃起来外脆里韧，别有一番风味，就上陇东的豆花，更让人感受到来自高原的亲切。三三两两的人围坐在小低桌前品尝着豆花。陇东高原的天空纯净，城中集市的热闹，更增添了此城的魅力。

一位瘦削的老人坐在我的旁边用小铁勺舀着豆花慢悠悠地吃着，他的举止让我很想同他说话。我打量着老人，问他多大年纪了。他一边吃着，一边用手指比画着，噢，我看出来了，是九十一岁，我不敢相信自己的眼睛。老人看起来像七十多岁，当知道他九十多岁时，我叹服他的保健方法，并向他讨教养生之道。旁边坐着一位老妇人，她已是八十五岁了，是老人的老伴。老人告诉我他七十五岁后每天早晨起来，与老伴从家里走到早市上吃碗豆花。十几年了，天天如此，除过天气不好从未间断过。他说他是江苏无锡人。我问在庆阳多少年了，他说："五十年了。"我纳闷，也许他是年轻时为西部建设来到庆阳的。他的老伴道出缘由，他就是为开发长庆油田从南方来的，一晃五十年，时光流逝，两位老人依然健康。

吃一碗豆花，发现了一位高寿老人的坦诚，一位不远千里从南方来此建设的人的好心态。我看出他对陇东庆阳城的热爱，比对故乡还要亲。卖豆花的妇女叮咛我坐长条板凳注意点，不要把老人闪了，我听见她的提醒，立即坐稳。老人一勺一勺吃完后，起身同老伴向我挥手再见。看着那一对老人一前一后的背影，我为他们祝福，祝福老人健康长寿。

原来在陇东吃一碗豆花是有这样的感觉。一碗豆花浓缩的是一对老人对生活的依恋和寄托,给我这位来自咸阳的后生一次心灵上的冲击,使我重新认识到生活的真正意义。

2012年

成治哥的文艺爱好

成治哥是我大姨的大儿子，他毕业于商洛农业学校洛南分校。他比我大十几岁，我的文学爱好也是受他的影响。我上小学时，去成治哥家看他在房间墙上贴的十几幅电影海报，特别稀奇，就仔细看上面的画面和文字说明。成治哥看我很喜欢，走时专门给了我一册电影宣传画，让我细心看。后来我问他咋有那么多电影画报，他说是自家侄子何丹萌给他的，丹萌在电影公司上班，我这才知道丹萌的情况。

这以后，只要成治哥从丹凤回来，我就去他家看电影画报。还看见成治哥在弹扬琴，哼唱着歌，他对乐谱熟悉，对作曲也爱琢磨，很投入，也常编一些歌词，写一点诗歌。记得他给我看过写给外婆的诗。我那时小，从成治哥那诗中看出他对外婆的一片赤诚。母亲给我讲过，外爷也是一位爱好文艺的人，会拉二胡、板胡等，可能成治哥也是受外爷的熏陶吧！成治哥也爱唱秦腔。前几年，我在表姐家与表姐夫恩全哥还有成治哥三人聊天时，成治哥拿出他整理的一本厚厚的秦腔唱本让我俩看，我逐页翻着，都是他对秦腔的记录。

成治哥把我当亲兄弟，别人都说他脾气不好，倔、固执，但他同我说话总是笑眯眯的。我俩有说不完的话，大多是对文艺的看法。他为我打气，鼓励我，有时他不用说多少话，用表情就能给我自信，给我力量。20世纪80年代初，他专门给丹萌写了封信，让我转交。由于丹萌忙，我专门去了趟省群众艺术馆，那时打电话不方便，我把信从丹萌办公室门缝塞了进去，不知他收到了没有，一直没见丹萌回信。也巧，到了2005年，我兼任《五陵原文化报》副主编时，作家王海的小说《天堂》改编为话剧《钟声远去》，我刊登了不少剧情介绍和剧照，丹萌的女儿何苗扮演了小凤的角色，在咸阳首演时，我见到了他女儿。过了不久，开会时也见到了丹萌，他把成治哥叫叔，我们都说起了成治哥的文艺天赋。

　　成治哥后来到商洛市汽车运输公司驻西安办事处工作了一段时间，当时地址在金花路附近，我还专门去看过他。后来搬到西郊大庆路附近，我与舅也去过他那儿。

　　此后，他又回到老家洛南县汽车客运公司工作，工作闲时，他没有忘记弹琴、写诗歌。一次，正逢夏日，我回老家去他那儿，他为我做了汤面片、炒西红柿、煮洋芋、炒青菜，很好吃。这好像是从我姨那儿学的，我至今都没忘记成治哥做的那顿味道鲜美的饭。

　　时间过得飞快，成治哥又转到老家一个镇上的土地局工作，这主要是因为离家近，能方便照看大姨，也能把家顾上。

　　以后几年，只要我回家就要去成治哥家，与他聊一些新鲜事。他还专门给了我一本带塑料皮的笔记本，至今我还保留着。

　　然而，生活中也有许多烦心事，他的固执使他对儿子的教育过于苛刻，让他的情绪处于沉闷之中。但他的文艺特长，也使他对一个问题有自己独到的看法，他变得很自尊、自强。儿子也有了叛逆心理，有时让他无可奈何。我在成治哥面前也只能提醒他，但无法改变他这个兄长的独断，使得他的几个妹、弟对他也有很大的看法，不过拗不过这个哥的倔劲，我作为兄弟只能由着他。

　　成治哥早已退休了，已到了六十八岁的年龄，由于不在一个地方住，有时总想他。他总穿着一身蓝色中山服，瘦瘦的，个子不高，笑眯眯地站在那儿。祝他文艺爱好常在，健康安度晚年。

2018年8月4日中午

建英姐持家的风范

建英姐，实际上是我表哥申山的妻子，我叫她表嫂。她人长得好，大眼睛，两只眼睛很有神，瓜子脸，快一米六八的个子，在老家当地很出众。我们曾对她开玩笑说："建英姐长得像抗战时期的游击队长、妇女干部，威武漂亮。"她总是露着一颗虎牙微笑着说："过誉了。"

建英姐的持家方式，在老家出了名。她年轻时曾担任村上妇女工作委员，被评为商洛洛南县妇女先进，使舅家也成为"五好家庭"。这些与建英姐善待老人、勤快能干分不开。年轻时，她本能去县上某家企业工作，但舅家一大摊子事让她走不开，要种几亩地，还要为四个女儿做饭，她成了家里的主要劳力。

记得一次，妗子重病，几个女儿都在上学，她与表哥和舅将妗子搀扶到架子车上，将其拉到三千米外的医院，迅速挂号，让医生医治。住了快半个月院，她一直陪护、擦洗、送饭，直到妗子出院。这类照顾老人的事有许多。

建英姐的手很巧，如手工绣花、做动物花馍，及做面皮、腌咸菜、做豆腐等。一次，我带着妻子与女儿回老家，刚到舅家，正逢建英姐做豆腐，歇息了一会儿后，建英姐就舀了两碗豆腐，十足的农家大块豆腐，浇上调料汁，让人不想再吃别的东西了。我们都称赞建英姐厨艺好。我们也吃到了她蒸的馍，很香。

自从妗子去世后，舅也快到九十岁了，除过照顾老人，农活几乎靠建英姐一人做。原本她是一个精干的人，一个身材匀称的人。但由于长期忙碌，没有好好照顾自己，背驼了，腿有了骨刺，身体一下垮了。她已是六十多岁的人了，还是为家里事操心着。好在四个女儿和女婿关心着她和表哥的身体，陪同她到医院看病。虽没有大的病症，但她的脊椎变形，背再也不能直起来了，落下了慢性病,让人心酸。但是她总是淡淡地甜美地微笑着,依旧辛苦持家。我作为表弟也祝愿她多保重身体,永葆青春的活力。

2017年8月8日

东琴姐

  东琴姐是我大姨的大女儿，听母亲说，她小时候就活泼，勤学好问，喜欢唱歌跳舞，热爱文艺。她中学毕业后，担任了大队团支部书记、生产队出纳。一次偶然的机遇，改变了她的人生。因她曾经的高中班主任生病，学校需请一个代课老师，她的班主任就推荐了她。她成为代课老师后，通过考试成为正式的老师，后又考上了陕西教育学院。因她工作认真，教学成绩突出，多次被评为优秀教师，2008年被评为高级语文老师。

  东琴姐结婚成家后，依然热爱她来之不易的教师工作，在音乐教育和语文教育中培养了不少优秀学生。与教美术的表姐夫共同努力，尽职尽责。东琴姐性格开朗，热爱生活。我总觉得她很有活力，对美有一定认识，也可能是因教师职业关系，她很注意自己的衣着，着装得体，体现着女性的秀美。

  东琴姐在教育上有她自己的独到之处，有了儿子后，从儿子幼儿期开始，就培养他对事物的兴趣。表姐夫恩全哥的绘画特长也感染着儿子。儿子长大了，她经常与儿子沟通并交流思想，善于发现儿子的优点，多赞美。儿子也听话、乖巧，主动地与东琴姐说心里话，学习上遇见难题，他总多问老师多思考，刻苦用功，中学时就上了洛南中学的重点班。高考时，他以优秀的成绩考上了哈尔滨工业大学，为东琴姐和姐夫争了光，亲戚们也很自豪。她儿子毕业后被西安一家大型国有企业录用，待遇不错。工作以后，她儿子不甘于现状，有自己的想法，放弃原有的工作，远赴珠海创业。东琴姐和姐夫恩全哥想不通，劝儿子留在西安，但他们没能劝服，只能尊重儿子的意见。这样，儿子在珠海一家外资企业开始了他的创业历程。短短几年中，他通过自己的努力以过硬的专业技术成为企业中的技术骨干，常出国谈业务，随后，也购买了商品房，成了家。东琴姐也算放下心了。

有了孙子,东琴姐放下工作,从商洛赶赴珠海照看孙子。2012年,东琴姐退休了。这下她可以用全部心思看孙子,用她的教育方法教育孙子。又过了几年,儿子又给她添了双胞胎孙女,更让东琴姐一家人喜出望外。东琴姐更忙碌了,但她没有忘记美,着装依然时尚、整洁,两个可爱的孙女慢慢长大,她依然是尽好奶奶的义务,做饭,带孙女玩,教她们唱歌、跳舞、画画,学文化课等,使两个孙女如她小时候一样活泼可爱。

　　东琴姐乐观的生活态度,让人觉得她总是精神昂扬。她认为,只要你笑对人生,人生也会笑对你。尽管在教师生涯中也有过不愉快之事,但她还是挺过来了。

　　2018年5月中旬,她专门从珠海返回到陕西参加两场婚礼,一场是我女儿的结婚答谢宴,一场是她小弟敬红的儿子的婚礼。她身着时尚、富贵的旗袍,为两场喜庆的婚礼增光添彩,让在场的嘉宾和亲朋叫好。

　　如今,东琴姐仍然以积极向上、乐观的心态,以及饱满的热情安度她如夕阳般美好的晚年。

2018年8月6日

心中有朵花

人常说，心中想啥，就会有啥。作为绘画艺术行业的人，最重要的是心里要有与众不同的形象，其次是要掌握绘画的基本知识。另外就是对艺术的再创造。这需要长时间的练习和较高的悟性。

表姐夫祁恩全可以说有四十多年的绘画经历了。他中等个儿，见人总是微笑着，圆圆的脸，带着酒窝，显得很年轻。一口地道的洛南方言让人觉得他热情、亲切、幽默。他绘画先从花卉着手，后又练山水画，一天一天苦练，终成画家。记得三十多年前见到他画的牡丹，着色浓艳，造型呆滞，临摹感太重。到了2018年10月看到他的一幅斗方牡丹图《春晖》，色彩搭配协调，浓淡相宜，牡丹花绽放得有气韵，粉红花瓣淡而不艳，叶脉清晰，让人对牡丹有一种神往，有了想象。花整体上有了艺术性，称得上一幅佳作，也有一定的收藏价值。

他的牡丹花画成功了，似乎他心中有朵花，那就是牡丹花，几十年画牡丹，成了他绘画的常态。还有一幅紫藤画，枝叶分明，朵朵紫藤花艳而不俗，让人想到姹紫嫣红的春天。

梅花香自苦寒来，几十年的苦练，使他在绘画理论上也有了提升。他常与画友交流，有机会就去参加西安美术学院和省艺术馆举办的书画讲座、培训等。他的画作水平一年年也在提高。每逢省、市、县举办绘画作品展，他踊跃参加，虚心听取大家的意见。他认真观察花绽放的状态，也悟到了生命的神韵就在于精神。艺术高于生活，但来源于生活。用七彩画笔表现了自然界中的生物的精神，这才是吸引人的艺术。任何事物只要悟到了，问题就迎刃而解了。后来他慢慢地领悟出了山水画中的要点，山水画要求细腻的笔法和整体的布局，画出意境是更高的追求。他在不断努力着、探索着。

实际上，他从小在山中长大，画山要知山的脉络，要与山对话，知山的心声。那山，陪伴他走过了童年、青年，陪伴他的绘画成长之路。

听他说，前几年林业部门请他画一幅六尺山水画《秦岭清韵》，他花费了一个星期时间才完成，这也算他的画技已被认可。

从此，他的作品质量不断提高，被国内外友人求画收藏，但他还在努力探索着。后经选举成为陕西书画院商洛分院副院长，成为洛南县美术家协会副主席、中国书画社重点会员、陕西省美术家协会会员等。

虽然他现年六十一岁了，但画工不断在进步，他仍然在选择好题材，不断创作出优秀的作品来。

2018年10月30日

西娃哥

西娃哥是我大姨的二儿子,大我六岁,大名叫何敬西,他性格虽内向,但十分幽默。他上学时,学习刻苦,除过在学校上课外,常常回到家点着煤油灯做练习题。1973年,西娃哥高中毕业后,除过干农活,就是复习高中的功课。功夫不负有心人,他通过勤奋刻苦努力在1978年9月考上了杨陵的陕西省农林学校。几年的中专学习,使他学到了实用的林业专业理论和管理知识,毕业后,他被分配到当时商洛地区洛南县林特局,七八年后,成了林特局的技术骨干。这一干就是三十多年。

除干好工作外,家里的事他也操心不少。我的姨父去世早,西娃哥早早成了家里的顶梁柱。他有一个哥哥、一个姐、还有一个妹、两个弟弟,总让他放心不下,尤其是两个弟的生活问题、工作问题,常让他愁眉不展。大弟敬敏原工作单位经济效益一直不行,他鼓励大弟振作精神,寻找出路,经过几年的周折,找下了较满意的工作,紧接着是推荐小弟敬红找下了稳定的工作。这下表兄和全家人放心了,没有了后顾之忧。表兄与表嫂把心倾注在子女教育上,他有一儿一女,两个孩子从上小学开始就好学,直到上中学学习成绩依然是稳步上升,后来,女儿考上了西北政法大学,儿子考上了复旦大学。表兄的教育使命完成了。

他对母亲细心照料,每逢节假日,大部分时间都陪伴大姨。他也常去看他岳丈。西娃哥最大的优点是对任何事都是细致对待,他沉稳的心态,让亲朋们都称好。

我父亲去世后,西娃哥专程从商洛赶到咸阳,依商洛的吊唁风俗磕头、作揖,让在场的人感到他的敬重。我钦佩表兄的为人,快六十岁的人了,身体不太好,依然以乡俗磕头。我为表兄有如此细致、认真的礼节而感激,我默默地对逝去的父亲说，您有一位优秀的外甥。

  西娃哥现已退休，除照看外孙女之外，其余时间就是锻炼身体、休息。有时，与表嫂及子女出去旅游，有时在西安住住，闲了，练练他热爱的书法。他乐观地过着每一天。

2018年9月9日

西琴姐

西琴姐，是大姨的二女儿，说话柔声细语，虽说是1958年生人，已六十一岁，但坦然的生活心态，使她身上充满了青春气息。实际上，人在这世上活的就是精神，积极向上，热爱生活，青春才会永驻。

听母亲说，西琴姐小时候很活泼，与东琴姐一样，爱唱歌跳舞。在四岁多时，一次玩耍，人找不着了，亲戚们四处寻找，才知她掉到井里了。我问过西琴姐，她说有过两次失踪之事，我说这是人生的传奇故事。一次是她与东琴姐看戏时丢了，亲戚帮忙找，费尽周折才找着。还有一次是与东琴姐担水时，没注意掉到井里，幸好挂在一台阶上，没有掉到水里，当时东琴姐吓得半天说不出话来，清醒后赶紧叫人救她。村上一位熟人从此经过，费了很大劲下到井里，才把西琴姐救上来。亲戚们都觉得很幸运，要不是有个台阶，那后果不堪设想。大姨哭得很伤心，但也感觉很庆幸。

西琴姐慢慢长大懂事了，学习刻苦用功，在学校里还常参加学校组织的文艺活动。上高中时已显出她的文艺才能，与大姐东琴看戏被戏中的人物故事所吸引，使她对秦腔也有了爱好。她们俩也拥有一副好嗓子，东琴姐后来成了音乐老师。西琴姐高中毕业后参加高考落选，由于大姨家的子女多，西琴姐又想复习高考，把几次工作机会也耽误错过了。快到婚嫁年龄时，她成家了，姐夫王当柱也是文艺爱好者，有吹笛子的特长，与西琴姐也有共同语言。他们有了两个女儿后，又生了一个男孩，此后，教育子女成了西琴姐和姐夫的重中之重。

大女儿王玉莹从小与西琴姐一样，天真活泼，喜欢唱、跳，西琴姐与柱子哥因势利导，抓好启蒙教育，培养其文艺特长。玉莹很灵巧，领会了其母亲的用意，从上小学、初中就很下功夫，高中后更是好学，高考考上安康师范学院，后专升本考上宝鸡文理学院，考取了教师资格证。大女儿的发奋努力，让全家人为之高兴。

毕业后，老大通过考试到周至县一所学校当音乐老师。后又考到西安一所小学当教师。这也实现了西琴姐的愿望，圆了她的艺术梦。

二女儿王玉娟，更是向姐姐学习，从小好学，学习成绩在班上名列前茅，高考考上了西安财经大学，毕业后去深圳工作，现在在一家外资企业工作，已成家，丈夫与她在一家单位。

儿子王玉龙去部队当兵回来，已工作了。

西琴姐的传奇故事，使她更珍惜生活、热爱生活。如今的她，不服老，除了给大女儿照看子女外，也参加社区唱歌活动丰富着她每天的生活。

流逝的日子，戏剧性的人生，使西琴姐的生活有了艺术美。

2019年2月27日

表弟敬红

表弟敬红，1967年生人。他是一个稳健之人，说话不紧不慢，遇事很冷静。我喜欢他这种性格。

姨父去世早，三个哥两个姐对他都是格外关心照顾，使他处于无限的爱意之中。他把哥和姐给他的爱记在心中，从小就很懂事，聪明乖巧，对人也有礼貌，与人说话总带着笑容，乐观开朗，亲戚们都爱他。1987年他高中毕业后，在洛南县城开了家小饭馆。开始生意还行，过了一段时间，由于饭馆人手不够，也有其他原因，就停业了。

他开始打起了零工。1989年，我父亲推荐他到新疆水电勘探工地干起了钻探活。他舍得出力干活，人实在，与工友们相处得也好。这一干就是两年，他攒了点钱后，准备成家。

结婚后，他有了家庭责任。由于姨年龄大了，需要人照顾，他不能外出了，就在家附近找点事情干。当时，正好当地林场也需要人，经表哥推荐后他成了林业行业中的管理人员。他有了稳定的工作，照顾他母亲也成了他一大任务，他让妻子专门为姨做饭。姨也很高兴。

一年又一年，表弟有了一儿一女，子女也在长大，一个个上了大学，女儿考上了西安医学院药学专业，儿子考上了西安铁路学院软件技术专业。毕业后，子女都有了工作。儿子在2018年5月结婚了。表弟心也宽了，也没大的负担了。

2018年10月28日，逢我父亲逝世三周年。也巧，表哥成治的孙女在咸阳要出嫁，亲戚们专门从商洛、西安等地来到咸阳，先去看了表哥孙女的新房，随后看望我母亲。大家一起吃过晚饭后，表弟搀扶我母亲回家，然后在我父亲也就是他姨父遗像前，磕了三个头。我为之感动。表弟的懂事和厚道，让我对他有了敬佩之心。我为有懂礼的表弟自豪、骄傲。

2018年11月12日

女儿

女儿刚生下来时用细长的眼睛望了望我,我想女儿长大后肯定是个大眼睛。长大后,她确实是个大眼睛。她两岁左右时,我抱着她认月亮、塔吊,一天傍晚,我抱着她在院子里走着,我指着天空上的月亮说:"月牙。"她细声说:"月牙。"我指着隔壁正在施工的塔吊说:"那是塔吊,盖楼房用的塔吊。"女儿小声跟着学:"塔吊。"我觉得娃很有灵气。

我教她李白的诗:"床前明月光,疑是地上霜。举头望明月,低头思故乡。"女儿也跟着细声念。还教她王之涣的诗:"白日依山尽,黄河入海流。欲穷千里目,更上一层楼。"女儿仍然学着。后来还给她教顺口溜:"天上星,亮晶晶,我在大桥望北京,望见北京天安门。"女儿也在用心学着。后来她慢慢长大了,上了幼儿园,操着一口流利的普通话向我们说这说那。

一次,在幼儿园文艺演出时,她用陕西话说了很有趣的顺口溜,让台下人拍手称好。

女儿一天天长大,上幼儿园转了三个地方。女儿很乖,说话有意思,大人爱听,大家都爱她。有时她一个人在那儿玩,在洗脸盆里放点水,玩着水里的玩具。

女儿上小学时,认真学习,作业还算整齐,有时稍潦草了,经过班主任几次指导,便工整了,也得到了老师的表扬。开家长会时,老师说,女儿学习进步了。

到了初中,女儿学习更用功了,作业做得认真、字迹工整,正确率高。

有一次,她写的作文《一粒种子的希望》被全国少儿创新作文大赛选上了,还被录入作品集。这显示了她出众的文采。

女儿大了,也懂得如何处理事情了。

一次，女儿对我说："人有休眠期，不要把自己忙得一团乱，要知道任何事都是在有序地进行。你要多思考自己的人生计划。"

这话让我觉得，女儿看待事物有见解，也让我调整着自己的思路。她小时候我教她唐诗，起到启蒙教育作用。她大了，为我讲解生活哲理，让我做好规划，真是青出于蓝而胜于蓝。

这以后，我同她说话，很受启发。我俩常沟通一些社会焦点问题，我为女儿有一定的分析能力而骄傲、自豪。

2015年，父亲去世了，女儿在祭奠灵堂前的草垫上坐了很长时间。她知道，小时候爷爷对她很好，爷孙俩很有感情，我作为爸爸很佩服她对待老人的细致、耐心和一片孝心。

女儿成家了，她更知道一个小家庭要细心经营。

女儿用知识武装了自己，也用知识丰富了她的修养。她用学习到的专业知识和技术在工作中发挥着她的骨干作用。

2018年11月30日

那年隆冬尕娃送我时

　　1988年11月底，青海高原已下了几场雪，我们所处的海南藏族自治州共和县沟后的水库勘探工区被大雪围得严严实实，气温在零下二十多摄氏度，水缸的水冻了很厚的一层冰。工地上的液压钻机已无法钻探施工，我准备歇息几天，收拾整理东西返回陕西。与我相处快一年的十六岁男孩尕娃知道我要走，到我的住地对我说："赵哥，你走时，我送你到西宁。"我说："天太冷了，不用。"他说："没事，我穿暖和点……"

　　我看尕娃执意要送，就不再拦他了。青海把男孩统称尕娃。我认识的这个尕娃是汉族人，但在藏区待久了，生活习惯和语言习惯接近藏族人。他的名字叫刘德强，他父亲在乡政府是一位干事，他中学毕业后，准备上大专，在他父亲那儿复习，因住得与我们很近，闲时，常到我们那儿转转，就这样我们俩熟悉了。我喜欢尕娃的豪爽和调皮劲，也喜欢与他聊天。施工休息时，我与中铁二十局的一位朋友和尕娃在草地上做奶茶喝，尕娃娴熟的手艺，让我为之叫绝。他先将一袋鲜奶放在一个小铝锅里，后放入花椒粒和茶叶，放入适量的盐，倒入少量水，用干草烧火，不到二十分钟，奶香四溢的奶茶就做成了。尕娃给我们用小碗倒上，我头一次喝奶茶，觉得很香，也没有啥怪味，称赞尕娃做得好。他笑着说："下次你想喝我再做。"我从尕娃那学到了奶茶的做法，也为尕娃那粗犷的性格叫好。尕娃胖胖圆圆的脸一直铭记在我心里。

　　每到休息时，我们常与尕娃一起在周围的山坡上散步。尕娃给我们说这说那，使我知道了藏区的很多风俗习惯和以前不认识的植物。

　　到了12月初，我要离开沟后水库工区，尕娃先将吉普车加满油，把车齐齐检查了一遍，第二天早晨不到八点，尕娃已把车开到我的驻地等着我。当我准备好行李出门时，见到尕娃精神饱满，向我笑着。

我坐上了尕娃开的吉普车,他边说话边开着车。顺着沟后水库到共和县有三十五千米的路,从县城到西宁市约有一百三十九千米。尕娃开车虽然快,但很稳,他高中放暑假时就开始学开车,爱捣鼓机械,驾龄也有两年了。由于刚下过雪,路上积雪不少,过海拔四千多米高的日月山时,尕娃小心翼翼地开着车,他告诉我,唐代时,文成公主远嫁吐蕃藏王松赞干布时也经过此地。现在,过往行人都愿登上日月山去追寻当年文成公主的踪迹,看纪念塑像。因我们要赶路,只是从此路过望了一下。下了日月山,过了有名的倒淌河,吉普车行进在笔直且两边有十几米高的白杨树的公路上,尕娃与我一直聊着。中午十二点多,离西宁市不远了。四个多小时的行程,窄路、土路、雪路、山路、国道,尕娃凭他熟练的驾车技术把我送到了西宁火车站。

　　到了车站,尕娃把车停好,我先去售票窗口买西宁至西安的车票,随后与尕娃找饭馆吃饭。饭后,我与尕娃要分手了,他还要等我上火车后他再走,我说:"候车还需两个多小时,你不要等了,你还要返回共和县,天冷,路又滑,天黑回去不安全。"

　　他还不走,我只能继续说服他。尕娃看没办法才走了,我们又握了手,几分钟时间拉着不放。我真的与尕娃分别了,看着他不舍得返回的样子,我便吩咐他,回去开车慢点,他点点头。他一直看着我,说:"赵哥,再见,再来共和我们还一起聊,再喝奶茶。"我说:"没问题……"

　　我挥手向尕娃告别。两个多小时后,我坐上了返回西安的火车。由于工作关系,我此后再也没时间去青海共和县了,当时走得急也没留尕娃家的电话。时至2018年,三十年了,他今年应该四十六岁了。我很想念可爱的尕娃,每到冬季下雪时,我总想到尕娃那年送我的情景。

2018年11月

院子那些娃

所谓院子，其实是我家小区，占地有五十多亩，除过相邻的办公区域，就是四栋住宅楼。自从1984年小区盖好后，我们家就在此住下了，这一住就是三十多年。儿童变为少年了，少年变为青年了，青年人变为中年人了，中年人变为老年人了。中年人的孩子大多是80后、90后、00后，他们在成长着。慢慢地，从幼儿园到小学、初中、高中，后来大部分考上大学。毕业后，他们工作的地方遍布全国，如北京、上海、天津、沈阳、福州、宝鸡、咸阳、西安等。

院子那些娃，他们从小在一个院子里长大。时间过得很快，二十多年了，那些娃已长大成人，原来年轻的父母现在都是五十多岁的人了，有的已当上了爷爷和奶奶。看着孩子们的成长，我不由得感叹岁月匆匆如流水。

时代快速发展，院子那些娃已经成了各个行业中的技术骨干。我能叫得上名字的就有三十多个，他们有出息了，考上博士的有几个，研究生有八九个，参军的也有几个。

这是一个大家庭，也是一个小社会。院子里的那些娃长大了，相互都有联系，只要谁有事需要帮忙，大家就一起去，但也各有各的好伙伴，几个人一起游玩。大家互相帮忙的日子，成了院子里美好的风景。

有一个小伙子结婚，院子里的伙伴一起来帮忙，排练表演节目，热闹了几天，也为大人们减轻了一点负担。大家都认为院子那些娃心齐，有爱心。

院子里一位老人过世了，院子里那些娃一起帮忙料理丧事，让大人们感动，也成了院子中的美谈。

院子那些娃，长大了，懂事了，是因为大人们的教育让他们知道，为人真诚、互相友爱、助人为乐是做人的根本。

院子那些娃成为大人了，他们健康地成长着，他们与时代同步，知道在各自工作岗位上还要有敬业精神、奉献精神，用学到的知识和技术努力工作，多做贡献，实现人生最大价值，才是对爷奶辈、父母辈的报答。

2018年11月20日

偏科改行的主持人夏青松

我在咸阳广播电视台广告部工作时与夏青松成了同事，我负责广告策划，他是电视台的主持人，也常做一些广播主持人的工作。我和他熟悉了，知他是1975年生人，从东北财经大学毕业，学的是工商管理专业，而他却喜爱广播电视工作，后来到了咸阳电视台节目制作中心，又到了社教部，但他一直做着主持人和编录工作。

他干一行爱一行，刻苦练习普通话，几年的努力，播音主持基本功不断提高，成了部门和节目中心的骨干。

2005年，咸阳纺织行业中的一家中型民营企业要举行四十年厂庆，几位朋友想到我，让我策划此活动，还让我推荐主持人。我想到了夏青松，因他普通话好，现场发挥好。他很爽快地答应了，经过几天的准备，厂方、庆典公司等一切准备就绪。庆典那天，夏青松以扎实的基本功将一场厂庆主持得隆重而又热烈，使厂庆活动圆满成功，得到了参会的嘉宾和此公司负责人的一致好评。

此后，夏青松又苦练主持和播音基本功，一年又一年，他的主持和播音水平到了一定层次，常常得到同事们和朋友们的赞扬。

十几年来，他接连主持了几十场中型以上的户外庆典活动。历年来，他多次荣获陕西省广播影视奖，咸阳广播影视奖播音主持类一、二、三等奖，广电系统优秀共产党员，咸阳广播电视台先进员工。

他做好本职工作，担任了咸阳市广播电视台《泾渭涛声》栏目主持人、责任编辑，电视台第三党支部组织委员。更令人敬佩的是，夏青松还是咸阳市志愿无偿献血者，登上了咸阳无偿献血英雄榜。

2018年是《献血法》颁布实施二十周年，在庆贺颁奖大会上，夏青松再次荣获"最美献血者"的殊荣。十六年来，夏青松工作之余常去献血，每年两次，从不间断，总共捐献了三十次11800毫升。他博大的爱心感动了咸阳群众和他的观众，成为名副其实的咸阳市无偿献血代言人，为公益事业做出了贡献。

这与他在工作中严格要求自己，受家风熏陶，乐于助人，无私奉献分不开。

2018年4月，我准备在5月13日为女儿办结婚答谢宴，特请他主持。夏青松欣然接受了邀请。距答谢宴时间还有几天，夏青松专门给我打电话说让我写个主持词。我说："我大概把情况告诉你，你就按你那主持人的要求写。"他说："行。"后来，他写好后用微信发给我让我看，我看后觉得不错。确定后，在次日，我们见面让他指导现场布置情况，他提出了几个很新颖的想法。我专门请了朋友的礼仪公司布置设计，设计者以独特的创意，巧妙的布置，加班装点现场，为了到时有个喜庆、新颖、时尚、热烈的气氛。

2018年5月13日，是女儿的结婚答谢宴。

夏青松在答谢宴上随着音乐声将一对新人介绍得很到位，整个仪式让人感到温馨、祥和、热烈。他表达了亲友们的心声，那就是同喜同贺。大家在喜庆、热烈的气氛中祝愿两位新人在今后的生活中互敬互爱。

夏青松的主持是以声音传递情感，他以高品位的主持风格走在了主持行业的前列。

在写完这篇散文时，听青松说，他又接受了新任务，准备2019年咸阳市春节联欢晚会的主持工作。祝他再创佳绩。

愿他青春永驻，在主持艺术道路上再出彩。

2019年1月6日

文友贾松禅

　　文友贾松禅与我认识有十三个年头了，他原名叫贾军龙，兴平市桑镇人。他爱笑，十分幽默，声音洪亮。从拿到他第一本散文集《古道斜阳》起，我就知他在文学创作上有一定特长。紧接着在两年后他给我看了他写的历史长篇小说《大汉将军李广》，我又知道了他有写长篇小说的能力。他还写了反映第二次世界大战的反法西斯长篇小说《指控没有终结》。他有十几年的军旅生涯，在甘肃祁连山下当过坦克兵，任过排长、工兵连副连长、团政治处宣传股长等职，在解放军南京政治学院新闻系上过学。后转业到地方，在咸阳市人事局工作。

　　军旅生涯让他对部队生活和祁连山有了深厚的感情，后来他写了很厚重的长篇小说《铁甲雄师》和《草原枪神》，成了军旅作家。

　　《铁甲雄师》由贵州人民出版社出版，是首部以中国西部坦克师为背景的军旅巨著，再现了一段峥嵘岁月。全景展现了自解放初期始，我国西部第一支坦克装甲师在组建过程中不为人知的艰难历程。

　　这部长篇小说是贾松禅先生近年来的得力之作。

　　《草原枪神》是为纪念抗日战争胜利七十周年的新作，以全新的手法反映了抗战时期呼伦贝尔草原蒙古族英雄们英勇抗日的感人故事。

　　后来，他的长篇小说不断出版，看得出他心中的故事很多，尤其是战争题材、历史题材，他真正成为小说家了。听说《铁甲雄师》准备拍摄电视连续剧。他又继续他的创作，写了历史题材长篇小说《霍去病》。我想，他生在兴平，兴平是茂陵所在地，汉代的历史人物、民族英雄一直激发着他的写作激情，使他的新作源源不断。

　　他的文学作品越来越多了，参加全国一些文学活动也多起来了。他也尝试着写电视剧本、电影剧本。他在寻找另一条创作路径。

2018年上半年，由他做编剧的儿童电影《环保小卫士》开始了拍摄。

电影《环保小卫士》以少年儿童环保意识的增强为故事主线，以表达"爱与理解"为主题，真实地还原了生活的本质，是一部集童趣性、观赏性、教育性和艺术性为一体的影视作品。作为爱国主义公益影片，在各大网络平台和全国各中小学校免费播映。2018年11月25日，第四届横店儿童电影节，由贾松禅独立编剧的电影《环保小卫士》获得最佳编剧奖、最佳影片奖。

11月27日，我给贾松禅打电话，本想到他那儿聊聊，才知他人在浙江横店影视城，他很激动地告诉我，《环保小卫士》获奖了。我听后也很高兴，发微信向他热烈祝贺。

他兴奋，是有了人生第一次拍摄电影获奖的经历；我高兴，是因为明白了一个简单的道理，那就是贾松禅敏锐地感悟到了时代的脉搏。他首次尝试电影剧本创作，实现了文学创作新突破，而且是以环保为主题的新题材，成为走向成功的另一条路。我想，他这十几年作品不断，离不开他的勤奋写作，也反映出他能与时俱进，挖掘和捕捉与时代共鸣的作品，给人思考，给人启迪。《铁甲雄师》《环保小卫士》已说明他的才智。

愿他今后再创作出更多更好的作品。

2018年11月30日

孙永琳的摄影美

认识摄影家孙永琳已十五年了,我知他一直爱好摄影,十几年间摄影水平不断提高,到了一定水准。他的作品《计生奖励扶助对象乐开怀》曾在中国记协与国家人口计生委联合举办的第十一届中国人口新闻奖中获得三等奖。

他的摄影作品用镜头直击人的心灵深处,用镜头聚焦人的表情。

他的摄影成功之处就在于抓拍了人的自然神态,流露出的是一种自然美、朴素美。他用镜头说话,因而,照片也会说话了,有了动态美、立体美。他用镜头表现人的思想。他也在指挥着镜头,发现、寻觅生活中每个让人感动的瞬间,给人思考,给人启发。

孙永琳用镜头反映大众热爱生活的积极心态,记录时代的轨迹,如拍一些喜庆场面的画面,人、景、神态和谐,把美呈现到极致。尤其是身为计生工作者,他经常去农村基层抓拍群众参与计生宣传活动的动人画面。如拍农村妇女和儿童看计生宣传展板,人物有神韵,儿童的眼神有灵气,画面一下活了。他作为专职的计生宣传干事,十几年如一日在岗位上辛勤工作,现已拍摄有三千多张照片。

孙永琳摄影作品的成功之处,就在于他拍摄时用心在拍,发现美,捕捉那一瞬间的动人之处。这也是他几十年摄影艺术的升华,也是他将艺术修炼到了一种境界。摄影艺术创作实际上就是生活的日积月累,它凭借的是用另一角度细致地观察生活,观察人生,观察平民的喜乐心态,才有独具一格的好摄影作品。

2018年5月21日

西房的勤劳

惠西房是我的同事，他是蓝田人。时间久了，知他人朴实，穿着朴素，说话幽默，让人觉得亲切。

我俩慢慢地相互熟悉了。让人钦佩的是在1995年，单位机制变化，拖欠工资，人心惶惶。稍有一点特长的人不愿意再等，便在市场中寻找出路。西房就是其中一个，他购置了钻探浅孔的100型钻机，开始了他的勘探之路。起初，揽不下活，西房想办法找人上门向甲方承诺保证施工质量，甲方半信半疑，但也从别人那儿知道，他有二十年的工作经验，就把一些小钻探活给他。西房心里感谢甲方对他的信任，精挑细选了几个技术好一点的同事一起干，一个小活不到六天干完，直到甲方验收合格。慢慢地有了信誉度，他接的钻探活也比原来多了。

他除过带人干，有时也将钻机租赁出去。他是考虑到没活时钻机不能闲着，这样也算找到了另一个挣钱办法。1998年下半年，我们共同完成了一项国家民建钻探任务，由于他出色地组织人员机钻和人工探孔，在合同时间内顺利交付地质报告，得到甲方的好评。

后来，竞争激烈的勘探市场使钻探价格下降了不少，工价提高，成本就高了，勘探工作还被专业公司抢先了。西房也改变了思路，在单位干起了司炉活，他把脏累置之度外，但最终因取缔锅炉停止了工作。工资无望，还要生活，他又寻找出路。他决定卖菜，从周至进了一批新鲜香椿卖，也卖蒜薹。

他靠勤劳日积月累积攒了一点财富，为儿子张罗了婚事。他找到虽然辛苦但能马上拿到钱的送液化气罐的活，这一干就是快十年，虽然累，是个出力活，但他习惯了，他觉得这是一种劳动，也是一种锻炼。他已五十六岁，可从他乐观的心态中看出他还能接着干。他每天接听用户电话，不停地穿梭在半径十千米的服务范围内。

很多朋友不理解，西房咋变成送煤气的了，但他习惯了，因为他知道，生活必需品是最关键的，也是支撑人生存的源泉。

西房的勤劳实际上是一种典型的劳动者思维？他把"劳动光荣"四个字领会得深刻。西房的勤劳折射出工匠的影子。送液化气罐是简单的劳动方式，但涵盖着一个最大的思想，就是"责任"，安全送达，才能使用户放心。

2018年6月19日

绿色风景

地毯花

　　天暖了，草儿都冒出嫩绿的小尖尖。而"地毯花"也与迎春花一样早早地绽开它那四片单瓣的小蓝花，它开得很别致，每片花瓣上都有十几道深蓝色的线条。它小得和绿豆一般大。花蕊形似微小的幼芽，三根白白的花丝几乎合抱。看啊，花儿多么像蓝精灵的眼睛。在暖融融的春天，田间、河堤上、道路旁都是它落脚的地方。

　　一片片、一团团的"地毯花"，密密麻麻的。一簇簇形如锯齿淡绿色的叶犹如大手，紧紧护着一朵朵小蓝花。你也许会感到很奇怪，那叶上、茎上长着的白茸茸的细毛，似人身上长的汗毛。它们虽不起眼，但仔细瞧却好看极了，那一簇簇花真像能工巧匠织出来的一块大地毯。

　　瞧，那一簇簇"地毯花"，花儿错落有致，一个个花蕾犹如小生灵往远处探出了小脑袋，准备一展风姿。它们多么像天上的一颗颗星星，眨着眼睛。不论在清新、湿润的早晨，还是在阳光灼热的中午，你看它，总是开得很精神，花瓣多展脱，茎是笔直的，有一股向上的力。我不由得用手摘一朵放在鼻子下细闻，一股淡淡的清香味扑鼻而来，我只管看呀，闻呀，久久舍不得将它放下。

　　每当在春暖花开时，我总能见到"地毯花"那笔直的茎，绿茸茸的叶和湖蓝色的花。

　　"地毯花"的叶也可食用。在我们老家商洛有个习惯，每逢春天，家家都有人去河边、田间剜野菜，以此做麦饭，以示春的到来。尤其是剜"地毯花"的人甚多，因为它很好吃。将采挖回来的"地毯花"的叶洗净再淋点水然后倒上黄玉米面搅拌在一起，撒上适量的盐，在农家那特有的又大又深的铁锅中蒸。蒸熟后，用石窝子砸几瓣大蒜和几个红辣椒，和上作料。那味道实在鲜香可口，有时外出的人将它当作干粮来充饥。人们把它称为"捞饭毯"。

听说"地毯花"的叶晒干后，可当茶喝，有健脾、开胃的功效，含有不少维生素和铁元素，有一定的药用价值。一次，我尝试着喝了，嗬，香气扑鼻，真是不错！

尽管"地毯花"的花很好看，可它在万花丛中是最普通的一员，太平常了，它在北方到处都有。你瞅，在马路边，在乡村的羊肠小道上……人们从此路过，常踩着它，可谁也不会注意到它，仔细地看它一眼。是的，它没有牡丹花的富贵，菊花的高雅，相比之下，它显得太土气了，太不起眼了，让人觉得它小得可怜。

但是，你看它那绿油油的叶片，活泼向上。当百花争艳时，它睁大蓝眼睛，同姐妹、兄弟们欢聚在一起。它以顽强的生命力，伴随春来，直到冬去，根本不像那"昙花一现"的娇气包。

你看，春天之美，大地之美，缺少不了"地毯花"的点缀。这正是一种和谐美，点缀生活之美。

"地毯花"给了我们启示：作为普通人，默默生活在这个世界上，不就该像"地毯花"一样为社会奉献自己的力量，发出一点点亮光吗？

1991年4月

在故乡过春节

快到春节了。待在城市过年，虽然有鲍鱼、海参等美味佳肴，有电视文艺节目，但我还是觉得少了点什么。

我的故乡在商州的一个小山村里。刚进入腊月，就有点年味了。先是大扫除，家家户户如同乔迁新居，将面缸、馍笼、炕上的被褥等全部搬出，主人戴上一顶旧草帽，拿一个绑在长竹竿上的笤帚开始向着陈年宣战。

从腊月十五起，家家户户已开始在磨面机跟前排起长队，等着磨麦子、白玉米。随后，各家用小青石磨磨着精心挑选的已泡好的黄豆，那乳白色的浆液流入桶里。大风箱拉起了，点柴火，添散煤，烧铁锅，要做豆腐了。主人熟练地进行点卤、捞豆腐皮，一股股豆香味扑鼻而来。

到了要蒸馍时，家家户户的长条桌上，都会备上一个白柳条的大圆笸篮，状如翻斗车厢，体积之大，令人目瞪口呆。蒸馍的人手，是东家叫西家，西家请南家，有的干脆全家人一齐上阵。可精壮的男人们也包括嘴边已长了细茸茸胡须的男儿，做的却是端竹箅子、洗笼布等活计，干起来也很卖力。馍的种类五花八门，有纯发面实心的，有包着白糖的、包着核桃仁的、包着猪油渣的……形状有鸡、鱼、燕子、兔子、胖娃娃……一家有多少人，就做多少个，大年初一时每人都要吃完，寓意团圆、圆满。

热乎乎的飘溢着香气的馍从笼屉中取出后，主人都是挑来最白、最大的递给别人尝。若谁家一锅锅白生生的馍炸开了花，主人都是乐呵呵的，开的花越多越大，寓意着来年的喜事越多，主人还专门拿一根方竹筷子蘸一点可食用的玫瑰红色素滴在花中，寓意喜迎新年。

将猪肉洗净，切成一块一块的，放在大黑铁锅里，再放入八角、茴香、花椒、红辣椒角等作料，煮几个小时，等到肉香浓郁再捞出，这也是过年时的配菜之一。

　　腊月三十，小孩耍着纸炮，大人请人或自个儿写几副春联。长长的细面条，浇上胡萝卜、白萝卜、豆腐、瘦肉丁做的臊子，这是真正的浇汤臊子面。家乡人都说这是吃钱串子，盼望来年的日子红红火火，财路如流水一样源源不断。晚上，全家人一起包饺子，又听那掌柜的发话了："咱再包上一角钱的钢镚，看谁有福能吃上……"只听那调皮的孙子急说："我能吃上……"

　　大年初一，到处都能听到鞭炮声，什么蒲城的红皮炮、湖南的电光炮、凤翔的闪光雷。一帮穿着新衣戴着新帽的孩子互相追逐着抢炮，不由得使我想到了自己的童年时代，我们弟兄三个，人家还没点燃鞭炮，我们就急得恨不得一下从人家手里夺过来。我们一大帮小朋友常常为争抢几个炮碰得头上起疙瘩，满身都是炮皮和尘土。回到家身上还带有一股火药味。

　　吃早饭时，全家围坐在一口黑瓦砂锅旁。砂锅里边是黄花菜、木耳、粉条、豆腐、白菜、大肉丸子、鸡蛋泡等，再加上几片已煮熟的肉片，放上面酱、蒜苗、葱花、五香粉等，加点油泼辣子，再挑一块猪油提味。鲜香扑鼻，最是暖心。四个炒菜和四个凉菜上桌后，大家开始吃馍喝酒。酒壶里的白酒是在热水里温好的。吃饺子一律用大老瓷碗，汁已调好。谁若吃上了包钱的饺子，就最有福。在过年中人人都忌讳说什么"坏""没福"等字眼，就连饺子皮破了，也不能说"烂了"，而应该说它"睁眼了""开花了"，都想把话说得好听顺耳。

　　饭后，到各家串门子拜年。小的向老的请安，老的从腰包里掏出积攒下的新票子作为压岁钱。

　　初二，是正儿八经走亲戚的一天，要去舅家、姑家拜年。老的牵着小的，提着小竹筐或布兜，里面放的是花馍、馃子和酒；家境好一点的放的是糕点、罐头之类。明光锃亮的"飞鸽"牌或"永久"牌自行车上红男带绿女，悠游自在地还哼着流行小调，穿行于公路或羊肠小道上。

　　初三去姨家拜年，姨家早生好一大盆木炭火，准备好了四盘柿饼、核桃、葵花子、花生、水果糖和炸的麻叶等。姨家做菜很讲究，除了砂锅烩菜外，一律是蒸菜，如肘子、扣肉，肥而不腻，让你吃个美，然后好好叙旧拉家常。

初四去最好的朋友家，拿的礼物是从商店里买的奶糖、点心、罐头、白酒，这算是最讲究的也是最洋气的。返回时，朋友也要还礼。

　　初五是常说的"破五"了，和初一一样热闹，它象征着春天到来，春回大地。

　　初六之后更有爱热闹的人和村委会、乡政府联系正月十五耍狮子的事情，还有好多爱出点子的小伙领一帮少年买了细铁丝、煤油、纸来糊"洋灯"。实际上叫作"孔明灯"。它形似塔，体积如农家腌酸菜的大缸，有一人来高。天刚黑，大家便点燃灯中油纸，随着响亮的一声"放"，将灯抓得紧紧的手突然松开，洋灯如离弦之箭，又似气球升腾高空。人们欢呼着，雀跃着，爱热闹的十几个小伙子如撵兔一样追着洋灯。实际上，只有那沓油纸上的火着没了，洋灯才能落下来，只是大伙有精神，兴奋不知累，既玩了，也锻炼了身体。一会儿，洋灯渐渐变小了，仰望天空，它像一个红火球。

　　到了正月十五这天，我们那儿没有吃元宵的习惯，虽处陕南，可没有江米，所以吃的大都是一种用纯白面拧的"兔耳子"。它属汤中面食，配上猪肉汤，用葱花点缀，以示来年猪肥牛壮，像兔子一般机灵。

　　皎洁的月儿还没登上天空，就听那村头的麦场上传来一阵阵"锵锵，咚咚咚，锵锵咚，锵咚锵咚锵锵咚……"的声音。天黑后，成了红灯笼的海洋，家家门前都挂着两个大红灯笼，离远看像星星闪烁。此时，全村男女老少都齐拥到打麦场上，看那一对狮子的威武。

　　场子中心放置了两张大方桌，两架用麻绳绑得紧紧的高梯子。只见舞狮者先摆尾后摇头，众人大声喊叫。一头狮子先打圆场，快跑一圈，摇头晃脑，高低错落，像响尾蛇绕地弯行；一头狮子佯装蹬腿、摆尾。指挥者又举铜铃引导，一头狮子上了方桌，另一头则用嘴叼着桌子，使劲往后拉。突然，指挥者一声"嗨"。叼桌子的狮子丢开了猎物，转向梯子，另一头狮子却趁机将刚遗弃的桌子掀翻倒地。指挥者急怒了，一脚踢了这调皮家伙的屁股，却一下子把这雄狮激怒了，张开血盆大口。指挥者灵机一动，一个鲤鱼打挺，才避开了这一刹那的惊险。

　　舞狮者的表演足有两小时。他们歇息一会儿，吃上点糖和几块点心，喝上几口茶水和白酒，抽几支好烟，开始走街串巷耍狮子。

只见家家门前皆摆一张小桌子，上面放置的是供舞狮者享用的烟、酒、糖、点心。狮子不管到谁家，全家都是好好招待，还招待来凑热闹助兴、呐喊着看狮子的男女老少。主人家心里头乐呵呵的，又放几挂长鞭炮、花炮、小烟花。

直到二月二龙抬头时，春节的气氛才慢慢散去了。这天，各家都用麦秸秆烙馍，此馍是一种用葱油或糖馅做的饼子，要用发面，外形圆圆的，寓意今后的日子过得更圆满。此外，各家还要炒黄豆，以示豆（斗）满归仓。当听到炒豆子的响声时，不由得使人回想起过去的岁月。

1992年

商洛山中的黑龙口豆腐

黑龙口，地处商洛山中，其位置如古时的驿站，是商州通往关中的唯一要道，312国道盘山而过，来往的车辆多了，也为小镇增添了人气。客货车辆到此要加水，司机乘客要歇息吃饭，吃什么？唯有黑龙口豆腐最地道，口味油、香、筋、滑、爽，点卤用浆水，水是取丹江之水，清甜洁净，做的豆腐含有人体所需的钙、铁、硒、镁等元素，是人们特别喜爱的无公害食品。

此地多产黄豆，水土温凉，适合种植黄豆、黑豆，石头疙瘩山坡地，小河床样的沟，种麦子、种苞谷是白玩的事，麦粒干瘪瘪，苞谷穗小，唯独种的黄豆、黑豆和小豆粒饱个儿大，似一颗颗珍珠。居住在那里的山民在粮食紧缺的年代，出远门或上山砍柴，会在布袋里装上几块硬豆腐或用盐腌的豆腐干，以此充饥，他们过惯了吃豆腐的日子。黑龙口的风景别有情趣，溪水潺潺，空气里弥漫着野蒿、松香味。久而久之，黑龙口成了小镇，当地群众将豆腐作为一种小生意买卖，于是，豆腐也成了地方小吃。

记得二十七年前的冬天，父亲带我从商洛山到省城西安，搭上老式班车，车一路如犁地的牛一样费力下山，几个小时后，到了黑龙口，车"吱"的一声刹住了，开车师傅喊叫："都下来吃饭，半小时后走。"父亲带我走到那油煎豆腐摊，吩咐卖家煎点豆腐。操着一口商洛黑龙口方言的卖家用两指宽、长约二十厘米的刀片切了两块先用秤称，约有两斤，卖家说："一般人一斤就能吃饱。"卖家用水冲洗豆腐后，用刀片将豆腐切成四小块，置放在倒了豆油的铁平底锅上煎，只听"滋——滋——"的声音，不到六分钟，两面煎得焦黄，卖家麻利地用平铲将其铲到两个搪瓷盘子上，将调好的辣子、蒜泥、盐水、韭花抹在热乎乎的豆腐上，端到我们跟前，我们急不可待地吃起来，我与父亲边吃边夸。看见其他乘客也吃得津津有味，叫好不止，我也暗自叫好，黑龙口豆腐不愧是有名的地方小吃。

缺粮的年代，黑龙口人日子过得紧巴巴的，用豆制品充饥是很平常的事，但他们没有想到几十年后，黑龙口豆腐能成为地方特产，能产生经济效益。多少年过去了，久待在咸阳城里，与故乡有距离了，但有时见到商洛老乡总是有种亲切感，老想到黑龙口的豆腐。

黑龙口的豆腐是商洛人生活的见证和写照，商洛籍著名作家贾平凹先生在散文《黑龙口》中写过几段关于黑龙口豆腐的话，几句便勾勒出黑龙口人以豆腐为小买卖的思想变化，可见黑龙口豆腐的魅力之大。

黑龙口豆腐随着时代的变化而变化，黑龙口人慢慢醒悟：何不把它包装成商品来卖？一时间，商州哗然，组织民间豆制品协会想办法，在保持传统口味的基础上，再精制、配料、延长保存时间，往市场上推广。此后，商州街道副食品商店、超市，甚至山外各县、省城西安的超市中也有了黑龙口豆腐的面孔。商州有关部门领导很重视，每逢陕西农博会、副食品展销会就及时组织人员参会。黑龙口豆腐终于出山了，独有的山中秀色，滋润爽喉，成为下酒佳肴、上品小菜，在陕西省多次参加无公害农博会展销，顾客络绎不绝，多次出现脱销的情况，有的人买了一袋子还没回到家就吃完了，又回到展销会上买，顾客是越来越多。

我是在2005年第三届陕西省无公害农业产品展览会上，被故乡的黑龙口豆腐那销售场面所感染而流连忘返。我把此事告诉年迈的父亲，让父亲有空去现场看看，父亲专门坐公交车去现场，看了看故乡的豆腐。由于工作的关系，我请正在现场采访的陕西卫视《村里村外》栏目组的同志去看看商洛山里的黑龙口豆腐展销点，栏目组的同志答应了。他们听我解释，也听商洛管此事的同志介绍，栏目摄制组的同志被诱人的豆腐所吸引，捕捉了几个豆腐的特写及顾客光顾的场面，准备安排在两周后的陕西卫视播放。我很高兴，黑龙口豆腐终于扬眉吐气了。

黑龙口豆腐，是当地独有的特产，它诱人的味道是无与伦比的。这与水土有关，就像在山里感觉山有灵气，在城市的公园中，呆滞的假山根本没有意境一样！黑龙口豆腐是商洛山的一个品牌，是商洛山中原始饮食文化的体现，是商洛山人质朴的胸怀，也是我常常在饮食上对豆腐情有独钟的缘由。

西部的变化，山与川的交融，以及无公害的食品，是社会进步、回归自然的显现。

2005年

老屋

  离开老屋二十几年了。因父母年迈，我受父亲重托与三弟回老家解决老屋的事，轻轻地推开斑驳的门闩，两扇门"吱呀"一声，撞击着我的内心。进门有土锅头的痕迹，走进内屋，见原有的炕已塌，但花格窗户依然在，一扇窗开着，我上前欲关，发黄的窗户纸依然粘得很牢。顿时，我的眼角止不住地落下泪来。我想，老屋将要被处理，童年时代的记忆将从此消失，我的心里有种说不出的酸楚感。三弟见我这样，说："那你要了，另盖吧。"我无言以对，心里矛盾，盖了，谁住呢？只能多看看屋内，房顶的椽和担子，还是母亲从谢底山里托人拉回的。父亲后又扩大庄基盖了两间，爷分给父亲的两间老房成了四间，这下我们住得也宽敞了。等于两间老房和父母在留的庄基地盖的两间，成了爷爷留给父亲的家当。后来，爷看我家有三个男娃，又分给了我们三间厦房。这下，上房共有四间，有三间厦房，形成一个院，爷、婆去世后，我们搬进厦房做饭。整个老屋被小院围着，母亲在院落里栽的核桃树长势依然好，胸径已有两拃，还有一棵苹果树，叶不多。靠老屋的窗台边有我母亲叫人砌的鸡圈，那时养了六七只鸡。每逢春天，院子门前爷爷的自留地里务的白萝卜，花开得雪青雪青的，几只黑色蝴蝶飞来飞去。只听我们家的母鸡"咯嗒咯嗒咯嗒"地叫，为老屋增添了动感和活力，使其春意浓浓。

  老屋在夏天很凉快，睡在炕上都要盖被子。母亲那时在附近的四联小学任教，父亲在外地工作。母亲整天忙忙碌碌，回到家，赶快为我们兄妹四个做饭，我是老大，能帮母亲干点拉风箱和饭后洗锅的事。

  老屋是我爷爷那辈分给我父亲的。原是一个大院子，有近千平方米，爷爷种的两棵梨树，结的果子很繁。春天里，满树白梨花，蜂蝶起舞，惹人沉醉。后来，树老了。为了方便，父亲将两个窗户移到房后，门也改了，原来的前院子与伯父的院子隔了一道墙。20世纪70年代，老屋在当地算得上是很好的房子。尤其是房上的黑瓦及灰色砖，古朴大方。

爷爷曾酿过柿子醋，他专门在老屋房后地里栽着一棵名叫"魁"的柿子树，柿子醋色泽黄亮，酸而香。爷爷用此拌好素凉菜，喝着散白酒，常常招待过往的好友。还记得在老屋那特有的黑色深铁锅里，爷与婆熬的白玉米与黄玉米粥黏黏的很好吃，就上凉拌葱叶，别有风味。婆打的黄玉米面搅团就小白菜酸菜或浇上豆腐臊子吃，也是一绝，鲜香美味。

1984年，我们家随父亲迁到咸阳，我们要与老屋分别了。父亲单位派的车帮忙拉东西。我们从老屋搬家具时，父亲看老式柜子不能带，便只带了被褥和父亲在东北沈阳工作时买的六个搪瓷菜盘，以及一个桐木红箱子、三个镜框，其余柜子都给舅舅了。搬东西时，有一块玻璃板，我要带，母亲说不好带，我执拗地说那能压住照片，母亲只能让带上。老屋就是这样一下子清理完了，让人感到空旷、沉闷。

离开老屋时，舅舅、妗子、姨等亲戚一起来送行。看一眼老屋，看一眼我童年、少年时代生活的地方，看一眼爷辈们住过的地方，我心里有种说不出的酸楚之感，真有点恋恋不舍。

时隔九年，也就是1993年，我携妻子和四岁的小女儿返回老家，看望舅舅、伯父时，看见老屋在当地依然还算是像样的房，只不过门楼不太行了，老屋的瓦顶有渗漏。我回来后，问父亲咋办，父亲及时给舅舅寄了上千元钱，请他找匠人修缮。又过了几年，全家人一直商量老屋该怎么处理，是重盖还是租赁，一直没定。拖到了2000年，父亲让舅看管，先租赁，因为房子旧了，就算租出去也只是一点钱。但那不是长久之计，亲戚也着急，父亲说，卖了也不妥。我的堂弟高峰想，一块儿把老屋翻修一下，合盖起来租赁，为这事专门从商洛来到关中咸阳谈此事。但我二弟的个人问题一直没有得到解决，父亲根本没有心思，也静不下心做出决定。父亲想，何不让我堂弟托管，权当给他，这也是家族的事，算上策。他征得我们同意后，我与三弟在2004年受命返回老家。在老家同堂弟商量一番后，堂弟也有想要的意思，终于我们俩代表父亲做出决定，把老屋给他，还给了门楼前母亲栽的十几棵杨树，伯父也很高兴地同意了此事。

我们又要与老屋分别了。我再看看老屋，那斑驳的院落，两根粗木杠子顶的门楼，还有那把锈迹斑斑的黑铁锁。此时，我心里很惆怅，因为我们的老屋在当地已是很差的房子了。看看镇上一幢幢二层新楼、新独院，老屋确实老了。堂弟高峰和表哥东计送我们时，我再三叮咛要守护住它，把它翻修好。堂弟点头让我放心。

一阵风卷起沙尘，吹得我和三弟倒退避着，我不知这意味着什么，大概是老屋嫌我们嫌弃它了吧。我心里总觉得不是滋味，陪伴我十六年的老屋，一下子失去了，我像丢了魂一样难受。眼睛又泛起泪花，止不住地哭了出来，送行的表哥和堂弟也有了伤感的表情，但都默默看着，他们慢慢地远离了我们的视线，我还是边落泪边大声叮咛。

一辆要去山外的车来了，我与三弟急匆匆坐上。坐稳后，我心里想，我还是商洛人吗？三弟看出我的心思，说："别想了，在哪儿都一样。"老屋虽没了，但我还是商洛人。因为那里有我的影子，有我童年的记忆和一生中难以忘怀的那些岁月。

2006年5月18日

城市待久了多望天

自从有了人类，就产生了"城市"，人们不再寂寞，跨越了一个又一个世纪。如今，城市到处是繁华的商场，匆匆忙忙的行人，川流不息的各色车辆，构成一道时代城市风景。城市待久了，看多了，免不了使人浮躁。当今，人们都爱凑热闹，往城市里拥，城市的人是越来越多，多得人不知该把脚放哪儿。

人若看天，天像大海，心胸宽阔。天又如一面庞大的镜子，照得人心里亮堂、振作起来。

月夜看天，天宁静如眠，只见银亮的圆月慢行，使你忘记是站在城里某处，似乎在空旷的田野。一阵微风吹过，看天，心情舒畅，把一切尘事抛在一边。

看星星点缀的夜空，抒发对美好的憧憬，陷入遐想与思索中。城市五光十色，全淹没在浩瀚无际的星夜中。人渺小了，城市不再吵闹。我敬畏大自然的神奇。

雨天看雨，天如织布，丝丝雨线，淅淅沥沥下个不停，使人想到它做工的大手笔。

雪天看雪，觉得下的是希望，待在城市里不再贫乏。

雾天看雾，天连地，才知城市还有神秘处，城市只是自然中的一个符号。

春天看天，灿烂、温暖的阳光，无尽的蓝天，朵朵白云，人感激万物的恩惠，城市不再呆板，因为是自然的一分子。

夏天看天，天越发热烈、奔放，让人无法回避它的火辣，只能接受它的大胆。

秋天仰望天空，偶尔有蟋蟀鸣叫，秋意浓浓，畅想连连。

冬天的天是凝重、厚实、亲切的，人在城市中还有伙伴，因为有伸手可及之感。

城市待久了多望天，它能使你产生好的心境，也能让你热爱人生、热爱大自然。

2007年

漫沟

　　秦岭山中有一漫沟，沟深约有十五千米，两侧是连绵起伏的青山，顺沟而下，一条清澈见底的小河沿沟弯曲绕流，满河大小不一的各色鹅卵石无规则地排布，挽裤下水，一条条小鱼调皮游玩。我用双手掬水时，谁知，那鱼跳跃着跑了。我最后在小石头底下发现了一只手指甲大小的螃蟹，抓在手上，看这小生命不停挣扎。我怜悯地将它放下，让其回归河沿。

　　我们一行六人穿行在曲折迂回的沟里，我戏称"六杰"。沟是自然的风景，我们有意选择这条路线，也是图静，若一人行甚至两人行，我想，恐怕就有点孤寂，甚至害怕了。六人行，说说笑笑，十分热闹。两侧的树上不时传来蝉鸣声，树丛中的山雀声、山鸡声，真可谓人在景中走，山在唱，水在笑，自由奔放，那自由的心随山风飞走，不知困倦的脚像长了轮子朝前滚动。我作为年岁大者，神往得藏不住童心，竟然大声吼起："大山——大山——我来了——"

　　踏在凹凸不平的沙石山路上，望着翠绿的山，心情怡然。一株株果实累累的栗子树，似乎点头向我们微笑，一株栗子树被繁茂的果实压弯了枝头，依然精神饱满。成片成片的树林，生机勃勃。沟的路边是几间零落的农舍。灰黑色的瓦，白色的墙，与青山映照，构成一幅写意图。同行几位欲购山货，从一农舍出来一位五十岁开外的男主人招呼我们进屋看木耳，他不停地对我们说他那木耳肉质肥厚，是纯天然的，主人敞开的院子是搭着支架的青冈木耳菌棒。一只黄色带白点的猫似乎受了惊，箭似的穿过我们的空隙蹿出去了，我们与主人商议好价钱决定返回时再购。

　　烈日照射在我们头上，每个人脸上顿时觉得热辣辣的，我们依然行进。眼前又是布满石头的河床，路在浅水里，水在石缝流。踩在圆圆的卵石上，迈步跳跃几大步，就过河了。几年没有走过这样有诗意的路，亲切又稀奇。

　　我们又走了两千五百多米，眼前顿觉一亮，沟宽了，草地多了，我在前面回头望同行的五位，几个人间距拉大了。好久没走山路了，总觉得心境放松，回归在大自然中。人在绿山中行进，呼吸山脉之气，可谓充满了灵气，似乎浑身的浊气都在消散。我看它比清肠茶管用得多。不远处是一个风景极佳的石上树，陡峭的石壁上，有红漆写的行楷体"响水石"三个字。我好奇地上前侧脸贴耳细听，似乎听到了涓涓流水声。我觉得很奇妙的是一块挨着山崖的峭石，上方竟有棵绿绿的树，像是银杏树。石是褐色，同有了年代的古树身及茂盛的绿叶构成一幅独特的风景画。我对同行的一位秀丽的女士说："那景拍照后可制作成明信片。"是的，我的判断很到位、准确。在返回的铁桥乡一饭店用餐时，同行一位女士指着墙上一幅宣传照片对我说："你看，那不是你说的那棵风景树吗？"我想，实际上美的东西人人都会发现的，就像我们看到那响水石的风景树一样。我久久地站在响水石旁，想多看看它。

　　朝前走了一千多米，又是一处清泉石上流的景色。背阴的山体倒映在小河上，圆石上尽是绿苔藓，同行有四位伙伴疲倦了，决定歇息，我与一位兄弟准备登临近的山。闻着青草味，顺一小径而上，踏在地面净是各种山草的路上，我的脚底下感到软绵绵的，十足的天然地毯。

　　登上山来，眼前又一亮，坡上有一枝叶茂盛的结果的山核桃树。再往上走，崎岖的山径两边净是结得很繁的栗子树。人在山上，亲近得能听见山的呼吸，摸到山的脉动。我们犹如徜徉在山的怀抱中，甜蜜、舒心，都有点不想下山了。但想到山下还有伙伴在等待，我俩只得返回。

　　下山后，在"清泉石上流"一景中，一位同伴用手机拍摄下那自然的山水风光。返回的路上，虽然烈日当头，但大家喜气洋洋。我在溪水里寻觅到一块白色夹黑点、形状似山的河石，爱不释手地装在塑料提包里带回。大家早说好返回时在一深潭处游泳。每个人正好浑身热得难受，换上泳衣，此时，已近下午，好久没游泳的我，游起来笨拙得还不如几位年轻的伙伴。水清得见底，一群群调皮的小鱼游来游去，深处近两米，浅处也有半人高，这天然的游泳池，真比现在有些室内泳池和别墅里自建的泳池美多了。人在潭水中，仰望山景、阳光、蓝天，富有诗意的乐趣，使我们每个人找到了童年，人生如果保持此时的心情,那再大的困难也能迎刃而解。往往人年长了就缺乏童趣,使生活乏味,事业停滞不前。

　　返回时,又重走来时的山道,每个人仍然精神抖擞。再见了,漫沟!你虽是秦岭中普通的一景,但天然之美,总会让人回忆,回忆那段充满趣味的日子。

2006年

空山鸟语五象岭

五象岭经过一夜大雨的洗涤，显得青翠俊秀。此时，山上无人，我独自步入山腰小径，享受独处的静寂，山上各种不知名的鸟的叫声和小池塘中的蛙鸣，构成了环绕在耳畔的音乐。

空山鸟语美妙动听，意境幽远，山路弯弯曲曲。五象岭有一个传说，相传战国时，南方水患不止，秦始皇想治理洪水，做梦时梦见在南方有五头大象能治理水患，梦醒时半信半疑派人去打探，谁知南方果然出现了五座酷似大象的山，此后，水患减少，五象岭成了老百姓心中保护南宁的吉祥形象。几千年过后，此处成了森林公园。五象岭虽叫岭，但不高，却幽静。

当走到岭口一棚里，见一老者听着音乐，坐在一大石头上，前面放置着用布裹着的四个鸟笼。听他说，四个笼里养着四只画眉，其中有两只品质好的画眉价值六百元。他说，他是当地人，原在柳州工作，早已退休，现养鸟，修身养性，因五象岭里画眉多，所以，他带上他养的四只画眉来凑热闹啦！

我走在山中的小径上，拐了一个又一个弯，静听各种虫声、鸟鸣，呼吸清新空气，草香味扑鼻而来。树丛的木香味与小飞虫的嗡嗡声交织在一起。偶尔被蚊虫叮咬了手背、手心之后，并没感觉到痛痒，已忘乎一切。我似乎要融入树丛里，我心里只有树丛了。此时我想到孤独是一种美，独自一人在此是福。静静的五象岭，是我心中的净地。

阳光和煦，蝉鸣空山。我坐在一池塘边看着浮萍，听蝉诉说它对山的钟情。近处是一簇簇花丛，是不知名的黄色的花、白色的花、蓝色的花，一只蓝尾带黑的蝴蝶绕一束黄花飞来飞去，十几只飞虫在一棵榕树下像直升机盘旋，一只小鸟在池边跳来跳去寻食，蓝天、池塘使不高的空山显出了灵性。我忘却了一切尘事。一次次去五象岭，一次次感受到不同，只是偶尔听见几声不知名的鸟的叫声，就能感受到它空寂的魅力了。

　　看到羊肠小径，不知有多少像我一样寻找静的朋友在此路过。享受空山鸟语也是人生向往的境界。

　　一日，逢仲秋，刚好雨过初晴，天空被一团团厚厚的灰云包裹着，似乎一场雨要来临。一阵山风吹来，习习凉意，让人觉得舒适，山上一株马尾松摇曳着枝头，似乎也享受这凉意。山依然宁静，偶尔有当地人骑着摩托车从此路过，打破寂静。再后来，留下的依然是各种虫鸟的鸣叫。

　　又一日，逢晴天，山翠得让人沉迷，各种鸟在啼唱，我独自一人静听这美妙的鸟声，几只野峰"嗡嗡"地围着一花丛飞。一只红色的蜻蜓落在随风摇摆的树梢上。花丛香味四起，沁人心脾。站在山底望远山，看着那美景，似乎想拥抱空山。此时，有一只我从没见过的绿蝴蝶姗姗飞来。山景，和风，惹人沉醉，我久蹲在一花丛下，依依不舍，似乎人与自然融合了。一架飞机穿过云端，才使宁静的山林有闹意了。秋日的晴天，环顾山体，绿色相抱，绿在心中，是活力，是青春。置身于山边，我仍静听虫鸟鸣叫，秋天的太阳仍然火辣，照到人脸上，让人无法承受，走到一树下，才稍有凉意。远看高山，山的轮廓在雾中若隐若现，看山，望山，赏山，听鸟语，要身临其境。

　　又一次，走到山里，山中有小屋，好一道独处风景，就像一幅地道的中国画。身处深山可聆听鸟啼，似乎触摸到山的脉搏，感觉到山的呼吸。

　　静思，才能感觉到它独具的魅力，一座立体的美丽的山在眼前，每次欣赏，每次倾听鸟语，我总是依依不舍。只有你把美丽的山装入心中，才永远在欣赏它。空山鸟语是五象岭永恒的魅力。

2010年

我种的那七棵核桃树苗

  对故乡的钟情，常常起于核桃。我老家在商洛，那儿的山和土盛产核桃。核桃树长得老高，每逢收获时节，大人们便用长木杆敲打着树枝以收获核桃。我家有三棵，其中一棵离住处两百多米，约有小碗口粗细。每年结的核桃不少，一棵能收七八十斤。到了20世纪80年代初，我家搬迁到咸阳，久之，家里的核桃树无人管，便托付于伯父家。每逢核桃成熟期，伯叫他儿媳妇寄十几斤到咸阳，我们也算是吃着故乡的核桃思念故乡。

  家乡的镇子要改造，核桃树也给了伯父家。由于盖房征地，我家的几棵核桃树只得挖掉。

  近几年，我总想着带回点核桃试种以解乡愁。

  2016年初春，我挑了十几个大而圆、皮薄的故乡核桃，准备试种。我先是用水泡，泡了半个多月，核桃皮发涨了，便埋入楼下一片修整的土地里。但也不知能否长出来。

  约莫有两个月，奇迹出现了，我在地里发现有一棵核桃幼芽冒出了小尖。我兴奋得赶快回家告诉妻子和女儿，她们特别高兴，祝贺第一棵核桃树苗的诞生。

  小核桃树苗一天天长大，我给它浇水，一片叶又一片叶地增加，有几片长成了手掌大。每每见到它就有种亲近感，像见到故乡的亲人和乡亲们一样亲切。我把此事告诉母亲，她也很高兴，惊奇地问这问那。核桃苗虽小，却含着故乡的情结。

  随后，第二棵核桃幼芽也长出来了，相继有第三棵、第四棵，一个多月后，又有第五棵、第六棵、第七棵长出芽，让人很兴奋。我便用心照料，浇水培土。

进入夏季，七棵幼苗全部是树叶青青，很有精神。进入冬季，它们挺过了一场大风，但两场大雪埋住了七棵小生命。当雪融化后，我看时，它们仍长得有活力。我培了土，用草盖住其干。就这样，一天一天熬到了春来。时至2017年4月，又是一片景色，七棵核桃树苗又披上了绿装，向我微笑、点头，迎来了新生。妻子看到其长势，担心树长大了没地方养。我说，那树长得慢，大了可给有地的朋友。她看见了也着急，便把其中两棵移走了。因长势好，邻居见了也想要，妻子很大方地让其挖了两棵。就这样，我那七棵核桃树苗分三块地长开了，好像各自去不同的平台发展了。植物如此，我想，人长大后也同样要有不同的去处。

从七个核桃到七棵核桃树苗，是思乡之情再现，也是故乡影子再现。是我那家乡图画的重塑，也是故乡生命的延续。七棵核桃树苗，快快成长壮大吧！

实际上，核桃又名胡桃。商洛有无数棵核桃树，追溯其源，是在西汉时，张骞出使西域，走丝绸之路时将其带回中原种植，才使今天中国各地核桃盛产。我那七棵核桃树苗虽然是从商洛山中带到关中咸阳的，也算是回归长安，当然要感谢张骞了。因而其种植的意义更大了。

2017年6月19日

清明细雨采白蒿

　　清明时节,点点细雨飘洒,地稍有湿意。置身渭河边,人与地和青草相融,草香味浓郁,在一处沙丘采白蒿,别有意义。

　　采白蒿让人体会乡间的劳作,与静卧的植物私语。细雨中采自然里的植物,使得人与植物已形成了呼应,如一幅油画般和谐。

　　与妻子一起将白蒿采回家后,摘掉废叶,在水中泡半个多小时,洗净,控干,放入一小盆中撒适量小麦面粉拌匀,上笼用中火蒸二十分钟,香气四溢。取出,盛碗中,调好醋汁、蒜泥、红辣椒水。食用时鲜香润口,配上玉米稀饭,是天然的乡居佳食。

　　每到清明前后,乡间河畔、渠畔、堤畔,枝叶形似小松树,色泽略白带青的白蒿,香味扑鼻,引人注目,来采的人不少。在乡村的集市上,城中菜市场上,卖菜的摊点中卖白蒿的人不少。初春时,一般八元一斤,晚春价最低时也在四元一斤,可见价格不菲。

　　清明细雨时采白蒿以为记。

2017年6月8日

沣河边观柳

待在咸阳虽然有二十多年了，但到沣河边的次数很少，一夏日下午，我有意到沣河边转转。那儿蝉鸣不止，心境豁然开朗。沣河的水波纹，静而平稳，河面满是疯长的水葫芦，咄咄逼人，甚有气势。垂钓的人很多，观眼前的沣河边，有近百棵垂柳，粗的一人双臂不能合抱，估计有六十年的树龄，细的也有十几年的树龄，叶茂阴凉，枝杈繁多，好自然的美景，让人心胸宽阔；相比较，在城里待久了，人心里也拘谨了。

自然的风光就是不一样，朴素，有乡野之形，有粗犷之美。在这里，人的杂念似乎也消失了。

人久居闹市，往往心烦意乱，却忽略了闹中还有一块静的天地。

沣河边观柳让你看到它的沧桑，如一位老人对你倾诉城市的巨变，还有朴素的老柳树存在。名树移植，大树移栽，却终究没有长年累月在河边的老柳树的朴素美。它的存在，是诉说着古老的城市还有它在做伴，才使城市变得现代而古朴，老城才有了厚重感。

2012年

暑热蝉鸣听小说

上初中放暑假时，在老家的院子里用收音机听小说连播节目是件惬意的事。因为在20世纪70年代，还没有电视，收音机成了唯一能让人产生共鸣的娱乐设备。如今想来，那是少年时代美好的记忆。

老院子里有上房四间，还有爷和婆留下的三间厦房，整个院子大而宽敞，两棵苹果树使院子很有生机。父亲母亲叫匠人修的带挑檐、顶部铺有灰瓦的门楼，显得院子更为古朴。

暑期除过与同学或村上几个伙伴下水玩，便是在下午热的时候搬张小木椅坐着收听收音机，尤其喜欢听长篇小说连播，如黎汝清的《万山红遍》，杜鹏程的《保卫延安》等。

让我记忆尤深的就是《万山红遍》。暑热时听着解说人对风景的描述便稍有凉意，那是南方的景色，使我向往，里面的主人公郝大成与白匪军智斗的场面描绘得活灵活现。解说人讲得绘声绘色，使人身临其境，仿佛丛山、溪水就在眼前。我便忘掉了暑热，一阵阵蝉鸣声传到耳中，好不自在。创作的灵感也因此而生。

后来，我知道了长篇小说《万山红遍》是著名军旅作家黎汝清的得力之作，他是原南京军区政治部创作室的专业作家，创作了共1050万字的作品，其中《万山红遍》是红军三部曲《万山红遍》《叶秋红》《雨雪霏霏》中的一部。

黎汝清的创作格言是：多做事情就等于生命的延长；多做有益于人民的事情，就等于增加了生命的分量。

他的早期作品有儿童文学诗歌集《战马奔驰》等，中期作品有《海岛女民兵》《冬蕾》《叶秋红》《皖南事变》《湘江之战》等长篇小说，并创作了电影《小号手》《海霞》《长征》。

　　他是一位名副其实的高产作家。丰富的战争经历和生活阅历，使他描写人物真实并具有艺术性，贴近生活，因而使长篇小说《万山红遍》在当时轰动全国。

　　好的故事解说人也很关键，《万山红遍》由著名朗诵表演艺术家金乃千解说，他富有磁性的声音让人听起来就振奋，忘乎一切。因为我的家乡就离蟒岭尖山不远，小说写的是江西的山脉，使我更易联想到故事情节。

　　后来，我对连环画也有了兴趣，只要攒够零用钱，就买几本连环画，如《地雷战》《地道战》《林海雪原》《三国演义》等，我都爱不释手，一有空闲就看。

　　蝉鸣声声，在院子果树下听小说，让人入迷，似乎是在那一瞬间，我便有了文学创作的梦。写作时，我总能想到故乡的山水和风土人情。

2017年6月30日下午

酷暑坐车见闻

2017年7月中旬，关中平原到处热浪滚滚，一直高温，咸阳也是连日的酷暑，持续近四十摄氏度的高温。到处弥漫着热浪，让人透不过气来，坐在无空调的公交车上更是如同坐在蒸笼里，承受着热气的侵袭。忙碌的赶车人上上下下，为生计而奔忙。

现代磨刀人

过去在小巷里碰见磨刀人是正常的，但现在磨刀人也在四处奔走。碰巧见一磨刀人手里拿着长条凳和一个塑料筐上了公交车。他离我很近，塑料筐里放着扩音喇叭、雨伞、不锈钢盆等。他个子不高，平头，头发已全白。听他说话的口音应是四川人，我随后与他交谈，他说他六十四岁，是四川巴州人，磨刀有四五年了。车上没座位，他就坐在拿着的长条凳上，两只手扶着塑料编织筐。我问他磨刀怎么收费，他说，磨一把刀五元钱，凭此维系生活。拿长条凳上车我还是第一次见到。我要下车了，便让他坐到我的座位上。他很友好地向我微笑。

筑路的乡党

下午六点半，天仍然热得不得了。等车时，见到有几位修筑路面的筑路人正在刷写施工启事语。因修路，围栏挡住了站牌，我问其中一位等车的地方在哪儿。他说，可能还在原站牌下。与他对话时，我听出他的口音大概是商洛的，问过他后知道他是商洛洛南的。我问到他的工资，他说他们是日结工资，一天一百五十元。我说，大热天老板有没有啥补助？他说，有，冰水、藿香正气水。我说，那就好，只要有防暑的东西就能抗过这毒日。干活时多给咱老家人争脸，把活干好，老板也高兴，多学点技术。他点头称是。说完后我便与这位乡党匆匆分手了。

茫茫人海，匆匆相遇，为了生计，顶着烈日，各奔东西，也是一幅浓缩的生活画面。

2017年7月12日下午

匆匆

　　世界上的一切都是那样匆匆，人生如此，生命更是如此。时间像跳动的音符，富有灵性和诗意，却还让人失意。失意的是匆匆今日，一去不复返，就像是我们永远失去了什么。

　　匆匆是捉不住的，它能把握，把握的时间是有限的。匆匆的他，匆匆的她，印下的是凌乱的痕迹，带不走的是无尽的怀念。人有时是伟大的，也是渺小的，渺小时只是地球的过客，伟大时能承载宇宙万物。

　　朱自清老先生在名篇《匆匆》中写下"我们的日子为什么一去不复返呢"的绝句，发出了对时间流逝的叹息，表达了对人间憾事的感慨。人的生命有时脆弱得如一张纸，有时坚硬如基石。不管怎么说，生命只有一次，只有把有限的生命投入火热的盛世之中，创造出比生命还要永恒长久的作品，那便创造出了另一种生命的延续。这是对灵魂的再造。

　　匆匆，有酸楚之意，有得与失、圆与缺，但它是宇宙万物中最美的表现方式。和谐、平衡大概就是如此。

　　匆匆对于我们常人来说，那只能珍惜了。记得一位哲人说过：人一生做不下几件事，但只要做好就行。珍惜今天是为明天的冲刺腾飞做准备，明天又藏着对后天的希望。向往美好，脚踏实地，匆匆就会向你微笑，用巨臂大手，搂抱渺小的你。在匆匆中成长，打造盛世，传承时间匆匆做事不匆匆的精神。匆匆的美就在于此，珍惜匆匆才算不枉为人。

2006年

感受大自然

说到大自然,我们人类身处其中,海洋、江河、湖泊、山川、高原、森林,在这蓝色的星球之上,我们人类只是大自然中的一个小分子。感受自然,是相对而言。我们已被钢筋混凝土的楼宇包围,几近窒息。因而,寻找绿色,调整心态,到大自然中去呼吸新鲜空气成了现代人类最期盼、最向往的事。美好是心头的绿,身处自然能使心灵释放。

已临晚春,一日,我受朋友之邀去秦岭太平峪国家森林公园,寻自然的山与水,看那紫荆花满山遍野都是,长势好的甚多。漫步在树林中欣赏美景,细心品味自然。游人中有三两学生下河嬉戏。一女孩用小瓶接一坡地上的山泉水,如一幅动态的油画。

山谷的两边,是葱郁的山林。进入深谷,呼吸自然的芳香,除过游人的脚步与说话声,便只能听见溪水潺潺,淙淙作响,冲刷着人的心灵。溪水冲刷着一块块滚圆、年久的黑石,黑石显得古老而沧桑。盘道不险不曲折,依山而建。悠闲观山景,心旷神怡,扰人的事仿佛也没有了。其他朋友走在前面,还有朋友在一茶摊歇息。我漫步独行,感受静谧,上百年的古树直插云霄,沁人的气息扑鼻而来。我想,人类改造自然,但大自然的美是无法改变的,美就是一股强大的力量。有山水,没灵气,便会失去秀气。这里之所以游人如织,成为国家森林公园,是因为有它的魅力所在。国内外名山大川大概亦是如此吧。

穿行在山林之间,不光是观景,更使人顿悟出哲理来。人生讲圆满,讲顺畅;社会讲和谐。山景使人感悟到它的美,拥抱自然,人也会觉得意境高远。

2007年

河床上的古杨树
——新疆边关见闻

坐车从喀什经过帕米尔高原到新疆边疆县城塔什库尔干，眼前尽是奇景。河怒吼的声音，为一棵棵奇形异状的古杨树伴奏出催人奋进的交响乐。古杨树像是有了灵气，愈发向上，威风凛凛地站立在河床上，想同我们这些远方的客人对话。

生长在塔什库尔干河床上的古杨树，千姿百态。有的像老翁，叶片又细又密的，如胡须般贴住河面，根如饱经沧桑、踏遍无数路途的族人的脚裸露在外。有的像古藤，枝叶浑身缠绕，分不清哪里是叶哪里是枝。有的像刚理过发的汉子，叶片齐刷刷的，树干犹如人的身体。有的像绣球花，见不到树干和树根，俨然一个球。有的简直就是好看的盆景，干粗壮，叶嫩绿，造型奇特。有的像恐龙，叶少身架大，树干和树枝已枯但有形。有的像窟窿洞，不太青的老叶像顶帽子，帽檐下是深不可测的黑洞，能藏两三人，大有避风遮雨挡沙的功用。有的像一条青蛇，弯弯扭扭地挂在河面上，让人胆寒……

听说这些古杨树的树龄长的约两百年，短的约五十年，在帕米尔高原峡谷河流中长到那么大，确实不易。高原气候，让它们稳定地成长，与尘世隔绝，过着世外桃源的日子。

河床上的古杨树生命力极强，让人叹服。它无序地生长在险恶的环境中，让你感受到它的沧桑。历史长河的积淀把雪山和高原的精气神传递到河床上的古杨树上，才使古杨树有了一种艺术魅力，有了灵气。它如古老的活化石，令人深思，让人感悟生命的坚毅。古杨树与天天奏着交响乐的河水相伴，同河中潜游的鱼对话、玩闹，优哉游哉。河床上的古杨树，如仙界的奇树，扎根于此，脱俗隐生，却为凡人感悟，这才是古杨树的精神所在。

1999年

沙河边采"鹿肚子"

每到春雨潇潇时,我总想起儿时在故乡商山沙河边采摘"鹿肚子"的情景。那一幕是儿时清贫生活的缩影,是回归自然的写照。

记忆中的沙河,河水清澈见底,鹅卵石和沙子清晰可辨。小白条鱼在水中嬉游,小螃蟹扒着河床横走,悠然自得。沙河中常常藏伏着鲫鱼,随时有被人逮摸的可能,但它们行藏神秘,不时变换游的地方,生怕成了食物。河岸边郁郁葱葱,大叶的车前子,细叶的毛毛草,形似燕麦苗的尖叶草,叶带露水的蒲公英,形状各异的老柳树,参天的杨树,好一幅河川风景画。

沙河是洛河的支流,流经洛南县,沙河两岸的居民的生活用水,均来自此河。我们自然要细心维护这条生命河。

春雨时,河岸上的景色更美,微风吹得柳树不停地摆,唯独河边朽了的柳树根长出的小蘑菇——"鹿肚子"长得欢实。它们如同调皮的小动物,蹬腿、抻脖,睁着眼睛张望。那被称为"鹿肚子"的野生蘑菇,长得憨实,状如牛肚,如伞的外形饱满丰润,蜂窝样的肉又像鹿的外体,大小如拇指,因此众乡亲都叫它"鹿肚子"。"鹿肚子"长得不但有个性,有独特之处,而且是独个儿长,发现了,只能采摘一两个,往往还得下功夫去找,半天时间能寻到三四个就不错了。

春雨后,是采"鹿肚子"的好时机,人们三三两两闲转一样去沙河边寻采。

儿时,我与几位伙伴一起去沙河边采"鹿肚子"。我们几个在沙河边走了近两千米,才采下不到十个,将它们小心翼翼地放在布袋里,带回家便能美餐一顿。不知累的伙伴又在河边寻找,可是,稀少的东西,才显得贵重。"鹿肚子"是独个儿长的野生菌类,这次采完,就只能等下次雨后再寻找。随后,我们几个便追逐嬉戏着往回走。

回到家，听大人吩咐，将"鹿肚子"的柄摘掉，用水洗净，在灶火旁用火钳夹着烤，烤到饱满的菇肉变软了，撒点细盐，这样就可食用了。它如同梅菜扣肉，吃起来不腻，肉乎乎的。小伙伴们争抢着吃，为的是补充一点钙质，好长个子，这也算是吃到荤了。因为一年只有过年或谁家过事才能吃上几口肉，谁家杀一头猪，全村上下都簇拥围观，看一看也许能沾上些猪油。这以后，我们都盼望着春雨，偶尔夏天、秋天雨后河边也有"鹿肚子"，只不过是极少的。

一晃三十多年过去了，成为父亲步入中年的我，采"鹿肚子"成了梦想，而住在城里后再想采"鹿肚子"已成为奢望，只能在菜市场、超市里望见人工培养的蘑菇。我挑了一小把，买了点嫩韭菜，在炒锅中翻炒，以期重现童年的美味，不由得感慨再也不用为吃不上肉发愁了。

现在真正天然的东西离我们远了，也少了，不知老家的沙河边还有没有"鹿肚子"？只能找机会回去看看了。

2006年

阳台上不知从何处飞来一只鸟

  我的住宅是20世纪60年代盖的老房子，太陈旧了，我们把房子里面稍微装修了一下才显得新些。我在仅有的一个阳台上种的花净是仙人掌。

  在这里住了近六年，阳台上只有那仙人掌。前日，一只灰色的鸟落在了阳台上，它的叫声悦耳动听，很有节奏，如山林中的百灵啼叫，让人心花怒放，不由得想看它的模样。我小心翼翼地踮着脚叫女儿瞅，那鸟长得一般，可音质美，我们不能小看它。妻子手舞足蹈地说："有好事啦！"我也信了。

  鸟不停地叫，我们聆听着，生怕它跑走，十多分钟后，那鸟飞走了，走时还在空中叫。这不知是从何处来的鸟，给人留下了美好的回忆。我想，往往美好的事总是那么一瞬，不知名的鸟来时可能看准了位置，选了这多年无人光顾的地方，为我们歌唱，唱一首催人奋进的歌，使我们发觉生活中的趣味。生活也是这样，只要你持之以恒地热爱它，美好的瞬间是会同你会面的。

2007年3月

三篇短文

人在旅途

　　黑山，临近黄昏，人在旅途多思考，看车窗外的农舍、楼房，擦肩而过的汽车，一闪而过的树林，让人遐想，再美的景也是匆匆而过。人生也是如此，日复一日，年复一年。如果你珍惜了每一日，过好了每一日，欣赏了每一日，在每一日干出了有意义的事，就不枉过去的每一日。

清冷的山坡

　　山坡上的树，树叶虽已落光了，但有的树梢上有鸟巢，可能是不知名的鸟花费了许久的工夫构筑起来的。虽清冷单调，但却预示着绿的到来，召唤着生机勃勃的春天。它蕴藏着的是活力。

自主的孤独

　　有时，一个人是孤独的，离开朋友后更显得孤独。孤独练就了独立，才使人有了自主意识。把握前进的方向，分析、处理事务，你得有独立的思想。
　　前进时，孤独是一种修炼，耐得住孤独的人也是一种成熟的表现。所以，孤独也会产生美。习惯孤独，那孤独也就不孤独了，不单调了。

2012年12月

雪中练车

　　大片大片的雪花几乎遮住了人的眼帘，雪发疯般地下着。雪中练车，别有一番情趣。不巧，车的雨刮器出了故障，没过多久，大片的雪便落在前窗上遮挡住了视线，急得马教练与学员下车用毛巾擦。但不过三四分钟雪又落满前窗，车行驶一会儿就要擦窗。

　　车行到一林子旁，车窗外白茫茫一片，真像是林海雪原。白雪压弯杨树树枝，林下白雪皑皑，让人心情愉悦，好一幅北国雪景画。车动景变。练车场上的路像盘山路，一道道坡上的干毛毛草已被大雪覆盖得严严实实，如同走进童话。我驾车时小心翼翼地听教练指导，顺路缓行。只见白花花的雪不停地飘落。

　　迎雪练车，真有情趣，在一种特殊的环境中锻炼车技，可谓是一举两得。随后，我们在倒库移库场练。雪花只管飘落，我们就像《水浒传》中的林冲在风雪中练武一样认真。后又走"S"弯，雪也伴着，车动雪落，大家的车技也在长进。马教练便放心地让我们稍加速前行，我们几个学员精神饱满，让教练检阅我们即将要考试的驾驶水平。三个多小时了，雪还不停地在下。我们依然在练，前行，减速，停车，没有产生一点在雪天开车的畏惧，我们小心翼翼，毫不马虎地照教练教的练，大雪纷飞时切忌急刹车，保持中速行驶，遇到障碍早减速，握好方向盘才能停车。

　　雪中练车，很有情趣。它练就了我开车的心态，那就是要心静，勿躁。

2008年

老屋背后那棵柿子树

　　老屋已成了历史，因种种因素不能居住，托付给了伯伯。对于我这个对故土总有一种情怀的人，我始终把老屋记在心中。其中，老屋背后那棵柿子树更是让我难以忘怀。

　　老屋背后那棵柿子树，是爷、婆在时栽的。那树蕴藏着爷、婆的心血。柿子树离简易沙土公路有三十多米距离，每年秋季，那柿子树上魁柿子结得很繁——老家把大柿子称作"魁柿"。柿子压弯枝头，爷、婆都为之高兴。

　　光那一树柿子摘下就近两百斤，给爷做柿子醋提供了原料。爷、婆摘下黄黄的大柿子后，在厦屋铺起竹席，一个个堆放起来。几天后，爷、婆摘掉柿蒂，将柿子用水洗净，放在几个细口缸中，后用笼蒸过的纱布和干净白布将缸口包严实，然后和好黄泥将口封死，待其发酵。等到冬季过后打开一个缸的泥封，便能闻到一股醋香味，柿子醋就算做好了。

　　不知爷、婆做柿子醋的手艺从谁那儿学的。一般多了有近十缸，少了也有三四缸。除过老屋背后那棵柿子树，两千多米外的山梁上，还有几棵柿子树。

　　柿子醋做好了，每逢集市爷都要去集市上卖，作为一点小收入。婆常做萝卜饺子，调上自制的柿子醋，吃起来别有风味。我和二弟也常吃婆做的那种特色饭，时常能感到婆的温暖。

　　一树柿子，凝结了爷、婆一生勤劳的精神。

　　时过境迁，老屋没有了，那菜地也没有了，那棵柿子树早没影了，爷、婆去世也快四十多年了。但不管在哪儿见到柿子树或卖柿子的小贩，我总觉得有种亲切感，因为那里有爷、婆的影子，有孙子辈对爷、婆的无限怀念。

2017年11月15日

羊毛湾水库的大青菜

羊毛湾水库，地处陕西乾县临平镇石牛村附近。1973年夏季，我随父亲到他工作的羊毛湾水库工区，那里的空气清新，麦田、菜地也不少，一派田园风光。连水库边的大青菜也是青翠欲滴，长势旺盛。至今想起，仍回味无穷。

我们的住处面向水库，坐西朝东，离水库大坝溢洪道将近一千米，流水潺潺，如音乐般动听。在住处左方靠一小路旁，父亲的同事种了一大片大青菜，那青菜叶片状如荷花，大而厚实，甚是好看。几位叔叔辛勤管理，青菜地略干旱，他们就引来一小股水，清澈的水流入菜地，青菜吸收了水分更有精神了。

清晨，看那青菜长势旺盛，给人力量。临晚，听不远处的水声看着青菜，又让人振奋。

职工小灶的炊事员除过管后勤，还为大家做饭。他见到几位叔叔种的大青菜，为之称好。他不仅做青菜烩面，还隔几日就炒大青菜配米饭，大家都说既劳动了，也改善了伙食。

那青菜绿油油的，长得很壮实，人也爱看，也爱吃，而且吃不腻，久之，小灶离不开那青菜了。

我想，那是羊毛湾水库水质好，无污染，使得菜味好，新鲜，才让人爱。

2017年11月17日早

沙河里逮鱼

沙河在故乡的北面，水很清澈。它属于洛河的支流，叫沙河是因河里的沙子不少，故乡人至今仍然这样叫。

上初中时，我与村上小伙伴去沙河玩，见沙河中的鱼不少，有小白条鱼、小鲫鱼等。

夏日，去沙河玩，看那河水清清，河岸边柳树、杨树成荫，我和两个小伙伴开心地嬉戏，用柳树枝追打着在河里游的白条鱼。小白条鱼游得欢快，根本不好追，我们边跑边喊，好不热闹。但是，一条鱼也没打着，只能白跑着玩。

后来我们发现此方法不行，脱掉鞋准备下河逮。我们发现此处有一个小渠，渠水才到膝盖，便一起下河摸，从河边往河中央挺进。终于我摸着了一条鱼，但鱼摆了一下尾便从我手中溜走了。我变换方法，重新寻找位置，在一个水草边逮鱼，十分钟、半小时，快一个小时，终于逮到了一条有三两重的鲫鱼。两个伙伴高兴极了，高兴来之不易的收获。我们找对了方法，接着又摸了五条小鲫鱼，一下午收获不小。

已临黄昏，我们几个返回家，将六条鱼开膛洗净，用黑铁勺舀了点大豆油炸鱼，一条一条炸，炸得鱼肉变成金黄色，便撒点盐和少量的五香粉，然后出锅。

大家吃得乐呵呵的，高兴得不得了。那笑是少年憨厚、纯真的笑。

2017年11月23日下午

羊毛湾水库中的鱼

长大后第一次见到的大鱼，是1973年跟父亲在他工作的羊毛湾水库工区那儿见到的，足有六斤。小时候在老家商洛河中见到的鱼，半斤左右就算大的了。河与水库的差距就是这样。

羊毛湾水库水质好，鱼多，也长得大，有时从溢洪道溜掉的鱼不少。

每逢休息时，我便跟着与父亲一起工作的同事拿着自制的鱼竿和铁桶上水库溢洪道钓鱼。跟着大人去钓鱼本身就会有一种喜悦感。有一位尚叔叔很会钓鱼，晚饭后，不到两小时，就钓了十多条鲢鱼、鲤鱼，大的有两斤多，小的也超过了半斤。

监管后勤的杨叔叔是一位河南人，会唱京剧，但拿手的是做红烧鱼。我做红烧鱼的手艺也是从他那儿学的。

不管大家谁钓的鱼拿回来都让他做，他也变着法让大家品尝到美味。

一次，尚叔叔钓了五六条大鱼，大的有三斤多，杨叔叔在下午为大家专门在员工小灶做鱼。

员工灶上有一口能做十几人饭的黑铁锅，烧的是煤炭。杨叔叔生好火，填好煤，拉开鼓风机，在锅中倒少量菜籽油，油烧热后，将洗净的鱼下到锅里煎黄。后留点余油，下葱段、鲜姜片、红辣椒角、花椒粒、大蒜片，一起煸炒，再倒入适量酱油，添入适量的凉水，放进煎好的鱼，先中火，后慢火，烧十分钟左右，用小铲翻动鱼，再盖锅盖，用小火烧六七分钟即可。一锅鲜香的红烧鱼就出锅了。

大伙吃着杨叔叔做的红烧鱼，你一小碗我一小碗吃得香喷喷，直夸杨叔叔的厨艺好，主要是不油腻，鲜。也夸尚叔叔钓鱼水平高，为大家提供了丰盛的晚餐。杨叔叔、尚叔叔心里也乐滋滋的，笑着说，能与大家一起分享才是最大的快乐。

这期间，大家休息时，除过打康乐棋，喝自制酸梅汤，又兴起了钓鱼热。一是能有美味，二是能锻炼技艺，三是能养耐性。每逢下午饭后，大家都用自制的鱼竿去水库溢洪道那儿练钓鱼技术。

一次，一个年轻人钓了一条六斤多重的大鲢鱼，大家乐坏了，总算见到了大鱼。杨叔叔用心做，将鱼头熬汤，鱼肉另做。

羊毛湾水库的这条鱼，让人见识了何为大鱼。后来我见到再大的鱼也就不那么稀奇了。

2017年11月24日下午

过年的记忆

又要过新年了，岁月如流水，我已从总角稚童步入了不惑之年，仍然要过年。每逢过年，人都要思虑过去，展望未来。

春节，顾名思义就是春天的节日，春天来临，万象更新，新一轮播种和收获的季节又要开始。人们有足够的理由载歌载舞来迎接这个节日，在门上贴春联，挂大红灯笼，贴"福"字和财神像。除夕，即大年三十，也叫团圆夜，家人要围坐在一起包饺子。饺子的做法是先和面，"和"与"合"同音，饺子的饺和"交"谐音，"合"和"交"又有相聚之意，所以就用饺子象征团聚。节日的喜庆气氛要持续一个月，正月初一前有祭灶、祭祖等仪式；节中有给儿童压岁钱、给亲朋好友拜年等典礼，节后半个月又是元宵节，其时花灯满城，游人满街，盛况空前。元宵节过后，春节才算结束了。

春节的另一个名称叫过年。"年"究竟是怎么来的？民间主要有两种说法，一种说法是：相传，中国古时候有一种叫"年"的怪兽，形若狮子，头长触角，凶猛异常。"年"常年深居海底，每到除夕才爬上岸，吞食牲畜伤人害人。因此，每到除夕这天，村村寨寨的人们扶老携幼逃往深山，以躲避"年"兽。

一次，"年"闯入某村，巧遇穿红衣、燃竹竿取暖者，"噼啪"爆炸有声，红光闪耀，"年"惊窜奔逃。从那以后，每逢"年"来时，家家户户闭门家居，贴红对联，燃放爆竹以驱赶"年"。

近年来，雾霾严重，人们燃放爆竹少了，但贴红对联和红"福"字，也是驱"年"之俗。我想，若干年后，人们还会照样贴红对联，以示赶"年"，这几千年的传统民俗会一直沿袭下去，一年又一年，一代又一代。可见传统文化的魅力无穷。

另一种说法是：我国古代的"年"字属禾部，以示风调雨顺、五谷丰登。由于谷子一般都是一年一熟，所以"年"便引申为岁名了。

我国古代民间虽然早已有过年的风俗，但那时并不叫春节。因为那时所说的春节，指的是二十四节气中的"立春"。南北朝则把春节泛指为整个春季。据说，把农历新年正式定名为春节，是1911年辛亥革命后的事。由于那时要改用阳历，为了区分农历与阳历，所以只好将农历正月初一改名为"春节"。

中国人有了"年"的传说，才使年过得有意思，一轮又一轮的生命更替，使过年这一节日源远流长。人们丰富的想象力使过年维系着整个中华民族的情感血脉。过年是儿童的天地，放爆竹，有好吃、好喝的，可以穿新衣，迎接新的一年到来。过年也是女人们最忙碌的时候，洗晒衣被，蒸煮好吃的，还要化妆打扮自己，喜洋洋地出门。过年也是男人们收获成果的时候，盘算一年的收成，为新年庆贺。过年也是老人们最向往的时候，儿女回来了，大家聚在一起，那幸福的时刻乐得老人笑呵呵。

每当进入腊月，便有年味了，人们都沉浸在喜悦之中，打扫卫生，准备各种年货，农村里，杀猪、杀鸡、杀鸭、杀鱼、宰羊等，准备过年。我每年到过年时，也是十分高兴，好像一直保持着一颗童心，等待过年。

在我还是少年时，初二去舅家拜年，舅给我们兄弟三个和妹妹每人两张新一角人民币，我们高兴得不得了，视如珍宝，因为这是舅给的，那时的一角钱胜似今日的一百元。

每年腊月二十九，父亲与母亲都会发好面，准备炸馃子。馃子是老家商洛洛南过年吃的油炸食品，形似面包，色金黄，吃起来外酥里软，因而故乡人都爱吃，也将此作为相互之间拜年走亲戚的年礼之一。母亲做好馃子，父亲来炸，父亲炸的馃子又大又金黄，我们兄妹四人闻着香气，馋得总拿几个先吃。后来老三学到了炸馃子的方法，偶尔自己炸着吃。

我想，即使过了六十岁，我照样也是盼着过年。虽然年过了几十年，传说也好，传统也罢，但中国悠久的历史文化没变。因为，过了年，就是明媚的春天，希望的季节将会到来。

2018年2月7日（腊月二十二）

沙河堤边拾地软

在老家商洛，每逢下过春雨，故乡沙河堤边的地软就特别多。那是自然的沙土地，很适合地软生长。我十几岁时，常常与小伙伴拾地软，尤其在清明节前后去沙河堤边玩耍、拾地软很有情趣。

一次，我与三位同伴去沙河堤，天空瓦蓝，空气清新，荠菜花开。我们在土质松软的有杂草的地方寻找，草丛里藏着的小地软让人不由自主地将它拾起，一会儿，便拾了半篮子。我们四个人高兴得不得了，便在河边上湿润的草丛中低头寻找，拾了满满一篮子。我们在河边玩耍，用柳条枝追赶、拍打沙河中嬉戏的小白条鱼，折下杨柳枝编凉帽，在树林里捉迷藏。

我们提着一小篮地软满载而归，大人看见拾的地软连声称赞我们。随后，他们除去地软的根部，用井水将其洗净，发面，蒸地软包子。在拌好的地软里加上浆水豆腐丁、小葱、蒜苗及五香粉等作料，包好包子后，用农家特有的大铁锅蒸二十多分钟，香气四溢的地软包子就熟了。全家人围着饭桌在包子上浇上用石窝子砸好的蒜泥和辣椒醋水。香气四溢，大人赞不绝口，我心里乐滋滋的。记得少年时常吃着妈妈包的地软包子，打着堂兄支起的秋千，春意渐浓，我们更快乐。

住到城里后，我在超市货架上见到有地软在卖。时代变迁，以地软为材料做出的食物已越来越被人重视，星级酒店将其作为特色推荐。除过地软包子，还有地软炒土鸡蛋、地软汤等，是不少人在酒店、特色餐馆最爱点的几道菜。假如它被纪录片《舌尖上的中国》摄制组发现会更有意义。

地软一般生长于山坡草地上，故俗称地木耳，它也常被人误认为是一种青苔。在国外，餐厅营业者给其取名为情人的眼泪，而当地人则称其为上帝的眼泪。

地软平常少见，但在大雨过后经常会出现在不受污染的山地上。

故乡的空气清新，离秦岭支脉蟒岭很近，沙河属洛河支流，河水清澈见底，周边堤畔湿润的植被都郁郁葱葱，因而适宜地软生长。小时候拾地软是一种乐趣，总是让人难以忘怀。

现在初春下小雨时，我总想起沙河堤边拾地软的情景，少年时的劳动总带着天真。它记录着我美好的回忆。现在人说绿色食品，就是向往不被污染的食品。

地软，接地气的绿色之宝。

2013年4月

特色婚礼点缀生活之美

步入中年，参加了不少亲朋子女的婚礼，大都是相似的，但其中却有四次不同风格的婚礼，别具一格，令人耳目一新，难以忘怀。

第一次，是1994年，在新疆塔什库尔干县，一位塔吉克族朋友的儿子结婚，我和一起援疆的几位同事应邀参加了此次婚礼。这是我第一次见结婚时吃手抓羊肉、烤馕，跳鹰舞，表演骑马叼羊。塔吉克族人极具特色的婚礼，让我们学到了不少民族风俗知识，感受到了他们的豪爽、真诚、好客，也了解了当地淳朴的民风。

第二次，是去参加老乡为儿子举办的田园式婚礼，规模壮观。一让亲友能放眼看渭河边的绿荫；二能让人放松心情，品尝陕菜蒸碗等特色菜。

第三次是在城市中参加朋友为儿子举办的中国传统式婚礼，新郎、新娘着中国古典婚服，慢步走上T台，先拜天地，后拜父母，再互拜，彬彬有礼。在场的人都能感到中国传统婚礼的神圣，以虔诚之态看完这场很特别的婚礼。

第四次也是我第一次看到山西晋南地方风俗极浓的婚礼。婚礼场面让人觉得新奇，新郎要披红（披红绸缎），新娘也要披红穿婚纱，新郎父母肩背一男一女两个布娃娃，似有早生贵子之意。且在一小院铺上红地毯，新郎、新娘和双方父母走红地毯，新颖、喜庆，让人畅想美、向往美。

几次不同风格的婚礼场面，均反映了各自的特色，但都以"美"为标准，让人赏心悦目，感到人间的美好。特色婚礼点缀生活之美。

2018年5月24日

山静鸟鸣树林幽

陕西淳化十里塬队梁家庄村西不远处，有三座山，不高，但属原生态。去了十几次，每次感觉都不一样。那里有一个守山朋友任农庄，守了那山半辈子了。我为他的执着和耐心坚持而感动。

那是在20世纪90年代末，乡政府鼓励村民承包荒山荒林，鼓动一阵，响应的人不多，只有梁家庄村民任农庄几人报名承揽此事。他有当村会计的工作经验，且有一定胆识，才那样决定。家里人也都阻拦过，但终究没阻止住他那倔强的心。

就这样，从1998年起，他开始了治理荒山荒坡、投资修路、种植枣树、苹果树、核桃树之路。一年、两年、十年，荒山有形了，小树长大了、成林了，各种鸟多了，与原有的古窑洞共同形成了一幅古朴和谐的画卷。荒山孕育出的树林与大自然赐予的沟壑与河流一起构成了优美的山水景致。我与朋友分享自然的景观，呼吸山脉的地气，品尝泉水的甘甜，倾听动听的鸟啼。陕西北部黄土地的独特山势，为我们这些欣赏者与探究者提供了另一美景。

当我一次又一次来到十里塬队梁家庄时，一种回归自然的心情油然而生，那是激动的心，是想拾起自然的笔去描绘这淳朴的村落及老任的山林的心。为了能在一个产业链上下功夫做文章，一批批能人贤士前来考察这冲击人心灵的山脉。有的与市场对接，有的另有企图，有的想大显身手做特色产业。

又一次去那儿，老任也发生了变化，他养了五百只肉兔。行动起来才是根本。四川客商专程上门回收肉兔，有了一定资金，老任也有了底气。他只有靠着自己的勤劳和兽医特长，才能自给自足。虽然已六十四岁，但只要有精力有时间，他依然坚守着这座生态资源丰富的山脉。

当我在2018年6月3日与一个刚成立影视传媒公司的朋友爬山时，又被那熟悉的小径和密林所吸引。朋友用简单的手机摄影照出了人和山、草、花的神韵，又给人一种美的享受。站立山间，倾听鸟鸣，被林风吹拂，是自然对我们的洗涤。

幽静的槐树林给人一种别致的静，静得让人为它的安静叫绝，是另外一种祥和。我有意让其他朋友和带路的老任先行，一个人留下来静静观赏，细心感受它的幽静美，用像素很强的手机拍照，摄下幽静美。

山静了，人心也静了。我想了许久，如果此山有贤士投资规划建设，将会更美。

山鸡也在叫，叫声空灵，空山鸟鸣啼，更给山增添了灵性。林幽了，更让人觉得山静鸟鸣有了神秘感。

2018年6月10日

雨中菜园

雨滴拍打着树叶，发出有节奏的声音。菜叶也不例外，被细雨冲刷得格外青翠。

雨中菜园，别有诗意。我与妻子开垦了四小块地，分别栽有韭菜、蒜苗、芹菜、辣椒、金银花、花椒树、小香椿树和核桃树苗等。看着各种菜苗在土里发芽，慢慢长大，我有一种成就感。这些绿芽被小雨滋润后，更是精神。雨飘洒，绿意浓。雨中观菜园，有种田园感觉，让人神清气爽，心情愉快。观菜苗的长势，看菜间的小草，听唰唰的雨声，偶尔还能听到鸟的叫声，有回归自然之感。如此小的生命，似乎在与人对话。

那片菜地，以前地上皆是碎砖和一些废物塑料，长了不少杂草。我们住在不远处的楼上后，我将杂草拔掉，先用小铁铲整出一块如课桌大小的地，可以种点东西，也可防蚊虫。妻子也想将菜地再扩大一点，她刨出了不少废砖和废塑料袋，装起来足有七八十小袋。后又从渭河边用小购物车拉些沙土倒在上面，用铁铲将其隔成了四小块田。我将捡的小石头摆放成半米宽六米长的小石头路。母亲也喜欢栽韭菜，一次给了我们几大把带根的苗，我们俩栽下并浇了水。我买了生菜、青菜、茼蒿等种子一并种下，过了二十多天，经过一场细雨，一丛丛青苗就长上来了。看起来还像个花园，细雨中，小石头被雨冲洗得很干净，缝隙间还长了不少小草，既养眼还很自然，走在上面有点像走在河堤上。

我与妻子及女儿每每有空就来这里看看这片凭着几个月辛勤的劳动建起来的菜园，在雨中观赏更有自然的美景。亲戚朋友也来欣赏，他们还带来了芍药花苗、菊花苗等。劳动带来了喜悦，劳动改变了环境。雨中的菜园也是最美的自然风景。

2018年6月22日

望海

　　小时候就想住在大海边，直到中年才见大海。第一次是在厦门鼓浪屿见大海，坐客轮观海；第二次是在北海银滩见大海，在海边游泳，拾贝壳；第三次是在香港见大海。不论在什么地方看海，都觉得人与海是无法比较的，人太渺小了，小得让你知道人在世上是多么不易。

　　望海，才知广博胸怀的意义，心胸狭窄的无知。北宋古语，宰相肚里能撑船，就是在说胸怀。星云大师曾说："一个人的心胸有多大，事业就有多大。"

　　望海，要有敬畏之心，还要有感恩之心。知道自身的力量，量力而行。知道什么叫包容，遇事三思而后行，要有知足感。感恩父母给了我们生命，珍惜生命的存在。在大千世界感受自然的风光，其中，看大海就是给我们启示，我们每个人仅仅只是大海中的一滴水。一滴滴水汇集在一起才成了河、江、海。

　　人们往往在生活中忽视了这一点，目中无人，自以为是，心胸狭窄，自私自利，贪欲膨胀，忽略了自然规律，没有尊重规则。

　　望海，给人智慧，看平静的大海让人心宁静，看阴天波涛汹涌的大海，如临危机。在阳光照耀下望大海，无际的海水被太阳照得波光粼粼，那是希望。

　　人们把看海当作是一种向往，一种心境的历练。独自一人去看海，带给你无尽的想象。

　　望海使人有了视野，有了张力，有了自谦感。因而，望海是人的幸福，给人巨大的力量。

2018年7月6日

钻探场上用餐

每次我在我们钻探场上同钻探工友们修钻机，每逢饭点，往往是让人从灶房往工地送饭吃。实际上这真让人设身处地地体验生活，深入基层，了解到条件的艰苦。但如今想来，也有乐趣。

我们着一身沾满泥点的工装，找一空旷平地，开始用餐。大家说说笑笑，一边吃一边看周围的景，与其说是景，倒不如说是我们给取的好听的名字罢了。有时用餐也要经过一番折腾才能入肚。

一次，在青海高原的工地上，稀饭刚端到手上，一阵狂风吹来将稀饭变成了泥汤，我们只得啃馍夹菜。谁知大雨倾盆，我们像溃败的士兵一样撤退，等讨厌的过云雨走了，一顿饭也泡汤了。

有时用餐时很平静，在宁强县天生桥钻探场上，我们如神仙一样享用食物，瞧不远处高耸入云苍翠的山，听各种鸟儿的欢唱，看各种树的长势，灌木丛藤枝缠绕的姿态，让人一下子食欲大增。但有时手拿着馒头忘了进口，几只蚂蚁小虫们也趁机沾点光，我发现后，干脆馈赠给它们一些，让它们也享受一下野餐的滋味。工友说我心如佛，我说人与动物本该是同类，不过智力超乎一般罢了。他们便笑笑。

钻探场上用餐，如同野餐，使人仿若返璞归真，也算是人生的清苦体验吧！

1995年6月22日下午
宁强县水田坪村

我爱买葱

我爱吃葱是因为十三四岁时，受到爷与婆影响。爷与婆就爱吃凉拌葱叶、葱油拌面，尤其是爷与婆做拌汤时，炒点葱花撒到上面，很有味道。父亲也爱吃葱，二弟爱吃生葱拌豆腐干。

我想，吃葱，是为了品尝辛辣的味道，是做菜必备的调味品，也是为帮助消化。步入中年的我，更爱买葱。只要去菜市场必买葱。一大把，必是二斤左右，还要带着叶子，大都是一米左右长。

早在《诗经》中就有关于大葱种植的记载——有玱葱珩。原始品种最早的引进，可追溯到战国齐国名著《管子》中的记载："桓公五年，北伐山戎，得冬葱与戎椒，布之天下。"齐桓公五年，大致相当于公元前681年，这个时间也就是章丘地区大葱种植的开始。可以推算出，大葱种植在章丘地区已经有近三千年的历史，最早是从西北少数民族地区引进的。明朝嘉靖九年（1530年），《章丘县志》中也有关于大葱种植的记载，并记有当时农民流传下来的四句诗歌："大明嘉靖九年庆，女郎仙葱登龙庭，万岁食之赞甜脆，葱中之王御旨封。"这就说明在明代，章丘大葱被御封为葱中之王，大葱在章丘地区已经普遍种植并且成为当朝贡品。

年少时，在老家商洛黄土岭上，我常与小伙伴挖野葱，拿回家凉拌或炒食。

在一报纸图片上，见一幼儿初上幼儿园，身背两根大葱，寓意初入学，要像葱一样，郁郁葱葱，聪明好学，可见葱的寓意之深。

葱成了我每次做菜都不可缺少的调味品，它的辣味让人喜爱。

2018年7月26日

马的神气

1994年，我第一次在新疆帕米尔高原见到低头吃草的野马时，就对马产生了好感。后来我看了故事片《白马飞飞》，知道白马有灵气，通人性，为抗日消灭日本鬼子立了大功，我对白马更敬佩了。接着，去参观延安革命纪念馆，见到毛泽东骑过的大白马标本，大白马与毛泽东转战陕北，屡立战功，我更觉得马的神奇。

一次偶然的机会，文友贾松禅邀请我去咸阳沙河风情园看古桥，骑马，我真正与马近距离接触，骑了一次马，听他说那几匹马是刚拍完电视剧《保卫延安》回来。我对马有了新的认识。因为骑了一次战马，我似乎浑身都有了劲，有了刚毅之气。

2018年7月21日，正逢关中高温四十摄氏度左右，我与妻子、女儿、女婿一起去陇县关山草原。在海拔两千多米凉爽的高原上见到一大群马，它们自由自在地在高山草甸上吃草，让我们大开眼界，看群马的阵势，听马的嘶鸣。关山牧场有汉代时的军马场遗址，专养军马。听说关山牧场的马也参与拍摄了不少古今有关马戏的电视剧和电影。从介绍册知关山牧场有五千多匹马，数量之多，在陕西少有。

中国现代著名画家徐悲鸿以画马出名，创作出了不少马系列作品，成为经典名画。许多画家也以此为题，专攻画马，有文友就学画马和书法。

看了电视剧《左手劈刀》中的红军骑兵团长龙飞骑大黑马征战杀敌，让人对黑马赞叹。尤其是黑马"旋风"很通人性，为龙飞征战杀日寇助了一臂之力。其中龙飞和黑马团军人与日军腾森骑兵联队，双方在沙漠边作战，场面恢宏，最后龙飞用铁索连环马之策全歼腾森上千骑兵，有盖世英雄般的气魄，马的神气展现到了极致，为剧中一大看点，让人过目不忘，永远记住这一极具历史意义的决战。

马给人一种力量，马的奋进、奔腾，让人无比喜欢它，马也成为人们敬佩的对象。

关于马的诗词在古今不少。其中，有唐代岑参的《走马川行奉送封大夫出师西征》："君不见走马川行雪海边，平沙莽莽黄入天。轮台九月风夜吼，一川碎石大如斗，随风满地石乱走。匈奴草黄马正肥，金山西见烟尘飞，汉家大将西出师。……马毛带雪汗气蒸，五花连钱旋作冰，幕中草檄砚水凝。……"

唐代诗人李白的《白马篇》，更是将白马的气势描绘得淋漓尽致。"龙马花雪毛，金鞍五陵豪。……酒后竞风采，三杯弄宝刀。杀人如剪草，剧孟同游遨。发愤去函谷，从军向临洮。叱咤经百战，匈奴尽奔逃。……"唐代诗人李贺的《马诗二十三首其五》："大漠沙如雪，燕山月似钩。何当金络脑，快走踏清秋。"虽然这首诗看起来是写马，其实是借马来抒情，抒发诗人怀才不遇之情，不被统治者赏识，但又热切期望自己的抱负得以施展，可以为国建功立业。

还有李贺的《马诗二十三首其四》："此马非凡马，房星本是星。向前敲瘦骨，犹自带铜声。"此诗写马的素质好，但遭遇不好，婉转地表达出诗人怀才不遇的怨愤之情。

实际上，以马喻人的诗句也不少，如"千里马常有，而伯乐不常有"，也是指人才被埋没，英雄无用武之地。

宋朝张炎的词《清平乐·平原放马》："辔摇衔铁，蹴踏平原雪。勇趁军声曾汗血，闲过升平时节。茸茸春草天涯，涓涓野水晴沙。多少骅骝老去，至今犹困盐车。"

以马寄托情感的诗词很多。马在人们心目中就如腾飞的祥云，给人力量，给人美好的向往，腾空向前，气贯长虹。有马如福，蒙古族被喻为马背上的民族，祖辈以马为荣。蒙古族人从小在马背上长大，赛马、摔跤、射箭被称作"男儿三艺"，无论男女，纵马如飞，熟练自如。他们与马为伴，依靠马在草原上谋生，马成了蒙古族人吉祥的象征。

马，人类最要好的朋友，以通人性闻名，成为人类崇敬的吉祥物，因而，赞马、养马、骑马成了古今一大荣耀，神气的马，永远与人类为伴。

2018年7月28日

水磨房

哗哗的沙河水声，带动着水磨完成磨小麦的任务。那是小时候，母亲带着我去水磨房磨面的情景。家里仅有一亩多地收割的小麦，要在此变成面粉。吃自己种的小麦是一种幸福，它包含着辛勤管理后收获的喜悦。

水磨房位于故乡沙河边，是村上专门为群众建的，它将沙河水引入到一个大渠中，将水资源利用起来。

在那点煤油灯的年月，水磨成了乡亲们生活中的宝贝。谁家要磨面就去，不用排队，向管理人员打个招呼就行。

水磨一年四季只要有水，就照旧转着，为乡亲们做好服务。水流动，水磨转，下游的小鱼也往上游，想闻那面香味，共同唱着劳动的歌。

每逢腊月，水磨就忙开了，这下要排队等待。水磨将乡亲们一年的辛苦劳作磨成白面粉，以做蒸馍等。收成不好时，粗粮多细粮少，磨白玉米也成了过年必做的事情，小麦面与白玉米面两搅，一半细粮，一半粗粮，也算为过年准备了充足的主食。

水磨如时钟一样，年复一年，转动了十几年。到了20世纪90年代，沙河水小了，大概是上游的水有其他用处，或是人为阻挡了。水磨结束了它的使命，就像人老了要歇息。

时代在变，村上通电了，乡亲们用上了磨面机。但水磨的绿色环保催着人想念它，想念那哗哗的水声，那里充满着笑语和纯真。它把清澈的流水运用得自然，水磨，十足的原始资源再利用。

水磨，是一个时代的象征。中国有许多水磨古镇，均因有水磨而闻名。"石头层层不见山，路程短短走不完，雷声隆隆不下雨，大雪纷纷不觉寒。"据史料，东汉末年，凉州刺史张既将水磨带到西北地区，水磨作为加工粮食的工具在青海东部的农业区逐渐传播。从此，水磨便成为西宁百姓生活中不可缺少的生产工具，距今已有一千九百多年的历史。宋代李远在他的《青唐录》形容当时西宁使用水磨的情景时写道"羌多相依筑层而居，激流而硙"。

  由此推测，水磨的诞生，是上千年劳动人民从实践中探索出的发明创造。我记得故乡的水磨上下盘尺寸直径约有六十厘米，上盘、下盘均有渠齿，用于碾轧粮食，有木制托盘当作面道，其中一处有流面口，中心有孔被粗木杆固定，下面连接一个木制大水轮，那水轮直径约两米。通过一定量的流水，流到水轮叶面上，形成水力，带动着上方的石盘，水磨就能开始磨粮食了，如磨小麦、玉米、黄豆、黑豆等。水磨的诞生为人类造福，在早期贡献了它应有的功能，为后来磨面机等其他研磨粮食的工具提供了宝贵的参考依据，对于粮食加工现代化也有积极和深远的意义。

  水磨，绿色的记忆，是我儿时和少年对故乡纯朴的回忆。故乡的水磨虽已退出历史舞台，但那朴素的水磨轮在我心里仍转动着，那是父辈们的絮语。我依然能听到潺潺的水声、轰隆隆的水磨声。

2018年8月10日

凤翔东湖园林美

走进凤翔县东湖,就会被古色古香、树木郁郁葱葱的上千亩园林所吸引。像是到了苏州园林,暑热的燥气一下子降下来,让人神清气爽。第一次在陕西西府看到如此美景,有湖水,有古亭,有石桥,有小船和高大的柳树和灌木。

东湖有悠久的历史,入大门时就能看见北宋著名文学家苏轼写的"东湖"二字,可见东湖的时间久远。据资料记载,东湖在夏、商时期称橐泉,从史书记载可知,凤翔在夏代以前称雍州,唐代时改为凤翔府。东湖和凤翔的历史同样相连久远,相传周文王时期,瑞鸟凤凰飞鸣过雍,在此饮水,周人认为是祥瑞之兆,故名"饮凤池"。北宋仁宗嘉祐七年(1062年),苏轼任凤翔府签书判官时,倡导修筑扩建饮凤池,植细柳,种莲藕,修筑君子亭、宛古亭、喜雨亭等秀丽的亭台楼榭。因距府城东门只有二三十步远,又改名为"东湖"。延续至今,已经有近千年历史。苏轼在修凤翔东湖之后二十年,又在杭州修建了西湖,两湖南北遥望,因而东湖与西湖称姊妹湖,人言西湖水,东湖柳。有诗曰:"东湖暂让西湖美,西湖却知东湖先。"

东湖历代均有修葺,占地二十万平方米,其中,水面近六万平方米,有古建筑三十多处,分内湖、外湖。内湖为苏轼任凤翔府判官时疏浚,外湖是清光绪年间开凿,统称东湖。湖中建有洗砚亭、君子亭、春风亭、鸳鸯亭等,外湖建有山庄、苗圃、荷塘等,系城区风景湖。湖内亭、台、楼、阁、桥、堂、轩、榭等古建筑别具一格,精巧雅致,小桥流水,曲径通幽,莲池碧翠,水光潋滟。湖岸柳树成荫,松柏常青,鲜花点缀,著名景观有凌虚眺远、岸柳飞雪、石螭吐甘、沧浪瀑布、曲桥观鱼、断桥叙史、喜雨怀苏、君子吊古等。东湖集历史、文物、科学、艺术、风景、旅游于一体,堪称中国北方古典园林的优秀代表,是著名的风景旅游区。现为国家AAA级景区,省级风景名胜区和省级文物保护单位。

自2006年开始，凤翔县委、县政府累计投资五千多万元，实施了白狄沟引水、苏轼文化广场建设、环湖路铺设、景区绿化美化亮化、两大门建设等九大工程，形成了以苏轼文化为主的湖北区，以水域游览为主的内湖区和以赏莲赏花为主的外湖区三大部分，使东湖更加秀丽。

游东湖，让人觉得历史厚重。它是以文人的设计构思建造的，苏轼的初衷是以江南的园林风景为范本，且意境高远，有秀、幽、美、静等特点。

从人文特色知，东湖自然景观独特，人文景观见长，苏轼修筑的凤翔东湖内湖，既给东湖留下了赏心悦目的美景，也为后人留下了一大笔宝贵财富，他为东湖写的诗文有一百八十多篇，其中千古传唱的名篇就有《喜雨亭记》《凌虚台记》《凤鸣驿记》等。东湖藏有苏轼的梅、兰、竹、菊手迹石刻，有历代文人墨客诗词石刻一百五十余通。诗文书画、亭廊阁壁，给人以古朴典雅、恢宏壮阔、博大精深之感。亭台楼阁不少，有名的亭就有八处，如断桥亭。因为苏轼四十六岁时修杭州西湖，湖上建有断桥亭，后世人为纪念苏轼，也在凤翔东湖内修建了断桥亭。君子亭、宛在亭为苏轼所建。苏轼又有"宁可食无肉，不可居无竹"的习惯，亭子修好之后，他又在亭畔栽了几百竿竹子。因在古人眼里，莲花和竹子都是君子的象征。

游东湖，漫步在高大的柳树之下，看湖光倒影，几条游船划到湖中，点缀湖中美景，让人为此园林之美叫绝。

东湖之美，在于有奇特的中国园林之美，反映了苏轼独具一格的园林设计思想，其审美思想富有前瞻性，穿越时空，以至于千年后仍不失其光彩，成为中国园林经典之一。我想，苏轼先生设计构思时就已吸收了中国古代古典园林精华，以水系、柳、竹、莲、亭、拱门、石桥等为代表的园林骨架，主张设计和施工了凤翔东湖建筑，以至于后来他作为杭州通判主管建造西湖，为中国园林创造奇迹。

游东湖，看园林美景，我不由得赞叹苏轼的园林设计思想在此印证，更感叹中国传统古典园林之美。

2018年8月17日

人无亲情牵挂的时候

一个人孤独时，首先想到的是亲情，想起父母。人一旦无亲情，似乎就有种失落感。想到这个世界上只有你一个人，再好的一切似乎都归为零。

亲情是我们每个人连接心灵的感情，是生命与生命间互相连接但肉眼看不见的线。亲情是一种感应，也是一种血脉相连的缘。它是一个人生存的希望。假如亲情消失了，那一切就都暗淡了。

一个人心中的亲情是言语无法表达的，它是一种呼应的感觉。心中有了亲情，生活会变得丰富多彩。

让我们珍惜亲情吧，向天地呼唤长久的亲情。

2018年8月21日中午

古城中学校园的绒花树

母校古城中学校园中有棵树冠蓬松、约老碗口粗的绒花树。粉红的绒花如同鸟儿的羽毛一样分外好看。中学时，下课后，与同学们在绒花树下聊天，绒花树如大伞一样遮挡着日晒，像走进公园一样。绒花树为校园增添了秀丽和宁静。

课余，单纯质朴的我们，在绒花树下娱乐，好不自在。看着如笑脸般的绒花好开心，学习也有了劲头。年长了，想到在校园里栽植绒花树大概也是为了使学生以愉快的心情投入学习中。

我想，中学校园有此树，大学校园更是如花园般，都是为了让学生有一个好的学习氛围。

母校校园中的绒花树，让我想到了同学们那一张张对知识渴望和对未来人生充满憧憬的脸，穿着俭朴的衣服，度过那难忘的学习岁月。

以至于看着绒花树，让人不由得想起了往事。我对语文的喜爱，是受语文老师党维义精彩的讲课启发，他毕业于陕西师范大学中文系。党老师每讲到一篇文章感人处，我便被他充满感情的语气所感动。他说，写好一篇作文，要先有积极向上的心态，选好题材，另外要有创新思想，最重要的还要有无限的想象力。丰富的想象力，才使一篇作文活起来，让人爱看。因而，我在写作文时用心地写。我的一篇抒情作文被党老师拿在课堂上给同学们读，让我备感自豪，有了自信，从此，我更喜爱语文了，也热爱文艺了，更爱听党老师的课了。总觉得那时我心中有朵绒花，它向我微笑着。

绒花的笑脸，让同学们能开心地学习，使同学们度过了美好的中学时代。绒花树启示我们要热爱生活，乐观面对人生。后来我又见到了许多的绒花树，满树花开似锦，让人充满喜悦。绒花树，告诉了我怎样以乐观的心态面对一切。

2018年8月24日上午

关山草原之美

中伏天游关山草原，我们一行四人顿觉凉爽。关山草原地处陕西陇县西南部，西邻甘肃张家川回族自治县马鹿乡。

如果草原是乐谱，那静静吃草的马、牛、羊就是音乐符号，点缀在草原上，使草原有了生机，有了动感，有了艺术性。大自然就是这样美妙，勾勒出了富有灵气的美丽图画。

关山草原之美，在于气候凉爽。气温在二十四摄氏度左右，属于温带大陆性季风气候，占地一百零四万亩。舒适的环境，让人想要在此久留。有诗曰："关山六月犹凝霜，野老三春不见花。"全年无明显夏季，春秋相连，冬季较长，年降雨量可达七百毫米，使得草原成为游人必去的地方。草原上还有跑马场、蒙古包、假日酒店等，休闲养生，为人服务。

关山草原位于陕甘高原，是特殊的地理条件变化形成的。

西周初年，秦人先祖非子就在汧渭之间为周王室饲牧养马，"马大蕃息"，功绩卓著，周孝王八年（前890年）被封为食邑，建城于陇县牙科乡磨儿塬。

公元前776年，秦襄公迁建汧邑，位于陇县东南乡郑家沟塬。公元前770年，襄公护送周王室东迁洛邑，有功于周平王，被正式封为诸侯，汧邑成为秦国第一个都城，并持续到公元前762年，长达十四年。秦人在陇山山地草原由畜牧业起步，完成了从游牧民族向农业民族转变的过程。秦人也正是在千河平原建立了诸侯国，走向关中平原，进而统一了全国。因此，陇山山地和千河流域是秦文化的发祥地，也是中华民族统一的汉文化的发源地之一。

秦统一后，陇山千河之地虽成为一普通的州县，但仍为西北之门户，沿疆重地，系全秦之安危，被视为"咽喉呼吸之关，锁钥关键之固"的兵家必争之地。

汉王朝初期，匈奴占有很大军事优势，汉王朝被迫采取"和亲"之策，以免其掠州夺郡。汉武帝时转为战略反攻，终于挫败匈奴。汉匈之战是中国统一多民族国家形成的重要环节，而这一过程的实现与关山草原密切相连。汉王朝军事力量的强大，除得益于文景之治后国力大增外，还凭借作战军队完成了由步兵为主向骑兵为主的转变，大范围机动作战能力的形成。而当时的陇山地区，是汉王朝北扩前拥有的重要牧区，西域传入的良马佳驹在这里得以繁衍，满足了军事活动的需要。据说汉代时关山一带牧养的马匹达三十多万匹。霍去病二十岁时第一次率万余精骑出击匈奴，就是过关山出陇西，沿祁连山直趋西北。盛唐之时，关山牧马业更为发达，朝廷设立了陇右牧马监，王侯将相的私牧也多放养于此。中国历史的汉唐雄风之中必然也包括源于关山草原的汉唐骏马的雄姿。

唐代以后，牧马业逐渐势衰。1958年，陇县在这里建起了国营关山马场，引进吉尔吉斯母马，选用拉脱维亚公马进行杂交改良，培育出了"关中马"，使这里的马群重现了汉唐马的外形特点。因而，马成了关山草原一大主角，其美在于有灵气、有活力、有神韵，把青青的关山草原美化了，变得刚劲有力，真可谓刚柔相济。马的刚性和草原的柔美，构成一幅绝佳图景。它是自然的馈赠。

关山草原其景观特点，在中国的众多景点中也是极具自身独特魅力的。草甸丰茂，坡缓谷阔，山顶浑圆，山脊起伏，绿茵似毯，绵延广布，常年流水的渠道多达十余条，曲折蜿蜒于宽谷之中，无任何人为污染。水质清澈，流量稳定，空气清新，气候宜人，形成了独具特色的自然旅游资源景观。

自然原始的风景，给人一种美的享受，这是大自然的恩赐。我们作为游人欣赏此景，也不由得生出幸福之感。看那山势浑圆的峰丘、宽谷，缓坡构建出风景骨架，连片的林木和草甸草地构成景观主色调，潺潺溪流和清流潭池构成景区的景观脉搏，清新的空气和凉爽宜人的气候构成景区的景观氛围。

其美在于旅游资源组合相异于南部的秦岭山地和东北、西部的黄土高原，山峦起伏无尖峰突兀之势，河谷开阔有柔和的曲线之美，密林绵延尽显苍翠之色，大片大片的草地上有棵棵大树点缀，如若画中补白，引人注目，草地树木相映成趣，绿草铺地呈送秀丽淳朴之风，溪流弯曲，蓝天白云，空气清新，使得景观层次特别丰富，如美丽图画，和谐共融，奇妙优美。因而关山风景区自然原始的旅游资源的景观组合，呈现出协调之美，刚柔之美，秀丽之韵。

正如专业人士分析此处总结出六大景观：

山峦地貌景观。山峦地貌景观虽无尖峰突兀之势，但有秀丽淳朴之风，既不同于南部秦岭山地，也不同于周围黄土高原，被称为"陇板满目皆千仞，唯有关山以秀媚"。

槽谷地貌景观。槽谷地貌景观呈现十分开阔和缓的"U"形剖面，无明显谷缘线和坡脚线，形态富含柔美的曲线之美。

森林景观。森林景观层次丰富，仰视山顶绿树郁郁葱葱，俯视山峦林海绵延、层峦叠翠，近视林中藤密灌旺、空气清新。

草原景观。草原景观最为独特，集中于谷底山坡，连片分布，质优量大，气势恢宏，在暖温带山地少见，在东部季风区罕见，骑马奔驰，草地漫步，席地小憩，妙不可言。

河流景观与山谷林草景观。河流与山谷林草景观特色相得益彰，无涌泉急瀑，但曲流潺潺，妩媚优美，更添景观秀丽之色。

天象景观。天象景观独特多样，关山雪"远接洮西千里白"，关山月"明月照关山，秋风人未还"，关山日"旭日喷薄洒金光"，关山雾"蒙罩山丘如仙境"，关山雨"如丝如竹倾情趣"，关山天"蓝草绿云显美景"。这使得气候资源凉爽湿润，是避暑度假的绝佳景地。

关山草原犹如"塞内边疆"，据常去此地旅游的人介绍，春季草原鹅黄，夏季山花烂漫，秋季层林尽染，冬季白雪皑皑，四季更替，景色秀丽，气象万千，实乃人间仙境。

关山草原自古以秦非子养马而闻名于世，为陕西最大的林牧区，我国内陆中东部地区最大和唯一的天然草原，1995年被陕西省确定为省级自然保护区。在陕西省省市领导和各级旅游部门的重视和支持下，投巨资使景观规划开发全面启动，现在的景区大门，气势恢宏，建筑有异国情调，博人眼球，境内外旅游团体和个人接踵而来。

景区的标志塔、秦非子牧马滩、砬塔县遗址、汉唐校马场阅马墩、观景台、蒙古包、射击场等已初具规模，各项活动已逐步开展。

　　以陕西省旅游局的规划设计，一项包括中心服务区、马术活动区、高级休闲度假区等的景区开发建设工作正在实施。此草原是中国西北内陆地区唯一的以高山草甸为主体的具有欧式风情的省级风景名胜区，也是国家AAAA级旅游景区。

　　我们在八旗烧烤园里坐在大方木桌边品尝特色的烤羊腿，看着不远处草坡上吃草的羊群和坡顶的马群，看着潺潺流水的小溪，心情愉悦，欣赏关山草原美景，青草味扑鼻而来。

　　休息了一段时间，在返回的路上，与一拨拨牛群在盘山公路上近距离相遇，强健的大黄牛我行我素地隔车望着我们。亲近自然生灵，感到在生态圈中穿行，让人也有了泥土气息。

　　人与自然美景呼应，尽现关山草原极致的风景。

2018年8月20日

中条山下白菊开

名山下，种养的植物都很有特点。

中条山，英雄的山，抗日战争时期，陕军八百名青年勇士在此英勇顽强力战日军，终因寡不敌众，受困后壮烈跳下黄河，成为中国历史上千古悲壮的英雄图画。这一史实警示人们铭记历史，不忘雪耻，让后人努力工作，更好建设来之不易的新中国，激发人们的爱国热情。位于晋东的芮城县中条山下，到处可见一片片白菊花，洁白的菊花使此地更显灵气，有了纪念的意义。

种植白菊花已成为芮城发展农业经济的一个产业，是农户走向小康的一条致富之路。每逢秋末冬初，中条山下便呈现出一片白菊花盛开的景象。

北魏郦道元在《水经注》中写道："奇峰霞举，孤峰标出，罩络群泉之表，翠柏荫峰，清泉灌顶。"

从地质地貌看，中条山山体是东北—西南走向，长约160千米，宽10～15千米，海拔1200～2300米，相对高度800～1500米，北坡陡峭，南坡缓倾。构造上属中条背斜，山露岩层有太古界片麻岩、元古界石英岩、白云岩及火山岩系；南坡且有下古生界石灰岩。

中条山依山势分三段，东段称历山，舜王坪最高，山顶呈平台状，有垣曲断陷盆地；西段称中条山，兀立于运城盆地与黄河谷地之间；中段山势较缓，呈阶台状，张店附近分水岭鞍部有趾马红土和黄土覆盖的宽谷，乃唐县期宽谷经隆起而成。矿物资源以铜矿为主，还有金、磷、煤、铁等。

中条山素有"山西植物园"之美称，温度适宜，雨量充沛，自然条件优越，是温带向亚热带过渡的区域，在华北植物区系中占有独特的地位。

气候温和，降水适宜，北有涑水，南有黄河。自然景观壮丽多姿，多条溪流发源于此，注入涑水和黄河。

中条山是山西树种最多林区，森林面积2.47万公顷，覆盖率约40%，有暖温性植被，以栎类为主的落叶阔叶杂木棣及油松林等，有珍贵的杜仲、黑椋子、猕猴桃和漆树。面积约800公顷的原始森林，保存完好，为中国西北黄土高原上仅存的一块。

人文历史，从地理学上看，中条山依黄河而行，山势狭长，整条山脉划开了中原与西北，北侧是晋南盆地，南侧是中原大地，如同一道磅礴的天然门户。唐代著名史学家司马贞曾记载："大河径中条（山）之西，自中条（山）以东，连汾、晋之险嶝，谓之岭厄。"

考古学家在山西省垣曲县发现了商代城邑遗址，引出有关商代历史地理的一些重要问题。考古学上，代表夏朝的"二里头文化"地兼中条山的两面。历史文献中说中条山以北有"夏墟"，南面偏东一带是"有夏之居"。夏朝的地域确实是跨越中条山南北的。地理学强调"人地关系"，夏人与中条的"人山关系"也应当具有独特的内容。

中条山在历史上就是一座名山，《史记·封禅书》记载："自华山以西，名山七。一曰薄山。薄山者，襄山也，亦中条之异名。"同样，《穆天子传》也记载："（周穆王）东巡自河首襄山。"襄山即是中条山。

中条山，有独特的地理环境，西起晋南永济与陕西相望，东迄豫北济源、孟州同太行山相连，北靠素有山西粮仓美誉的运城盆地，南濒一泻千里的滚滚黄河。境内沟壑纵横，山峦起伏，关隘重叠，矿藏丰富。与太行、吕梁、太岳三山互呈掎角之势，战略地位十分重要。中条山被视为抗日战争时期"关系国家安危之要地"。

近代，尽管中条山文明已经随着冷兵器时代的远去而失去了往日辉煌，但由于地处晋豫交界的要地，它的军事意义比以前更为重要，是"东方的马奇诺防线"。

抗日战争中，中国军队将中条山视为关中门户，因为日本军队想打进西安，必须先拿下中条山。日本人占据中原后，将中条山称为"盲肠"，认为拿不下中条山，就是得了"盲肠炎"。

于是，日寇在1937年至1941年初期这短短三年多的时间里，十三次围攻中条山，但都被爱国将领卫立煌指挥的中国军队击退，当时中国军队中，最为著名的就是那支号称"冷娃"的陕西子弟兵,他们血战三年,用伤亡两万多人的代价,把不可一世的日军一直拒阻在潼关以外。为此,音乐家谱曲赞美:"中条山,高又高,它是我们的齐格菲,它是我们的马奇诺……"

抗战正面战场中最为悲惨的一场战役,是在中条山打响的,史书将其称为"中条山战役"。由于准备不足和指挥不当,会战中的中国军队节节败退,损失惨重,第三军军长唐淮原率全军血战至最后一人,在大雨滂沱中举刀自戕殉国;十二师师长寸性奇左腿被炸断后不愿被俘,拔枪自尽,麾下官兵无一人脱逃,全军殉国……战役结束,中国军队损失近八万人,被当时的国民政府视为抗战中"最大之错误"和"最大之耻辱"。

中条山战役(日方称之为"中原会战")是抗日战争进入相持阶段后,正面战场中国民党军队在山西范围内的唯一一场大规模对日作战。中条山战役中,中国军队中出现了很多可歌可泣的感人事迹。

这英雄的山哟!忍受了多少屈辱悲壮,它告诫后人,对付侵略,必须自身强大,才能迎敌,才能制胜。

中条山下白菊开,这是纪念英雄之花。

人们通常用白菊花表示哀悼,寄托哀思之情,因而在中条山下见到白菊花盛开的景象,那就是对抗日战争时中条山战役英勇牺牲的抗日将士们最大的纪念吧!世上的事就这样巧,巧的是在有历史故事的英雄山下,能有那么多的白菊,一来让人见到它可怀念英雄,二来也能给种植的人们带来可观的经济效益,走上脱贫致富之路,早日奔向小康。

2018年11月初,我去亲家种植的一亩多白菊花地帮忙采摘,感受花朵繁茂的景象,置身于花丛之中。阳光下,蜜蜂围绕着花"嗡嗡"地飞,好不热闹,蜂闹花更香。菊花竞相开放,那几十万朵白菊用笑脸欢迎人们。洁白如雪的白菊向中条山诉说成长的经历,用朴素、真诚的心表白,因为有山的依靠,黄河的滔滔水声,以及亲家细心的管理,才使它们健康成长。

听亲家说,芮城等地种植白菊已成为产业,政府也很重视,鼓励农户种植,也有一定的农业扶持资金。周边有加工菊花的厂家,打开了种植户的销路。收购价还可以,一般每斤两元五角至三元两角,最高时五元左右。他已种植菊花有十个年头了。刚开始从南方得到的幼苗,试栽了一点地,也不易管理，有的没成活，后来，经过几年的摸索，摸清了它的属性，同样与其他农作物一样，需要勤浇水灌溉，还要施肥、科学剪枝，才有了花朵盛开时的繁茂。

  英雄中条山下菊花盛开，我们忙碌地采摘，了解白菊花的知识，体会劳动的过程。感受收获，它是大自然的馈赠，中条山下采菊也有它的时代意义。

2018年11月9日

担水点煤油灯烧柴的年月

　　商洛蟒岭山下的故乡古城，那里有我儿时的回忆和少年生活的足迹。没有电灯的年代，晚上点煤油灯照明，吃水是从几百米外的井里取水担回到瓷瓮里，存上一部分，能用三四天，做饭还用柴火。这是一个较原始的生活状态，但日子很充实。

　　村上那口井，从我记事起，爷爷辈就在用，它是原村上（生产队）组织人打的井，能方便几十户人家用水。

　　我们村上那口井，深约十六米，离沙河近，水位高，而且水质也好，让我们饮用了几十年井水，我们家的木桶也换了好几个，父母担过，我与弟弟担过。从井里挑水的日子一直持续到我的少年时期。

　　点煤油作为照明，虽然古朴但比点蜡烛强多了，因有灯罩，能聚光，亮度也满足了普通照明的需要。煤油也不贵，记得当时一斤不到一元钱，煤油快用完时我们就去古城街道合作社商店购买。煤油灯陪伴着我，直到我高中毕业。

　　至于烧柴做饭，自我记事起就用柴火，每逢集市，母亲都要买点柴，还要用自家不多的麦秆等。20世纪70年代，有了散煤后，大多仍是以烧柴为主。

　　担水、点煤油灯、烧柴做饭是多少人经历的生活，我经历了，感受了在那个时代生活的辛苦。如今的自来水、净化水、电灯、LED灯、太阳能灯，做饭用的液化气、天然气、电磁炉、太阳能灶等，让人不由得感叹时代的变化。

　　担水、点煤油灯、烧柴做饭的年月，让我怀念，更让我懂得珍惜当下。

2018年12月28日

大山里的读书声

故乡商洛洛南蟒岭,属秦岭山脉,连绵起伏的高山,树木郁郁葱葱,宁静而空寂,让人有回归自然的感觉。在谢底大山里,有母亲几年辛苦教学的足迹和我们弟兄三个在那儿上小学的经历。

谢底小学不大,教室只有五个,小学四个班,初一一个班。老师六个,加上后勤两个人,共八个人。学校校舍背靠山,不足篮球场大的操场对面还是山,似乎山连山,唯独西边有条豁口小路,才使山有了界线。学生来自周边山村,他们小小年纪就懂得只有刻苦学习,学好本事,将来才能有出息,人生才能幸福。几年里,大家相处得不错。上课用心听讲,下课一起在不大的操场上玩耍。

母亲带着我们弟兄三个,既要上课又要备课,放学后还要为我们做饭。

早读时,教室里传来琅琅的读书声,寂静的山村有了热闹的气氛。读书声,是一个个农家学生向着未来之梦求索的声音。读书声、山鸟声汇成了交响乐。

几位老师每天尽职尽责地为学生讲课,母亲同样为她的学生用心讲课。几位老师辅导着高年级学生复习,是为了让他们能考上镇上的古城中学。

我那时上四年级,学习水平处于中上游,对齐老师讲的语文课很用心,也认真地做作业,钢笔字写得整齐。一次,齐老师对母亲说:"你儿子钢笔字写得可以,以后可以练书法。"我听后心里觉得美滋滋的,齐老师的赞扬使我对学语文有了自信心,对语文学习有了更大的兴趣,为以后在高中时学习语文打下了基础。

与我同在一班的几位同学也刻苦地学习。家在谢底的姜双福,上课用心听讲,人也灵活,他后来考上商洛师范学校,毕业后,当了一名老师,实现了他的人生之梦。

母亲教过的学生，有十几个考上了中专和大学，这也是她当教师的荣誉。

外面的世界很精彩，大山里的孩子都想考上镇上的中学。每日的读书声，感动着大山，一拨又一拨学生如春笋般不断成长进步。

母亲在谢底小学教了三年多，1973年，调回到离家不远的四联小学。我也要到古城中学上学了。

谢底小学是母亲从事教师职业的起点，我小学最关键的几年也在那里。大山给了我恩惠，同母亲在大山里的那几年让我第一次认识了大山，零距离接触了大山，这是我们弟兄三个人生中的一大幸福。

呼吸新鲜的空气，静听山鸟的啼鸣，身体被山风吹拂，是儿童时期最好的享受了。

谢底的山和小溪让我难以忘怀。如今，母亲七十多岁了，身体还好，仍然健康。2016年夏季，逢舅去世三年，我与母亲和兄弟、妹妹、妹夫专程从咸阳回了趟老家，抽时间重返谢底。一路上，熟悉的山路已拓宽，我不由得回想起我们与母亲曾背着"春雷"牌收音机在这条路上前行。记得父亲那时为了给我们改善生活，发挥他的厨艺，专门炸了鸡蛋泡，那是在鸡蛋中加水加面粉炸制的小食品。父亲骑着"飞鸽"牌28型自行车载着我到谢底，别有一种生活乐趣。我们在谢底下车后，母亲特别激动，找了山里的几个老人问这问那，寻问以前的熟人。我顺小道到早已停办的原谢底小学旧址，校舍依旧，但门口的几棵小松树已长成参天大树了。

到了谢底小学，让我再忆当年。小溪流水潺潺，我从小溪中拾起一个很古朴的小石头，那是童年的记忆。四十几年了，人已老，山仍然青翠。校舍虽陈旧，但抹不去记忆和留恋，那琅琅的读书声还在耳旁回响。

2018年12月17日

读懂渭河

久居陕西关中四十多年，住处紧临渭河，对渭河的感觉如故乡沙河一样，从认识到熟悉，几十年了，看到它为流域百姓造福，深知渭河的重要意义。渭河为陕西关中第一大河流，如今也成了连接关中西安、宝鸡、咸阳、渭南、兴平几座城市的城中河。

渭河是黄河的最大支流，渭河干流横跨甘肃东部和陕西中部。全长818千米，流域总面积13.4766万平方千米，流经甘肃省中部、东南部和陕西省的中部，以西源为正源，即渭河发源于鸟鼠山。南源清源河，源于渭源县西南豁豁山，汇集山区众多支流，为常年性河流，长30多千米，东北流至渭源县清源镇与西源汇合，西源名禹河，源于渭源县西鸟鼠山，河流短小，为间歇性河流，东流与西源汇合后始称渭河。

渭河干流在陕西境内，流长512千米，流域面积6.71万平方千米，占陕境黄河流域总面积的50%。

关中渭河形成于早更新世，距今约200万年前，流域内人类活动踪迹距今80万年～100万年以上，有80万年前的蓝田猿人遗址，15万年前的大荔人遗址，六七千年前的母系氏族公社群落半坡遗址，以及大量的仰韶文化、龙山文化遗址等。周秦汉唐等十多个朝代凭借渭、泾、浐、灞、沣、滈、涝、潏八水之利，在此建都达千余年之久，使中国名列世界四大文明古国之一。

历史上，渭河航运也曾得到了开发和利用。周秦时渭河航运已经开始。唐代末年迁都洛阳，渭河水运衰退，大约到清代中叶以后，渭河已基本不能行船，只在夏、秋雨多水大的时候，仅有小木船在下游的某些河段上通行，可见渭河的水量已发生了巨大的变化。

渭河流域的水利事业历史悠久，在陕西境内，除了龙首渠、郑白渠外，较大的古代水利工程还有成国渠、漕渠等。

成国渠，修建于西汉中期，从眉县杜家村附近引渭水向东流，过漆水河至今兴平市境入蒙茏渠，它是渭惠渠的前身。

漕渠，公元前129年开挖，是关中古代建造的人工运河。汉武帝时，为把黄河下游出产的物资源源不断地运往长安，供京城的需要而修筑。渠道从长安城西南昆明池起，东北流经今临潼、渭南、华县、华阴至潼关，直通黄河，长一百五十余千米，沿途接纳浐、灞、沈、赤水等河流，水量充足，航运便利，成为当时重要的运输线，而且可灌溉漕渠两岸一万多顷农田。

这天然之河，为百姓造了福，为甘肃、陕西关中资源再利用提供了巨大的宝藏。工业城市宝鸡修建人工湖，成为宝鸡一大景，为城市带来了活力。杨凌修建水上运动中心，有了水上比赛场地。兴平有大面积连藕种植，荷花飘香，成为游人必去的地方。秦都咸阳修建的咸阳湖为咸阳市增添了魅力，并成为咸阳市新名片。依渭河修建的四百千米的河堤路及运动大道更是方便了渭河边的群众出行和健身。几座城市中依渭河建的诗情画意般的建筑住宅群也因此升值。关中几座城市积极响应陕西省人民政府号召，做好环保绿化渭河河道、河滩工作，修建湿地公园，配备具有时代气息的运动器械等，使渭河周边环境焕然一新，使几座城市的居民和周边群众有锻炼健身的好去处。健步道、草坪、花田、芦苇、木桥、鹅卵石，都让人心旷神怡。

河是自然的象征，渭河仅是世界河流中的一个代表，但它成了陕西的一个标志。自然与历史并行，历史与时代呼应，真正做到了和谐统一。渭河的水哟，也知道现代人在用心呵护它，敬畏它。在汛期，它也有发威的时候，但它平静下来，如慈祥的老人善待周边百姓。依赖它，它给人们带来了无限的寄托；热爱它，它给人们带来了无穷的资源；歌唱它，是因它史诗般的历史传奇故事和感人的兴修水利事迹。渭河让多少水利人和水利建设群众回忆起自20世纪70年代起，轰轰烈烈的冯家山水库建设、羊毛湾水库建设、宝鸡峡渠首建设及各个支流干渠的开挖修建加固等。这些虽已过去，但那恢宏的建设场面，至今在老水利建设者们心中定格，成了人生中永不褪色的一页。它曾为陕西水利史乃至中国水利史树立了闪光的丰碑。这条历史悠久之河如母亲河一样，早已成了甘肃东部和关中无数百姓的生命之河，作为生命中的一部分，孕育和诞生、成长,伴随着多少代人的人生之路。未来的渭河将成为城市中心河。这条水利之河、丝路之河、历史之河、绿色之河,更能带来无尽的幸福。人们敬仰它,它怎能不为今人奉献它不停流淌的水源呢?

久居渭河边,被一草一木一年又一年的不离不弃所感动,渭河水清了,垂钓的人多了,小区里的一位垂钓爱好者,一有空就去渭河边钓鱼。一次,他告诉我,他二十二岁开始钓鱼,现在有四十多年经验,他一天能钓八十多斤鱼,其中有鲤鱼、草鱼、鲫鱼等,因吃不了,以四元五角元一斤卖给小区群众。鱼多了,说明水质好,水好鱼就多。这是人类顺应大自然的规律,大自然才更有生命力的道理,提倡绿色环保,是大自然恢复原生态小小的要求,自然与人类共命运,这才是生存之道。

读懂了渭河,也知道了自然生态存在的必然,作为水利人知道了渭河的魅力,是一件很自豪的事,因为它成了周边人的精神支柱。新时代,渭河有更加深远的意义。

2019年3月15日

宁静的田园

人处在嘈杂的地方，总想追求静。我在小田里，种下韭菜、蒜苗、青菜等。看那些蔬菜的生长状态，让人知道小生命生存的不易。

小田园经历了四季，栽下的辣椒苗已结出果实。

田园催人劳动，田园给人宁静。匆匆往回走总想看看那田园，是因田园有吸引人的清静之处。在四棵大椿树下，有五块小田，还有近二十米的鹅卵石路，让人一下心里豁达宁静了。

小田园虽不大，但有了宁静之处，使人有了难得的好心情。可能是有了田园之感，从中找到了故乡之影，是因我种的那几棵小核桃树是从商洛带回来的。我似乎能与它对话，让我有了思乡之情。

站在小田园边，没有了喧哗声，偶尔听到鸟鸣声，似乎身在田野中、山野中。

只是不远处传来公交车的声音，才知田园是在城市中，但心里依然宁静。静处让人静，还有了思考的空间。小田园的益处是可以调节人的情绪。

2019年3月3日

感悟西安

20世纪80年代初,我在西安工作了两年,东大街的路不知走了多少回,经常骑自行车去电报大楼发电报。一晃四十年过去了,看到西安一天天变化,我不由得感叹时代飞速发展,城市的框架在延伸,连西安动物园都早已移至秦岭山下。一所所大学新校园建起又扩大,高校、科技城越来越多,这一切都是重振古时汉唐盛世在世界之前的雄风。

古都西安换了新颜。大西安的概念已提出,国际化区域大都市的规划已制定。从地铁一号线、二号线开始建设到运行,到三号线、四号线的开通。五号线、六号线等其他线路正在建设。七号线、八号线等已规划完成。高铁北客站以现代、快捷、安全、舒适为一体的多线路通至全国,西安咸阳国际机场拥有几十条直达国外的航线,交通四通八达。秦岭国家级森林公园的绿色环保整治,各条河流的湿地建设,绿水青山使西安有了好环境。

国内外各投资商已开始关注和投资这座古老的城市,西安,作为古丝路起点,新丝路领航重要城市,前景广阔。

上海绿地建设(集团)在西咸新区沣东新城投资一百多亿元建设丝路国际中心,设计高度五百零一米,约有一百层超高层,创下西北第一高。

中国(陕西)自由贸易试验区大牌已挂起,实施范围119.95平方千米,涵盖三个片区。新时代新形势下,强力推进西安经济。南边高新技术开发区继续发挥科技创新作用。北面经济开发区和高陵区注重于汽车制造业等新型工业。阎良飞机城、长安航天城等已成为科技核心区。西咸新区已成为西安新的经济增长点,五大板块各具特点,以腾飞之势正在创新发展。有许多文化产业、旅游产业、影视产业异彩纷呈,为西安增添亮点。《长恨歌》的光影,让现代人感知历史。白鹿原影视城让游人回望历史,有益的教育让人流连忘返。中国四大名山华山为时尚西安助威,兵马俑、华清池等名胜古迹传颂着历史故事。西安美食羊肉泡馍、葫芦头、肉夹馍、臊子面、羊血饸饹、柿子饼、腊牛肉、酱牛肉等吸引全国及世界各地众多旅游者慕名前来品尝。周边县区蓝田、周至、鄠邑等以特色经济环绕,紧跟大西安步伐迈进。活力的西安、动感的西安、开放的西安以新的姿态迎接来自世界各地的宾客的到来。

高科技助推古城经济腾飞。"西迁精神"激励着无数个默默无闻、恪尽职守的奉献者,为西部桥头堡城市争锋中国之前列而奋斗。"音乐之城""中国书店之都""西安年·最中国""唐都长安一千四百年",新定位,更让西安有了国际大城市气势,从2018西安国际马拉松赛到第十七届西安国际音乐节,都为西安注入了青春活力。西洽会早已更名丝博会,意义远大,已成为连接亚欧多国经济交流和合作的主要纽带。西安有了新使命,那就是要高速发展,追赶超越,为成为国际化大都市而奋进。

西安的概念大了,西安的责任更大了。西部国际化都市的雏形已形成。这颗明珠将在中国的大地上永放光芒。不久的将来,它会屹立在世界名城之列。

2019年3月16日

商洛核桃

商洛最具地方特色的产品要数核桃，因它皮薄、果实饱满，吃着香，与众不同，人人称道，成为商洛乃至陕西人为之自豪的一大特产。

商洛核桃之所以闻名，是因为它是汉代张骞出使西域返回长安所带回的成果之一，使它成为世世代代传颂着的丝路故事中的一部分。

商洛的众山之地，山坡之处，川道沟梁，无不有核桃树，大的有一人难以合抱的核桃树，小的有如手臂粗细。每到春天来临，漫山遍野的核桃树开着核桃花；晚春青翠的核桃叶生机盎然如蒲叶；夏日里，果实累累，如青苹果一样引人注目；秋天里，成熟的核桃果即将褪去青皮。农户们纷纷用长竹竿打回属于自己的果实。紧接着，是忙碌的装袋、装箱，为出售做好前期准备，出售后换回它的价值。农户们笑了，钱袋鼓了，又思考着来年的种植计划。

商洛的核桃带来了喜悦，带来了梦想，带来了财富。

我家原有几棵核桃树，每逢收果季节，母亲便与我们一起打核桃，到了过年时，便以招待人吃核桃为荣。蒸核桃仁糖包，也是母亲最拿手之作。

我想，一方水土养一方人，一方水土也创造出了独特风景。特产、水果就是衍生物，广西产甘蔗，广东产荔枝，云南产芒果，海南产菠萝，吐鲁番产马奶子葡萄，库尔勒产酥梨，哈密产哈密瓜，兰州产白兰瓜，洛川产红富士苹果，清涧产大红枣等，特产加特色，才有了千姿百态的特色水果。而商洛核桃就是极具代表性的一个例子。

几十年来，商洛核桃成了商洛的代名词。1958年1月31日，毛泽东主席在《工作方法六十条（草案）》中的第五十八条上批示："陕西商洛专区每户种一升核桃。这个经验值得各地研究。可以经过鸣放辩论取得群众同意以后，将这个经验推广到种植果木、桑、柞、茶、漆、油料等经济林木方面去。"这使商洛广大人民群众受到极大鼓舞，信心百倍，鼓足干劲广种核桃。一时间，商洛山中成了核桃的王国，一年又一年，核桃种植也成了商洛经济的主要支柱产业。

　　商洛核桃有饱满的果实，才被国家领导人关注。天赐的自然之地结下的绝美果子，无数次在核桃干果展示会上和品质评比中以高分夺冠，真不愧为核桃中的精品之首。时代在变化，商洛又有了新的特色产业，新开发的旅游景点，但商洛核桃永远支撑着商洛传统产业。赞美商洛核桃，它的价值让商洛人对故乡的情感再次升华。

2019年4月26日

南宁五象岭观雨

连日的酷热让人无法承受，我求雨心切，想让雨浇灭心中的烦躁。瞬间，远处五象岭浓雾四起，云雾弥漫，乌云压顶，小雨飘洒，不一会儿就是大雨降落，楼下的四棵芒果树的树叶被雨淋得越发干净、油亮。雨声似潮，看雨滴滴落，在地上"滴滴答答"如跳动的音符。多只不知名的鸟的叫声婉转，似乎在为雨声伴奏。一只头带两白点的鸟在一芒果树梢上与两只土灰色的鸟飞着追逐嬉戏，发出欢快的叫声，似乎在为下雨庆贺。

我把几盆滴水观音搬到阳台上，享受一场雨的洗礼。

一架飞机从空中飞过，似乎将这雨幕撕开了。

雨点有节奏地敲打着地面，似乎与人一起欢唱。

又一会儿，瓢泼大雨，如此的排山倒海之势，让人振奋。又一阵子，雨声如雷鸣，雾气朦胧，山与地融为一体，更显得五象岭的神秘。

2010年

生活美味

油泼面的味道

说起油泼面，不禁让人联想到它香喷喷的味道，那泼的是陕西人的豪迈，泼的是一种张扬，泼的是地道的黄土文化。"滋啦"一声，一下泼出了原生态的华县老腔。

钟情于油泼面，就是对它独到的鲜香味痴恋，筋道的面条加葱花及辣椒籽极多的辣椒面，用烧热的菜籽油一泼，一股辣香油气直冲鼻腔，令人一下子食欲大增。一阵油香飘散，更是把一碗鲜香可口、回味无穷的油泼面推到了极致。

记得1993年，我在河北工作时兼管了一段时间后勤，我们陕西人常常吃面食。我想办法给大家变花样调剂伙食，让厨师做了扯面、棍棍面、臊子面、麻食、烩面片、饺子、炸油饼等。油泼扯面是最常吃的，因为它简单，味香，配料也单一。同事们大多是男士，就是爱吃面，做饭的厨师是陕西周至人，也擅长于面案，扯面的技术也很高，面筋、韧，扯得好，让人想到艺术体操中的带操，联想到唐代的长袖舞。

不论你在陕西何方，油泼面的追逐者是一拨又一拨，且看在陕西酒店中，地市、乡、镇、村的面馆里，吃油泼面的人太多了。每到中午，大小面馆吃面的人络绎不绝，可能因为在国外华人也非常爱吃油泼面，所以现在人吃油泼面也讲究了，吃全套，先油泼，然后配以大块肉臊子或西红柿鸡蛋臊子等。

我的女儿大了，也爱吃油泼面，每次在家就让妻子做扯面，她吃得很香，饭量也增加了。

我吃了几十年油泼面，从青年到中年，它的魅力就在于香、鲜、耐饥，也显现出其简单、朴素的本质。一种面食，使人感到人生本来就是简单的，只要你求真务实，任何事就会变得如此简单明了。这就是油泼面真正的味道。

2014年7月15日

箸头面

咸阳北大街口肖家的箸头面是一绝,那里人多,生意好。称箸头面,是面搓、拉、揉成条状如筷子般粗,因古人把筷子称为箸,箸头面由此而来。肖家箸头面的老板姓肖,六十岁出头,有三十多年的经营经验。

箸头面要醒到、揉到,一般箸头面要醒三四个小时,肖家的面案上置放的是整案的面,粗条状整齐摆放。面要下到六滚才筋道,意思是锅里水开后点凉水六次。辣面是特制。人在肖家吃箸头面要少说话,汤还要自己舀,自己端,似乎成了主人,是因吃面的人太多了,服务员少,根本顾不上为顾客倒面汤。

肖家箸头面,下面锅在店的后面,一口大铁锅,总是在不停地下面,四位男厨师,配菜是切成段的大白菜和黄豆芽。

门口支着烧油的锅,旁边放着一大碗辣面、盐和味精。掌握油温的是肖老板。

客人络绎不绝,服务员擦桌子都来不及,男女老少均要抢桌凳,老的有六十多岁,小的有十几岁,都想早点吃到箸头面。我也是吃面的常客,只要从此路过或到附近办事,我都要去。每次吃,面到口里就是两个字"筋道"。调的醋是户县香醋,鲜香诱人,使人胃口大开。坐的人都是要大碗,因为没有小碗之说。你想吃瓣蒜,那没门;要餐巾纸,没有,因为肖老板忙得顾不上考虑这些。吃肖家箸头面要做三种准备:面汤要自己提前舀好,吃蒜自己带,餐巾纸要自己买。肖老板对人说话不留情面,但生意依然火爆。熟人、回头客、陌生人很多,熟人与他搭腔,他也说几句俏皮话,但往往是说上几句话后知道他是个倔老头,就赶快坐下吃面。我与肖老板熟悉了,见面说几句话,就尽快落座吃面。一次我带女儿去吃,担忧她吃不完,谁知她也喜爱吃面,且吃得很香。我真佩服肖家箸头面做得好。一次见一位农家妇人吃大碗箸头面，就着几瓣大蒜，吃相犹如男士，好麻利。

现在好多了，老店已移到北街里，门面古色古香，农家气息浓厚。饭桌也讲究了。酱、醋瓶身贴有红色标签，也卖素菜和西安产的"冰峰"汽水等。

一次，正逢我策划了"我的拿手菜大比拼活动"，肖老板他弟安排他女儿肖菲参加，小肖现场发挥好，品尝的人为其拍案叫绝。这真是与箸头面有缘。比赛完后，肖菲对我说："叔，我准备接我爸的班，把这箸头面申报为传统美食文化遗产。"我说："很好，那就申报吧，但愿肖家箸头面申报成功。"

老肖身体不太好，他弟接任后，女儿担当管理者。箸头面也在老街里以新的面貌迎送光顾此处的食面者。

是啊，箸头面，是特色面，也是农家饭，是咸阳百姓喜好的面食，吃多了，以记之。

2014年

宁强熏肉

陕南人都爱吃熏肉，这跟他们的生活习性有关，也跟地理环境有很大的关系。宁强处在川陕交界处，地方较潮湿，人们的生活习惯和四川人相近，麻、辣、烫、熏、腊、炝的食物做得甚多。我走访了几家，了解到他们做的熏肉有共同之处：

原来因地潮，当地群众把食物全都吊挂起来，像粮食总放在阁楼里以便防潮，肉类更是如此。为了将肉存放长久，且保鲜味，还要好吃，吃时方便，这就慢慢产生了熏肉。熏肉的做法，往往是将自己家养的一头猪杀掉，将肋条、前后腿、猪蹄、猪头等反复洗净，完毕，将水控干，然后把适量的盐用手抹匀在各部位上，放在几个瓷缸里，放入花椒、大茴香、小茴香、桂皮、红辣椒角等，盖上盖板，腌上四至五天。过后，取出来，找铁丝或结实的绳子将肉穿孔，在灶膛的顶上或墙壁四周挂好。先点燃湿树枝狠熏，后用干柴烧旺火烟熏，等两个月以后就可食用了。当地人说最好熏上一年，肉才算真正熏透了，熏好了，肉吃起来才有味，这样的肉能放三年左右。

吃时，取下，用刀刮去脏物，用温水浸泡两三个小时，然后将其切成方块放在凉水锅里，旺火烧滚水，煮上两分钟左右，捞肉，倒掉水，重新在锅里添上水烧，投放肉及适量的葱、姜、花椒、草果、大小茴香、辣椒等调料，先用旺火煮到半成熟，后用慢火，再放入适量盐、味精，当用一根竹筷能插入肉皮时，捞出切片即食。或者配上大青椒、黑木耳煸炒，或者切块放入一小碗内，再加上其他素菜，配作料在笼里蒸，味道更佳。

宁强熏肉有悠久的历史，吃后回味无穷。熏肉是山里群众下酒的好菜，也是他们招待或馈赠亲朋好友的最好礼品。我在宁强水田坪时，受当地一村民朋友邀请，有幸品尝了宁强熏肉，为其美味叫好。

如今，山里朋友的生活习惯悄悄在改变，有人也不熏肉了，买点鲜肉拿回家切丝、切片、切块，或爆炒，或过油，或焖，或烧，或做成腊肉，这也算是一种观念的改变。

现在，宁强熏肉的方法也讲究了，肉要好，熏时用料也讲究。

传统古老的民间小吃能代代传下来，反映出人们享用它不仅仅是应付温饱，而且它的营养价值符合人的健康需求。宁强熏肉正能说明这些。

1992年

商洛山中的槲叶粽子

我的老家在商洛，那里的山总是充满清新，有一种朴素美。要说山里让我常常想起的，莫过于槲叶粽子。

每逢端午节，家家户户都要准备包粽子，人们便到山上采集绿汪汪的粽叶，这是很有意思的一道工序。家乡人把摘叫"打"，到了节气，去深山里打槲叶的人就多起来了，山道上来往的人有往回背槲叶的，有提着大布袋子带着细绳子朝山上爬的。初夏的山特别翠绿，槲叶在山上绿得格外耀眼，槲叶形似手掌，如一个个佛手，引人注目。叶子本身含人体需要的元素，是天然的营养。满山苍翠，槲树占据了大片大片位置，成为主要树种；满山芳香味，尽是槲叶产生的。

商洛人用槲叶包粽子显示了大山的憨厚，就地取材，蒸煮后的槲叶与江米等融为一体，有清香味，回味悠长。包时先用泥瓷大盆泡上江米或糜子、大红豆、白豆，讲究点的再泡些红枣，大约四个小时。再淘净米和豆子，冲洗净槲叶上的浮尘。包粽子时一般用五片槲叶，大头相对，包叠成口琴状，用山藤皮、马兰花叶或其他山草绑扎。排列整齐后，放到农家那大而深的黑铁锅里，添满水，水高于粽子十厘米左右，用木柴或煤烧水，拉起农家特有的风箱或开起小鼓风机，一缕缕热气冒上来了，蒸上三个多小时后，香味扑鼻，惹人嘴馋。蒸的时间越长，米越黏、味越香，吃时剥开柔韧的槲叶放两勺槐花蜂蜜，甜到人心上了。浓烈的山野香，胜过海鲜佳肴。乡亲把它当作地方特产，以礼品馈赠亲朋。回老家探亲返回单位的人，从商洛去外地出差的人，在异地定居的人都要带点槲叶粽子作为礼物送朋友。

有了槲叶，才有了富有浓郁特色的商洛槲叶粽子。槲叶已成为商洛的一大经济来源，已作为出口品走出国门，在东南亚地区受到华人的欢迎。每逢端午,他们身处异乡,吃着用商洛槲叶包的各种馅的粽子,思乡之情油然而生,对悠久的中国传统文化深深思念。

近年来槲叶为商洛创造了不小的经济价值,优势资源带动了一方产业,山民增加了经济收入。我想,故乡如果建立几家槲叶粽子食品厂,把槲叶粽子作为陕西名吃以商品形式在市场上推广或向国外出口,以"商洛槲叶粽子"注册商标打响品牌,创造的价值将会更高。

随着市场开放,家乡人的思想也发生了根本的变化,有人试探着把商洛山特有的槲叶粽子送往商州、西安城里卖,商洛槲叶粽子慢慢有名气了。尤其在西安电子城极为火爆,只因那里有从商州迁到此处的单位,商洛人甚多,养成了吃家乡风味粽子的传统习惯。二弟、三弟也在电子城工作。每到端午节时,三弟都从商洛乡党那儿买几十个槲叶粽子,专门从西安搭车送到我们的新居住地咸阳,让父母品尝。我也能尝到家乡特有的粽子了。现在,三弟已学会包槲叶粽子,每逢端午节,都要与弟媳一起早早泡下江米、枣、红豆,很有耐心地包、蒸槲叶粽子。接着坐车送到咸阳父母家,以此孝敬两位老人,品尝家乡风味。我们慢慢吃着,随之话也多了。谈到对往事的回忆,母亲与我絮叨槲叶的美味、青山的宁静,尤其对她在谢底小学教学时在山上打槲叶、包粽子的情景说个不停。

每年到端午节,老想写与槲叶粽子有关的文章,但吃时把啥都忘了,终于有天提起笔记下对故乡那馋人的槲叶粽子的思念。

2005年5月

古城镇的水煎包子

故乡的小镇处在商洛的北方，20世纪70年代初，小镇的小吃不多，至今能记住且叫得出名字的就是水煎包子、烧馍、炒面、水盆羊肉。其中，水煎包子一直是我想去吃的。

它最突出的特点就是香，吃着软和，香气飘溢。外酥里香，不油腻，有农家饭的感觉，男女老少都爱吃也就是这个缘故。

小镇的水煎包子，讲究用老酵面发好的面来包，包子皮薄，菜鲜，农家的红根春韭菜配上从河南卢氏那儿带的红薯粉条，拌上自制的调和面（五香粉）。

用特制的黑平底铁锅放在木炭火或煤炭火上烧。当平底锅烧热时，用油刷刷上纯正菜籽油，油锅冒烟时，放置包好的包子，再用特制的长铁铲翻动包子。

水煎包子最讲究的就在于将和好的麦面糊倒入平底锅内。这是水煎包子最关键的一环，它的名字就由此而来。水煎，讲究面与水间的比例均匀。水煎使得包子有了特点，让包子面皮软而不干，通过热腾腾的蒸气和高温促使包子皮与菜馅慢慢变熟。

不到八分钟，面水凝结了，用特制的铁铲贴住锅翻面。此时，包子的一面是黄灿灿的皮，使人食欲大振，接着，盖上锅盖，用中火煎十分钟。一锅独具风味的古城小镇水煎包子就出锅了。

曾记起小镇人有时拥挤着去买一位姜先生的包子，无不夸赞。蘸着醋水，吃着小镇的水煎包，别有山乡小镇的特色。

现在若要在外面见到卖河南水煎包子的，吃时总想起故乡古城镇的水煎包子，它蕴含着少年时的朴素，还有已过半百的我对家乡的眷恋。

2017年11月13日

关中美味肉夹馍

陕西人爱吃肉夹馍，是因它有独到诱人的美味。吃一个肉夹馍，犹如享受一顿佳肴，感受到肉夹馍美味的魅力。其肉肥而不腻，肉汁包裹着肥瘦兼备的肉块，使香烂软嫩的腊汁肉达到了极致，把腊汁肉的绝美呈现给食者，本身就是一种小吃艺术。馍的瓤酥、皮脆，夹上肉更是锦上添花。肉味美，馍好，二者兼容，达到了美的体现。

肉夹馍的叫法，源自古汉语，是一种宾语前置，其意为"肉夹在馍中"。北魏官员贾思勰所著《齐民要术》有记载"腊肉"的制法。它源自秦朝名将白起为快速供应战地伙食而做，取精肉，用中药煮熟后夹于烤制面饼中，其将士食用后精力充沛，无往不胜，后传于民间，迄今已有两千余年历史。

据史料记载，腊汁肉在战国时称为"寒肉"，当时位于秦晋豫三角地带的韩国，已能制作腊汁肉了，秦灭韩后，制作工艺传进长安。文昌门内的馆子命名为秦豫肉夹馍，隐喻着自己是正宗的腊汁肉名店。

腊汁肉的做法是：选用上等猪硬肋肉，用盐、生姜、大葱、苹果、蔻仁、丁香、枇杷、桂皮、冰糖、大香、小香、花椒、草果、香叶等二十多种调料汤煮而成，煮汤时用历代流传下来的陈汤，较少加水，如樊记腊汁肉之所以有名，与已有近八十年历史的腊汁汤密切相关。它是由樊凤祥父子俩创于1925年。据说陈汤的方子是从清代小贩毕仁义作坊买的，而毕仁义作坊的陈汤是从他曾祖父那里传承的方子，当然火工也需特别讲究，地道的腊汁肉色泽红润，酥软香醇，肥肉不腻口，瘦肉满含油，配上热馍夹上吃，美味无穷。

关中卖肉夹馍的店特别多，大多汇集于西安、咸阳、渭南、宝鸡、铜川等地。肉夹馍无正宗之说，肉夹馍的做法大同小异，肉用铁锅或砂锅煮，只是调料有不同之处，但主要调料如生姜、大香、小香、桂皮、草果、花椒、香叶、大葱是必须放的，这才有了腊汁肉的美味。至于馍，本身就是饦饦馍。馍的做法，须用小麦面，且用酵面，过去都用柴火、木炭火或煤炭火烤，由于环保关系，现大多用电烤或用液化气、天然气烤制，但万变不离其宗，馍味没变，只是烤制的工具随着时代变了。一个馍约有二两半重，厚度约有两毫米，直径约十三厘米，原大多用平底铁锅，后改良为如烤炉一样，饼烙或烤制五分钟左右，两边烤至淡黄色就已熟。

西安城内及周边地市有名的肉夹馍店有几百家，大多经营良好，各有特色，如樊记、张记、李家等，以及咸阳的袁记、张记、韩家等。现在也有老潼关肉夹馍店，其连锁店、加盟店遍布周边几座城市，咸阳的袁记肉夹馍加盟店也不少。随着人们口味的多样化，肉夹馍的市场竞争日益激烈，馍的讲究多了。如新上市的老潼关肉夹馍，馍如千层饼，馍的制作改变了传统单纯的烙法，在面中下功夫，以饼酥而香脆，吸引大批客人。以独到的创意在肉夹馍市场占了一席之地，也使传统的肉夹馍店店主们望而兴叹，但保持原生态依然是关键。只要每位店主把握住其肉的品质和美味及馍的酥脆程度，人就爱买、爱吃，回头客自然就多，生意稳定，这也算有一定市场了。

咸阳有一家自己独创的肉夹馍店，是夫妻店，生意红火，男的打烧饼，女的夹肉，一天要卖近六百个肉夹馍及菜夹馍。来吃的人络绎不绝，因为馍酥肉香，且给的量足，一个肉夹馍管好了一个人的早餐，也合乎人们对肉夹馍的要求。

我想，小吃的发展是基于原始的基础上有了新创意，但不能脱离它的根本。众口难调，美味诱人才是第一要义，要不被时代淘汰，只有抓住口味的灵魂，引导人们的味蕾，提升现代人对肉夹馍创意的追求，敢于与比萨饼、汉堡包叫板，这才是肉夹馍小吃产业发展的前景。

腊汁肉夹馍在2012年入选了纪录片《舌尖上的中国》第二集《主食的故事》系列美食之一。

很多陕西人坐飞机、坐高铁去外地出差或旅游时都带上几个肉夹馍，送给朋友和亲戚，以代表陕西小吃风味让人品尝，以饱口福。

流传几千年至今的陕西关中肉夹馍，已在全国各地和世界各地有华人的地方落脚扎根，听说西安几位年轻人去美国纽约、华盛顿、洛杉矶等地创办肉夹馍店，一个肉夹馍卖到相当于人民币三十元的价格，华人爱吃祖国小吃，思念故乡之情在此可体现。小小肉夹馍联结了华夏儿女热爱中国之心，也维系着国外华人对陕西的钟情。它的穿透力已超越了本身。

　　肉夹馍的香味飘向了全国和全球。这香味刺激着国内外人的味觉，犹如几千年大秦古人正与今人对话，小小美食传播于天下，作为陕西人怎能不自豪？

2019年4月9日

遍遍面

每个地方都有一种小吃，面食更是如此，古城咸阳的遍遍面吸引着无数食客。作为主食之一，它代表着咸阳人爽快和直率的性格，更有意思的是它背后的故事。对于咸阳人乃至陕西人来说，只要说起吃遍遍面就是满脸笑容，面筋道和软和，二者兼容，独具魅力，才成了陕西名面，近年被评为全国十大名面。

我每隔几日就去吃面，是因处于北方从小养成的饮食习惯，以面食为主，常吃干拌臊子面、油泼扯面、炸酱面、浇汤臊子面、烩面片、麻食等。在咸阳几十年，也常吃新创的汇通臊子面，但对遍遍面，总会有一种对历史的思考。遍遍面的由来，很有趣。古时陇东一穷秀才，要进都城咸阳应试，为筹集盘缠，到定边贩了一担盐，准备带到咸阳去卖。走到彬县、永寿一带突遇强盗，被劫去食盐和干粮，秀才为了赶考，只得挑上空担子沿路乞讨。经过八天八夜，终于走进都城咸阳，这时他又饥又渴，刚好看见一家面馆，秀才知道城里人是做生意的，不比农村，不好直接讨饭，便上前准备讨碗面汤喝。喝着面汤，秀才便和店主搭讪，问店主怎么不挂个招牌，店主说："我这遍遍面店其实早想挂个招牌，只是没人能写出来。"秀才略一沉思，便道："可否让小生一试？"店家便让小二准备好笔墨纸砚。秀才想到一路艰辛，随口道来："担个担担走四方，八日才到都咸阳，你裂裂，他裂裂，当中坐个言王爷；你长长，他长长，当中是个马大王，心字底，月字旁，岳飞出城挥一枪，枪头卡在墙头上，坐个车车走四方。"说罢，一气呵成，写出了"遍遍面"三个字的招牌。店主大喜，便请秀才吃面，一大老碗面秀才吃得津津有味，连连称赞面好。秀才走时，店主便祝福道："吃了我的遍遍面，必能中状元。"秀才长揖道谢。后来，那位秀才果然中了状元，并到多地任官，从此遍遍面的名声在多地传开。还有一说法是，biángbiáng面也是陕西传统的裤带面，因在制作过程中有"biángbiáng"的声音而得名。

原本《新华字典》里没有biáng字，后来由于历史民俗才增加了，光那字的口诀就趣味无穷。一点飞上天，黄河两道弯，八字大张口，言字往里走，你（左）一扭，我（右）一扭，西一长，东一长，中间加个马大王，心字底，月字旁，留个大钩挂麻糖，推个车车逛咸阳。让人感受到了中国汉字的魅力，也知道了biáng字来之不易。多少年来，老百姓从饮食生活中总结出来的文化独具风格，为古都咸阳增添了悠久的饮食文化。难怪它会成为中国十大名面。

同事的外地朋友来咸阳吃的第一顿饭就是biángbiáng面，大家吃着biángbiáng面，觉得是情感间的交流，吃着小菜，品着白酒，对面更有一种情有独钟的情怀。biángbiáng面就像咸阳的饮食文化名片，传递给同事的朋友一种温馨，一种热情，让人久久不能离座。

对于biángbiáng面的深刻认识和感悟，是我在2014年6月策划了"2014年咸阳我的拿手菜大比拼"活动，特邀请了做了几十年biángbiáng面的马养贤师傅。认识他也是一个偶然，2013年，我从咸阳市中山街走过，看见一店铺不大，但很特别，平房，老式黑色门板，里间简朴干净，近看是biángbiáng面馆。因好奇，与下面的师傅聊了起来。他是陕西蓝田县人，叫马养贤，六十多岁，来咸阳市开面馆十几年了。我看做的三种臊子，豆腐与红萝卜、肉块，还有西红柿鸡蛋各自盛在不锈钢盆中，摆放整齐，也看出他很讲究。我说，你们蓝田县是厨师之乡。他说，他就是先从亲戚那儿学的厨艺和和面的技术，后来才来咸阳开了面馆，他知道biángbiáng面是咸阳的特色，人爱吃，就加把劲干开了。他还说，他做的biángbiáng面在咸阳市面食比赛中获过奖。我说，以后我策划有关饮食方面的活动，请你参加。他说，没问题。就这样，我们互留了手机号。2014年的咸阳"我的拿手菜大比拼"活动上，马养贤师傅做的biángbiáng面获得了第一名。

参加此活动的人品尝着马师傅做的biángbiáng面，都竖起大拇指称赞，赞扬它的面筋而柔，臊子配得巧妙，香而鲜。马师傅特意用不锈钢锅下面，一身厨师服，显得庄严正规，老伴同样着厨师服为其帮厨。两个人配合默契，不到十分钟，一大碗biángbiáng面端到评委跟前，几个评委用筷子挑到小碗里品尝，大家赞不绝口，马师父做的biángbiáng面好极了。我想，这以后马师傅的面肯定还会得奖。一年半后，由全国多家单位主办，咸阳市人民政府等单位承办，在咸阳海泉湾酒店举行全国名面比赛，最后遍遍面获得中国十大名面之一。马养贤师傅脱颖而出，苦尽甘来，他曾告诉我："我干几年就歇息了。"可现在有了知名度，有了责任，他怎能休息呢？马师傅作为遍遍面的代表在此参赛，同样认真熟练。在比赛一个月后，中央十套科教频道转播了比赛实况，马养贤上电视了，对于咸阳遍遍面是更好的宣传。是金子总会发光的，马养贤出名了，他是遍遍面制作人的一个代表，咸阳人兴奋地奔走相告。遍遍面成为全国十大名面之一，咸阳人感动了，陕西人脸上有光了，走到外地也成了其自豪骄傲的谈资。词、曲作者也纷纷作词、作曲，以热爱咸阳之情，唱响最美陕西，咸阳著名词作家郑炳权用几十年吃遍遍面的经历感悟到遍遍面的精髓，写下朗朗上口、通俗易懂，有咸阳文化精神的歌词。咸阳著名作曲家党继志、左峰以婉转、有秦韵的旋律作曲。咸阳著名歌唱家高平展唱得铿锵有力，舒缓有度，激扬向上，再次使遍遍面深入人心。有它的歌了，名面配歌，更使遍遍面以歌声留在咸阳几百万人心中，辐射陕西，传至全国及国外。

遍遍面植根于咸阳群众，它是咸阳人民和陕西人民的骄傲，代表了国家水准，它是中国故事面食文化的窗口。"遍"字寄托了秦川儿女的情感。遍遍面是陕西推向世界的面食名片，新丝绸之路的友谊面。记录"遍遍面"更有深远意义了。

2019年4月16日

多彩天地

天下之幽青城山

天下之幽，莫过于四川的青城山，百闻不如一见。行走在寂静的千年楠木林道上，如在仙境。怪乎！此地常年凉爽，细雨蒙蒙，空气湿润，滋养着满山青翠的树林。竹林似海，楠木遍布，山不在高，有特点则有个性。青城山是有了"幽"，才成为天下名山，山有近两千米高，是中国道教发祥地之一。看那分段的观阁，烧香祈福、跪地的信徒，徒步的游人，虔诚的道人，为这里增添了鲜活的灵性。

石砖阶梯，有的平缓，有的陡峭险要如栈道。

青城山纳千古之气，据说早在秦王朝时就将青城山封为祭祀的十八山川圣地之一。汉代末，张陵在青城山创立中国道教，青城山以中国道教发源地和天师道祖彪炳史册。

青城山的幽在于有三十六峰，八大洞，七十二小洞，一百零八景，自古就以"青城天下幽"驰誉海内外。整座山处于安详之中，静谧得让人舒心。楼宇观阁，老树成林，透出历史的沧桑。我与同伴金泓弟身处林道，呼吸着甜润的山气，这是大自然的恩赐。我们都用相机拍下小径两边的楠木林。青城古名"清城"，开元十二年（724年），唐玄宗在处理道佛之争的诏书上将"清城"写作"青城"，青城之名沿用至今。玄宗敕书碑至今犹存，青城山背靠岷山雪岭，俯临成都平原，"城"因其峦状如城郭而得名，是天府之国的一颗明珠。

青城山自然景观奇特，风光旖旎，山上有一天然图画阁，美得令人陶醉，观后失语，惊呼仙景。山上人文景观更是丰富，亭台楼阁庙宇点缀各段，纯天然松木搭制的歇息亭、休息桥，形成独特的风格。山上充满着浓郁的道教气息，作为我国道教发祥地之一，古今中外文人墨客交相赞誉，唐明皇、杜甫、陆游、张大千、老舍、徐悲鸿、冯玉祥等都曾到此游览，或吟诗作赋，或挥毫泼墨。原国家领导人、老一辈革命家周恩来、朱德、陈毅也曾亲临青城山，他们为青城山留下了许多珍贵的诗词佳作，丰富了青城山的历史文化内涵。

宋代诗人陆游有"云作玉峰时北起，山如翠浪尽东倾"及"峰光如锦绣，山色自清幽"的诗句。面对此景不由得使我想起唐代诗人李白的诗句："脚著谢公屐，身登青云梯。"清代扬州八怪之一、著名画家郑板桥有"心清水浊，山矮人高"的诗句，使人感到精神振奋。

在青城山游览，几乎处处都有书香绝句，横额、对联、好诗甚多。它更反映出山的美妙、幽静、神秘。

在山门登山时，我们本想徒步，但听导游讲，山路长，时间有限，只得从月城湖处坐空中缆车穿越丈人峰直至上清宫。青城山风光幽深奇幻，我们上到上清宫后，望崇山峻岭，碧波滚滚，苍翠浩渺。纵横四百千米的青城，层层叠叠。金泓弟另辟新地，在观景台边沿眺望群山，雾气茫茫，人显得很渺小，但心更静。

上到上清宫内，香火缭绕，游人虽稀少，但都怀着虔诚的心。山还是要下的。

两个多小时后，我们开始返回。

我想，每个人心中都藏有幽静，我那"幽"就像那株小绿叶草，在瞬息万变的社会，人只有把"幽"留在心中。青城山是我永远的"幽"，是净化心灵的佳境。

2005年

天下之美桂林山水

早知桂林山水之美，没想到进入此地，真叫人不禁发自内心大喊一声："名不虚传。"美得叫人发愣，美得叫人着迷，美得叫人沉醉，美得让人忘却一切，美得耐人寻味。这是我与女儿第一次游漓江的感觉。

晴朗的夏日，我们坐在竹筏上逆流而上。漓江水清澈见底，江两边突起的石山起伏，错落有致，形态各异。青山配绿水，还有沙石滩，蓝蓝的天空配白云，构成人间天堂似的山水美景，似仙境。自然的江水，自然的山势，人在江中游，江水在心中流，人心如潮涌。无雕琢，无修饰，形成人世间奇迹般的绝佳之处。我感叹世上竟有如此的美景，人世间别处无可比拟。

我无意间在桂林两江机场的书店翻阅了桂林及漓江的来历，那是四十亿万年前，地球裂变后成海洋形成此构造。无怪乎天赐神地。难怪有名言——"桂林山水甲天下"。

坐在机动木船上，航行有近十千米，临近中午饭时，开船的师傅让我们在一家临江农家饭庄吃饭，他一个多小时后来接我们。我与女儿下船上岸，农家饭庄好不热闹，游人争相点菜，我点了一盘农家烧豆腐，女儿点了一条漓江鱼。服务员从一小潭中捞出鱼，当面称后，拿到厨房去，不到半小时，做好的鱼上来了，我与女儿坐到临江的一棚里，品尝着天然漓江鱼，看着漓江山水，并为此感叹。

过后，开船的师傅接我们返回，我与女儿望着两岸美景，又是激动不已。

航行路上的游船不少，国内外游人个个激动万分，有的人手舞足蹈，有的人唱歌、吆喝。船航行在平静清澈的漓江上，人与山水相映，船动、人动、水流，动静交汇，如一幅美丽的长画卷。

一个中年捕鱼人划着竹船，上面有两个横杆站立着四只鱼鹰。捕鱼人悠闲自得，更增添了自然景观的动感。

如果说要寻找和收藏世界上最珍贵、最优美的山水画，就到桂林漓江去。

美在于天地合一，有和谐之美，有刚柔相济之美，山水不可分割，山属性刚，为阳，水属性柔，为阴。因而，桂林山水形成绝佳的美，就犹如一位美人，美韵诱人，无可挑剔，让你流连忘返。

我感叹，桂林是一个巨大的天然艺术馆。如今，桂林市已经成为国际化旅游城市，政府正倾力打造这座魅力城市。桂林山水的艺术价值无法估量，艺术生命长存，世界罕见。人间奇迹，桂林山水，美轮美奂。

2011年

秦鲁空中夜行

说来见笑，平生第一次坐飞机，那喜悦的心情是无法言明的。人生第一次，每个人的感受都不一样，受几年不见的好兄弟晓东之邀从陕赴鲁，虽空中航线不怎么长，花费一个多小时，但请我坐飞机实在让我感恩兄弟之情。

有幸坐在九排A座，紧邻机翼，且靠舷窗，让我在夜幕中能放眼地面。登机前，抬头望见皎洁的明月，它似乎在向我微笑。我想，有月亮，天空一定亮些，谁知在飞机上朝外看并没有光亮。当飞机上升时，顿觉头一阵晕眩，大惊，只因有兄长老付、兄弟晓东在场，所以不能出声，还装出一副老练的样子。

飞机进入平稳状态，我再放眼地面，一会儿灯火点点，一会儿黑暗无际。听说此飞机是德国造的，我看里面设施极具现代感，也不愧是德国制造。过了二十多分钟，乘客们接过乘务人员散发的《济南日报》，都在静心地翻阅，了解齐鲁的变化。我不时地翻阅，心想，古代秦、齐、鲁国是很友好的邻邦，有过不少文化、经济交往，原先的木轮马车，花费数日才能相见。如今，时空变幻，近在咫尺，犹如一梦，真感叹科学如此发达。我如一个孩子惊奇地透过舷窗俯瞰，机翼如鸟翅，红色信号灯闪烁着，像一个大鹏鸟在黑夜中遨游。登机前，几位乘客笑说乘坐的是一架小飞机，得受颠簸，还要受惊，但对我来说，坐这也是一种独有的感觉。看其虽小，容纳五十多人，但构造精致，内置流线型人性化新型材料，的确像一只大鸟。穿一身职业服，脖子围一丝巾，身材苗条、气质不凡的一位空姐推着摆放着果汁、可乐、热咖啡的推车，柔声细语地询问着一排排的乘客。我要了一杯热咖啡，喝后顿觉温暖。这优质的服务，也是航空严格细密管理的一个细节。

一个小时过去，听见乘务长的声音："乘客们，您的目的地济南到了，飞机将会降落，请您系好安全带……"乘客们各自检查好安全带。到了，济南到了，我将折叠桌收起，在空中瞧了瞧这宁静的冬日济南，那灯光闪烁的路灯，如果将老舍先生的《济南的冬天》再添点时尚的元素，济南的冬天会更灵动。

飞机轰鸣声渐渐弱了下来，徐徐下降，平稳自如缓缓落地。我感怀至深，秦、齐、鲁变化巨大，经济互动，顺畅的空中夜行，使人激情澎湃，更说明天、地、人的快节奏的生活方式。

2005年12月

游西安曲江海洋世界畅想

蓝色是天空，是海洋，把海洋移到黄土高坡，是海洋对黄土的恩赐。春节时我与妻子和女儿共游西安曲江海洋世界，又一次对海产生了感情，流连忘返。那海洋世界外观设计得颇具匠心，大门是北方梅花树形，售票口是海洋动物造型，整个海洋馆外形如一艘巨型帆船。

走进海洋馆，首先映入眼帘的是瀑布锦鲤池，到了海洋科普区，先让人熟悉海洋生物的科普知识，这里展示着四百多种海洋生物的标本。其中包括全国唯一的国家一类水生保护动物布氏鲸的标本，其体长达13.5米。听一位热情的着装干练的女讲解员讲，那条巨鲸标本是黄海上漂浮的死鲸经过中国海洋研究所专家精心制成的骨架。

再拾级而上，是仿生热带雨林区，有远古探秘、雨林奇观、异域风情，使人身临其境。

看那小桥流水，曲径幽幽，不由得感慨设计者独有的艺术功力，巧妙豪迈的构思。猛见一个巨型圆柱缸，它直径约2米，高约7.7米，听讲解员说，它是用高科技材料制成的，是现今国内海洋馆中最高的圆柱缸，沿缸体外侧盘旋梯漫步，近距离地欣赏各种海洋鱼类悠游自在。贴近更贴近，当进入到80米长的海底隧道，让人惊喜，心中涌出无限的激动，里面游弋着无数个叫不出名字的海洋生物。哟，一个海龟从我们的头顶游过。女讲解员说："在这海底隧道中放养着六千余尾海洋动物……"看那群凶猛的鲨鱼，自在游弋，锯鱼潇洒自如，水下礁石、海藻栩栩如生，人如同在海底畅游，欣赏奇观。

到了海洋剧场，透过约5米高、10米宽的巨型亚克力视窗，我有幸见到了姿态优美的美人鱼表演，几十条鲨鱼与人鱼共舞，让人感到惊险刺激，我敬佩表演者的敬业精神。在水兵餐厅，游人可以享用海鲜菜肴。歇息片刻，进入海底大观园，更使人眼花缭乱，透过亚克力视窗，看到许多来自世界各地的珍稀海洋生物，海马、水母、乌贼、海星、箭鱼、小丑鱼自由穿梭于珊瑚中，游弋于海藻间。在触摸池中，女儿抓起一只顽皮的海螃蟹，体验人与自然的和谐。我们大饱眼福，感受到了海的魅力。我们赶紧奔往海豚馆，因为有表演时间限制。馆内共设一千两百多个观赏台位，可与香港海洋海豚馆媲美，场内座无虚席，游客聚精会神，已临近下午六点，憨态可掬的海豚、海狮表演开场了。一对海狮迈着悠闲的步子走来，向人们行礼，随着一曲节奏明快的进行乐，一对海狮顶球钻栏。一阵节奏欢快、韵律美妙的音乐响起，一对聪颖漂亮的海豚箭似的冲浪，围水池一圈起舞，动作优美、潇洒利落。它们一会儿用嘴在水中接竹圈，一会儿顶皮球。只见一个皮球落到左边的观众席上，一位幸运观众拿上球喜滋滋的，还被奖励一个钥匙链……在西安能够欣赏到这样高水平的海豚表演，实在幸运，原在电视、电影中能欣赏到的海洋动物，如今成为现实，怎能不幸福呢？女儿、妻子乐呵呵的，沉浸在欢乐的气氛中，早把那一百元一张价格不菲的门票忘记了，仍游兴不减。

我钦佩这壮观的设计，三亿多元的巨大投资，把蓝色文明献给西部黄土地上的人。这里奏响了一曲蓝色和黄土地的和谐交响曲，只有人文和谐，生命和谐，才体现社会发展真谛，才是生命的律动。

2004年2月

登南宁龙象塔印象

　　雨后游青秀山，十分凉爽，上山登塔更有意义，况且龙象塔是青秀山的标志性建筑。南宁龙象塔，坐落于青秀山风景区临邕江处，从说明牌中得知龙象塔以"水行龙力大，陆行象力大"而得名，塔高九层，高51.35米。原塔建于明代万历年间，毁于1939年，重建于1985年，是广西塔群的最高塔，为八角重檐九级的砖结构，作为青秀山的标志性建筑，是它的历史承载能力的体现。

　　游完别的景点，临近龙象塔，由一石牌楼入内，拾级而上，先穿入宁静的树林，走近龙象塔，仰望塔顶，塔的结构古朴苍劲。

　　正好是下午，上塔人不多，我与一同伴疾步进入塔口，绕了一层又一层，到了第五层人就累了，但一心只顾攀登，气喘个不停，我们仍不停步。终于到了塔顶，人有点晕了，按压前额稍作休息，激动地探头瞭望，如同在飞机上俯瞰大地，眼界宽阔。我兴奋，我想高呼，人在塔顶生出一种胜利之感，喜悦之情无以言表。我只是高兴，启示和感悟很多。启示是人要攀登高峰，就要不怕累和苦，一鼓作气，要有勇气。感悟是人生不知要经历多少次像登塔一样的过程，才能获得成功。

　　友人用他的长焦距镜头将此时的美景拍下，而我用笔在纸上写下感受。绿城南宁秀丽无比，邕江江水水波荡漾，一艘机动船忙碌于航行，正值阳光从云中挤出一缕缕光芒，犹如巨大的天幕上挂的探照灯将青秀山的周围和城市映衬得分外妖娆，站在九层塔顶上举目瞭望，人的心情是多么的畅快，微风吹拂，凉意阵阵，人不舍下塔。塔下是葱绿的青秀山，各种鸟儿的啼叫，更显出它的内在美。它的诱人之处，是青翠欲滴，绿得迷人，甚至艳丽，人几乎醉在山中。青秀山，它让人寻味，人与塔，塔与青山融为一体，很和谐，让登塔的人感受到大自然的恩赐。真是不到青秀山不知南宁的绿化美，不登龙象塔看不到南宁的全面美景。俯瞰远眺，绿中有高楼，且高低错落，充满现代、时尚、活力的气息，不愧为时尚之都、魅力之都。登塔望远，让人振臂高呼，南宁，美丽的城市！发现美往往也要拥有广阔的视野，因而登塔瞭望它的内涵已超出登塔本身的实质意义了。

到了关塔门的时间，我才依依不舍地下塔。

在塔下方的茂密的树林中，我又被此处的寂静吸引住了，夕阳透过树林，青苔遮盖树身，不知名的虫声忽高忽低，雨后的树林更显湿润，宁静清幽。我一人静静地站在此处，独享这份静，仿佛天下只有我了，让人忘掉了一切。

步下台阶时，树林如立正的士兵让你检阅，遮天蔽日，置身于树林之中，让你心静如水，如和风细雨，飘飘洒洒，让人惬意。

登塔望远，是畅胸宽怀的心境，是练就人的悟性。在树林探幽，享受宁静，悠然自得。

直到走到青秀山的中心湖边，看到湖上满是五颜六色、热闹争食的观赏鱼，我才走出了寂静，看到又一番喧嚣。

游青秀山、登龙象塔胜过其本身意义，登塔回味望远更有它的特别意义。

2011年

香港见闻

香港是我仰慕已久的地方。青年时期对香港的认识只是从书刊上、影视上获得的。长大了，有的朋友去过了，说那里多好多好，但我一直只是听听而已。我总计划着找个时间去看看，只是没时间安排。2016年3月3日，巧逢一次国际性体育比赛，我作为兼职宣传有幸赴港。待了近六天时间，除了参与比赛，仓促抽了快两天时间专门游览了香港维多利亚港、紫荆花广场、迪士尼乐园等，见闻不少。

摩天大楼的气势

坐飞机到深圳，在深圳住了一个晚上后，早晨七点多，我坐着组委会安排的大巴车从皇岗口岸赴港。先是通过蜿蜒靠山的大道，繁体字映入眼帘，一辆辆汽车穿梭而过且驾驶座在右面，让人眼前一新。远方一栋栋高层建筑映入眼帘，这奇特景色，我似乎在影视剧中见过。

第一印象是楼高。香港的高层，都被称为"摩天"。摩天大楼，又称超高层大楼，起初为近二十层的建筑，现在通常指超过四十层或五十层的高楼大厦。

香港现有近八千座高层建筑，其中包括一千三百多座摩天大楼。高楼大厦的城市排名中香港名列第一，领先于纽约、新加坡、芝加哥、迪拜。香港最高的建筑物是一百一十八层高的国际商业中心。地域狭小，人口增速块，促使了香港高楼大厦的发展。

在这样一个资源有限但又相当受欢迎的城市环境里，房地产开发人员倾向于设计更高更密的高楼大厦，再加上高昂的房价，最终让香港成为一个大厦群构成的"石屎森林"。

截至2016年1月，世界上最高的摩天大楼前五十位中，香港就占据了六个席位。如中银大厦楼高七十层，是令人印象深刻的香港地标。它由备受赞誉的华商建筑师贝聿铭所设计。据说灵感来自优雅挺立、节节高升的绿竹，象征着力量、生机、茁壮和锐意进取的精神，基座的麻石外墙代表长城、代表中国。1992年落成，随即取代合和中心成为全港最高的建筑物。中银大厦我因时间关系没有走近，只是晚上与随行朋友去紫荆花广场在海边遥望看见。

我们住的是在荃湾杨屋道八号的如心海景酒店，有八十八层，是双子楼，左面一栋高，右面一栋低，在六十六层连接全封闭过桥。白天看时仿佛矗立云端，晚上灯光闪烁。休息时，我上到了八十层看周围的高楼，用手机拍摄夜景，不由得赞叹在港看见的大多是高层建筑，风格也有艺术性，造型多样，为建筑师高品位的设计思路以及施工公司付出的艰辛叫好。

香港居民的悠闲生活

去香港看见市民都忙忙碌碌。菜市场上供应丰富，新鲜蔬菜居多，如小青菜、黄瓜、胡萝卜、韭菜等，菜市门面很整洁，各种菜摆放得很整齐。肉类更是丰富，新鲜大肉、各种海鲜应有尽有，人们尽情挑选。我们路过买了二斤鸡蛋在宾馆烧水壶里试着煮，还不错，很实惠。

在我们住处附近的广场上有儿童娱乐场，最引人注目的是两个象棋台，其中一个象棋台上围了十几位中老年人，老人穿着时尚，大部分人都穿着运动鞋。象棋盘很讲究，像是用石质材料做的，线条清晰，两位约有七十岁的老人说着粤语，很有兴致地下着象棋。我想，香港早已回归，除过高楼大厦外，人们的生活方式与内地接近，传统的下象棋不就是继承中国传统文化吗？

白天去迪士尼乐园周围的海边，有几拨携家带口的人在海岸边钓鱼。我与一位老人对话，我用普通话问，他也能听明白，回答说这里鱼不多，只是周末带孩子来玩。

我站在岸边，远眺一望无际的大海，正好天阴，海水与天空融为一体，让人觉得似乎不在香港，像是在那星际。无际的海水让人感觉到海的辽阔，人的渺小，再高的楼也不过是点缀罢了。可见大自然的伟大。

晚上抽时间与朋友匆匆忙忙坐地铁到紫荆花广场，我仔细看这具有历史意义的镀金紫荆花雕塑。随后去海岸边看看，已临近晚上十一点，有一中年男子还在钓鱼。他看我们是旅游的，就说对面的夜景很好看，可去看看。我说了声"谢谢"。

香港的地铁

去香港坐地铁是很幸福的事，因为极为方便。刚开始坐是从荃湾西到迪士尼，经过四个大站，先到美孚后到南昌中转，过青云，到欣澳还要中转。首次来港，在港坐地铁。我去北京坐过一次地铁，后在西安坐都似乎简单，但这里稍复杂，一路问人，才到达目的地迪士尼。

我们坐的荃湾线是1970年研究兴建地铁时最早计划的四条路线之一。

我感觉，不管在哪儿坐地铁，精神状态都要好。尤其是眼睛多看，不知道就多问人。我想，在香港坐地铁吃力，如果去美国纽约、法国巴黎、英国伦敦坐地铁，更要过英语关，否则寸步难行。在港第一次坐地铁到迪士尼，去紫荆花广场却是第二次坐地铁了，稍熟悉了，但还是问人才到达紫荆花广场。返回到酒店时已到零点了，在路上看了好多处香港夜景。

2017年7月18日

故乡行

一晃五年没回故乡了。1999年7月，我终于有机会与母亲回了趟老家，我感到故乡一切都在变。

先说回故乡坐车，十八年前，坐的是陈旧不堪的大轿车，座位狭窄，车里拥挤且气味难闻，虽说从西安到洛南三元九角一张车票不贵，但人坐在里面是活受罪。每逢下雪天，坐的是车轮加套防滑链、车槽加帆布篷的卡车，受冷又憋气，车像老牛似的盘行在窄而险的山道上，整整一天才能到达县城，下车后是浑身发冷，脚冻得麻木。

现代文明代替了陈旧和落后，我与母亲在西安汽车站准备买票，一看票价二十元，价格翻了几番，不知坐啥车咋那么贵，打听后，才知道是坐豪华带空调的南京"依维柯"，里面还有车载电视，可放VCD碟片。验过票，坐到舒适的座位上，我看乘客们个个精神抖擞，一人一个座位，没有站票，宽松、畅快。

车穿过西安城，过灞桥、洪庆，上了312国道，荧屏上放的是故事片影碟，乘客们都很专心地看。我睁大眼睛欣赏沿路的风景，车内空气洁净、凉爽。我很兴奋，在城里闷了几年，今又看见那熟悉的山景，太令我激动了。

车疾行在312国道上，一路平坦舒心，路两边是银灰色的金属钢架护栏，路标清晰，让人少了几分担心。进到秦岭，路的上方是悬崖峭壁，惊心动魄，有的巨石像快要掉下的样子。车进了一个又一个的隧道，最长的要数牧护关隧道，它长约一千六百米。隧道里的壁面上安装着照明壁灯，很亮堂。过了隧道，是另外一番景色，看那群山秀丽，满目苍翠。天空很纯净，刚下过一场细雨，到处显得清新，青山湿润的气息从没关严的窗缝溜进来，十分爽朗。

现在的线路已改，车也从昔日热闹的停车歇息点黑龙口绕过了。黑龙口站不知是多少车辆在崎岖山路爬行后稍作休息的驿站，今日也成为历史了。

不到三个半小时的疾驶，车到了洛南县城。故乡的小城依旧可爱，新建的高楼有十几幢，尤其是县建行大楼、工行大楼，建筑风格别具一格，新颖夺目，矗立在西街中央。老汽车站依然如故，室内仍是1975年时的商洛交通路线挂图和宣传画。

沿洛河东西方向是一长溜门面房，人来人往，生意兴隆。

我与母亲稍作休息，吃了盘炒面充饥，又搭上了去老家古城镇的车。汽车在河边路上行驶，河水清澈见底，河边有人忙碌着，有在淘麦的，有洗衣服的，有往拖拉机上加水的。十几只鸭子在河里戏水，有的在觅食。两边岭地上都是苞谷苗、小豆苗，绿叶簇拥着果实，满坡满沟的核桃树、柿子树，果实累累。

终于到老家了，我与母亲走在小镇的路上，顿觉亲切。我的母校古城中学大变样了，昔日我上学的教室是平房，现在早已在原址上建成了一栋形似客轮具有现代气息的四层教学楼。看那镇西头，有一栋快建成的白墙琉璃红瓦的欧式建筑，那风格与远处青青的尖山相映衬，可与瑞士风光媲美。镇上二层到四层的楼房比比皆是，店铺一个挨一个，各种商店应有尽有，货源充足。顾客三三两两，进进出出到商店选购货物。

故乡的小镇没有固定的菜市场，只有顺街道摆的菜摊，但各种菜都是色泽好看、青翠鲜嫩、极纯正的绿色食品。豆角青翠欲滴；莲花白绿油油的，菜心包得很瓷实；黄瓜是真正黄色的瓜，披着淡淡的黄外衣；西红柿红扑扑的，是没打农药无公害的蔬菜，有的红而略青，像俊女子的脸蛋般诱人。

小镇原来唯一的小厂是家综合加工厂，现在光水泥预制板厂就有五六家，还有采矿专业户、养殖专业户、山药材种植专业户等，镇民喝纯净水也不是什么稀奇的事了。电视机专卖店也不少，小姨家的电视机就是从镇上买的，商州一私营老板还在此投资办了摩托车专卖店，近百辆摩托，各种型号应有尽有，来选购的人不少，生意特别红火。假如有一天小镇通了火车，公路变为国道，那变化就更大了。

记得原来大人抽烟是宝鸡卷烟厂产的"宝成"烟，天津产的"海河桥"烟的价钱比城里多几毛，因为翻秦岭太难，要加运费。现在路好走了，不用翻山，运费也低了，柜台上啥烟都有，且价不高。

　　伯的孩子盖的房子是二层小楼，除两间房住的本家人，其余全部租出去了。表哥盖的二层楼很有气势，和都市房子一样，后边是小院子，设施齐全。

　　小镇人如今有着极强的经济头脑，时时关注经济发展方向。我同他们闲谈时，乡亲们总是谈论干啥更挣钱。我看到小镇的人看电视也看中央一台、亚洲卫视台、广东台，他们要与国家同步，放眼世界，向沿海发达地区看齐。

　　故乡真正变了，变得让人无法辨认，国家西部开发战略建设进程在此体现。故乡也开始搞开发，建设基础设施，拓宽新街道。听亲戚们说，洛南到河南芦氏的公路还要加宽、整修，那时美景如画的故乡将是西安后花园的一大景点。那游人如织的场面，是多么好啊！20世纪80年代曾红极一时的歌手费翔唱的《故乡的云》这首歌不时回荡在我的脑海、耳边，歌中故乡的云是那么飘逸，想象中的天空是无比的湛蓝、美好，使我再次对故乡由衷地依恋，恋念那蓝天白云、山清水秀、返璞归真的大自然风光。

　　第五次定稿时，已知儿时的小伙伴恩照当上了村民小组组长，管了几块种植示范田；还有儿时的小伙伴徐卫民告诉我，古城镇未来十年的规划已完成。愿故乡越来越美，人越来越富。

2000年12月

游圆明园思考

2007年,我与朋友李勇一起去北京出差,用了三个多小时游圆明园,让人至今都在深思,深深明白了落后就会挨打这个简单的道理。

进入圆明园遗址公园,首先被整修一新的公园所吸引。还有一点,要看圆明园,要有一定的历史知识储备,还要有一定的文学知识和建筑知识、园林知识,才能看懂它,否则,看后印象不深,不能真正领悟建造者的意图。我们作为普通游者,只能领略古遗址的气势,想象原址的秀丽。

圆明园,是一个时代的代名词,它记载着设计者的独具匠心,也反映了清朝几位皇帝的审美意识。历史上的圆明园是由圆明园、长春园、绮春园(万春园)组成。三园紧相毗连,通称圆明园。共占地五千二百余亩(约三百五十公顷),比颐和园大近千亩。据乾隆钦定《日下旧闻考》卷八十记载,圆明园是清世宗雍正皇帝的藩邸赐园,康熙四十八年(1709年)所建。这是有关圆明园兴建年代唯一正式的记载。

据史料,圆明园最初是康熙给四儿子胤禛(雍正)的赐园,范围要小于后来的圆明园。雍正即位后,拓展赐园,并在园南增建了正大光明殿和勤政殿以及内阁、六部、军机处诸值房,御以"避喧听政"。乾隆在位六十年,对圆明园岁岁营构,日日修华,浚水移石,费银千万。他除了对圆明园进行局部增建、改建之外,还在东边新建了长春园,在东南方并入了绮春园。至乾隆三十五年(1770年),圆明三园的格局基本形成。嘉庆时,主要对绮春园进行修缮和拓建,使之成为主要园居场所之一。道光时,国势日衰,财力不足,但宁撤成寿、香山、玉泉"三山"的陈设,罢热河避暑与木兰狩猎,仍不放弃圆明三园的改建和装饰。

圆明园主要兴建于康熙末年和雍正年间,至雍正末叶,园林风景群已遍及全园三千亩范围，有著名的"圆明园四十景"，即正大光明、勤政亲贤、九洲清晏、镂月开云、天然图画、平湖秋月等。

长春园始建于乾隆十年（1745年）前后，于1751年正式设置管园总领时，园中路和西路各主要景群已基本建成，诸如澹怀堂、含经堂、玉玲珑馆、爱山楼等。包括西洋楼景区，长春园共占地一千亩。

绮春园原是怡亲王胤祥的赐邸，约于康熙末年始建，后曾改赐大学士博恒，至乾隆三十五年（1770年）正式归入御园，定名绮春园。在1860年被毁后，在同治年间试图重修时，改称成春园。

圆明园是人工创造的一处规模宏伟、景色秀丽的大型园林。平地叠山理水，精制园林建筑，广植树木花卉。以断续的山丘、曲折的水面、亭台、曲廊、洲岛、桥堤等，将广阔的空间分割成大小百余处山水环抱、意趣各不相同的风景群。园内水面约占总面积的十分之四，在平地上人工开凿大中小水面，由回环萦流的河道串联一个完整的河湖水系，再现了江南水乡的那种烟水迷离的地貌景观。园内并掇叠有大大小小的土山两百五十座，与水系相结合，水随山转，山因水活，构成了山复水转、层层叠叠的园林空间。真可谓：虽由人做，宛自天开。

圆明园的显著特点，就是大量仿建了全国各地特别是江南的许多名园胜景。乾隆六次南巡江浙，多次西巡五台，东巡岱岳，巡游热河、盛京（沈阳）和盘山等地。每至一地，凡他所中意的名山胜水、名园胜景，都让随行画师摹绘成图，回京后在园内仿建。据不完全统计，圆明园的园林风景，有直接摹本的不下四五十处。杭州西湖十景，连名称也一字不改地在园内全部仿建。正所谓：谁道江南风景佳，移天缩地在君怀。

还有仿江南名园。一处是安澜园，一处是如园，另一处是仿照苏州著名园林而建的狮子林。

圆明园的园林造景多以水为主题，因水成趣，其中不少是直接吸取江南水景的意趣。圆明园后湖景区环绕后湖构筑九个小岛，是全国疆域《禹贡》"九州"之象征。各个岛上建置的小园或风景点，既各有特色，又彼此组合成景。北岸的上下天光，颇有登岳阳楼一览洞庭湖之胜概。

圆明园共有大小一百余处园中园、风景点和建筑群，即通常所说的一百多景。集殿堂、楼阁、亭台、轩榭、馆斋、廊庑等园林建筑为一体，共约十六万平方米，比故宫的全部建筑面积还多一万平方米。园内的建筑物，既吸取了历代宫殿式建筑的优点，又在平面配置、外观造型、群体组合诸方面突破了宫式规范的束缚，广征博采，形式多样，创造出在我国南方和北方都极为罕见的建筑形式，如扇面形、弓面形、书卷形等。人们不能在一览之下就领略这幅景色，必须仔细研究它。

清帝为了追求多方面的乐趣，在长春园北部还引进了一区欧式园林建筑，俗称"西洋楼"，由谐奇趣、线法桥、万花阵、海晏堂、远瀛观、大水法、观水法、线法山和线法墙等十余个建筑和庭园组成。建于乾隆十二年至二十四年（1747～1759年），由西方传教士郎世宁、蒋友仁、王致诚等设计指导，中国匠师建造，建筑形式是欧洲文艺复兴后期"巴洛克"风格，造园形式为"勒诺特"风格。在造园和建筑装饰方面也吸取了我国不少传统手法。西洋楼有几组水法（人工喷泉）颇为别致。其中，大水法是西洋楼最壮观的喷泉，造型为石龛式，酷似门洞。

西洋楼景区为我国成片仿建欧园林的一次成功尝试。在我国园林史上和东西方园林交流史上都占有重要地位。曾有西欧传教士赞誉西洋楼：中国之凡尔赛宫也。

圆明园体现了我国古代造园艺术之精华，是当时最出色的一座大型园林，在世界园林建筑史上也占有重要地位。盛名传至欧洲，被誉为"万园之园"。法国著名文学家雨果在1861年评价："你只管去想象那是一座令人心驰神往的，如同月宫的城堡一样的建筑，夏宫（圆明园）就是这样一座建筑。"人们常常这样说："希腊有帕特农神殿，埃及有金字塔，罗马有斗兽场，东方有夏宫。这是一个令人叹为观止的无与伦比的杰作。"

张恩萌在《圆明园变迁史探微》中说，他检阅了《清六朝御制文集》，雍正、乾隆、嘉庆、道光、咸丰五帝，先后共计写有圆明园（包括后来的长春园和绮春园）各处景物御制诗文近五千篇。如《望瀛洲》：方亭临福海，百顷漾晴澜。天阔闲云远，波深夏昼寒。涵霞浮密樾，倒影印虚峦。即境心神谧，蓬瀛画里看。

圆明园有如此美景，惹人心醉，不愧为人间奇景。

圆明园集我国几千年优秀造园艺术之大成,把我国古典园林推向一个新的高度。

这座举世名园,竟于咸丰十年即1860年遭到英法联军的野蛮洗劫和焚毁,成为我国近代史上一个惨痛的教训。这里也成为一个爱国主义教育基地,它告诫人们,落后就要挨打。1949年10月1日,中华人民共和国成立了,新中国强大了,我们有了坚实的国防力量,我们有能力保护这块文化遗产。

圆明园在中华人民共和国成立后,得到了党和国家人民政府的高度重视。周恩来总理曾叮嘱北京都市计划委员会,切实做好保护工作。1956年春,北京市园林局首次在圆明园遗址进行植树绿化,共栽植侧柏、杨、柳等乔木65300余株,绿化荒山270亩。1959年12月,北京城市规划管理局正式将圆明园遗址划定为公园用地。规定范围为6350余亩,比三园遗址范围大出1100亩。次年春节,由北京市人民委员对1069亩园内旱地进行了大规模的植树。1961年秋季,圆明三园内共有树木72万株,绿化面积1307亩,初步改变了遗址的荒凉景象。

1979年8月,北京市人民政府正式将圆明园遗址列为市级重点文物保护单位。1983年,经中共中央、国务院批准的《北京城市建设总体规划方案》明确提出:要在21世纪内"建成圆明园遗址公园"。

现在,圆明园更加美丽了。

2018年7月18日

艺道观望

李基源书法欣赏

　　基源，实际上是我如兄长般的好朋友李勇的书法艺名。李勇先生自从2003年起做起了大秦上林苑文化旅游项目，对书法是越来越喜爱，痴迷到天天不练字不行的程度，把练字当成了生活中不可缺少的一部分。快六十岁时，他专门去上咸阳市老年大学的书法班，专攻书法，尤其是练习行草。

　　短短几年时间，他的书法水平不断提高，有了自己的特色，潇洒飘逸。

　　在行草书法上，有了著名书法家钟明善的气势。他经常求学，让老师指导，与老师沟通、交流，使他融会贯通。基源先生很注意临摹，一个笔画，练几百遍、上千遍，时间久了，他对上千个字掌握得得心应手。

　　他说："字要练到熟悉，运笔才自然。"他的习作，用行草书写毛泽东的《沁园春·雪》，写得很有气韵。笔力挺拔，结构疏密协调紧凑。有几位亲戚曾求他的字，将他写的《沁园春·雪》装裱后放在办公室。看过的朋友都给予高度评价。

　　他对书法的执着，也使我对书法产生了兴趣。每逢书画展我与基源先生一起参加，学习他的专心致志。由于他年龄大了，他把占地一百三十亩，资产几千万元的大秦上林苑项目全部转让掉，全身心投入书法事业中，此后五年间出了三套书法集。

　　他的勤奋和对书法的执着，也感动了周围爱好书法的朋友，被咸阳市委老干部工作局老年诗词研究会领导重视。2014年年底，他的个人倡议得到许多退休老干部、企业家以及咸阳市政府机关事业单位退休的书画爱好者的支持和拥护，成立了咸阳集缘书画会，隶属咸阳市老年诗词研究会。他出资选地方为大家提供书画交流平台，并开会选举会长等人员班子。自成立起，相继举办了大小六次书画展，书画会被咸阳市委老干部工作局老年诗词研究会评为先进社团。咸阳集缘书画会现有会员两百多人，是咸阳市目前最大的一个书画群众社团组织。基源的书法有特点，他组织领导的书画会也办得有声有色，丰富了咸阳市机关事业等单位退休人员的书画生活。更有意义的是带动了一部分爱好书画的人老有所乐，老有所长，以书画养生，陶冶性情。

2017年6月13日

张艺谋艺术视觉简析

军人家庭出身的张艺谋，做事执着，敬业。青年时期曾插队到陕西乾县，几年的知青生活，使他对中国黄土地农民生活有了深入了解，恰好乾县也在唐女皇武则天陵下，他被历史所感染，有了一个极广阔的思考空间。

到了纺织厂，作为普通职工，他对摄影产生了兴趣，鼓捣起了"华山"牌照相机。

他的一位同事准备结婚，要拍纪念照，他们没有到照相馆，而是请张艺谋一块儿去咸阳沣河边选景拍照。张艺谋让他俩坐好，他拍了侧面照、背影照，还是黑白照片，同事不解。但后来都认为照得有创意，构思奇妙，被同事至今珍藏着。这也是我从张艺谋在纺织厂时的同事雷沛云那儿知道的故事。

张艺谋后来被推荐上北京电影学院，因年龄大被文化部原部长黄镇亲自批准破格录取。这对张艺谋来说是莫大的荣幸，也是他人生的转折点，使他在艺术的海洋中畅游，吸收更多的营养。

毕业以后，电影《一个和八个》《黄土地》《老井》接连开拍，直至同巩俐拍了《红高粱》《大红灯笼高高挂》《秋菊打官司》等，艺术道路从此步入正轨。

故事片没有使他将艺术视角展示充足，他又成为大型实景展示导演，如《桂林山水印象》《云南丽江风景》等，一下让张艺谋大显身手，有了施展身手的平台。

在中国首次举办奥运会时，首先是申报片，让国外评委刮目相看。奥运会时，张艺谋担当导演，以大气磅礴的气势，注入中国传统元素，体现当时世界和平发展的趋势，运用声、光、电等现代科技手段，完成了一个让世界各国人关注的艺术大餐，被世界认可。

再后来，特大型的国际会议在中国召开的各类文艺演出，都离不开张艺谋的身影，如杭州西湖G20峰会，张艺谋以独特的艺术视觉完成了这个举世无双的艺术盛宴。

他几十年的艺术创作和艺术创意视觉成功之处，我认为主要有四点：

一、大胆运用中国几千年来的传统文化精髓，出品经典，挖掘古元素，展示优秀传统文化，成为一个大赢家。

二、巧用国际流行的时尚元素，也是艺术作品不落伍的法宝。

三、精挑细选代表中国美的演艺人员，让人感到中国色彩。地道的中国文化，让人有亲近感。

四、艺术作品是给人看的，也是让人思索的。他的种种艺术作品，均是让人思考的。

艺术重在发现，重在创新。张艺谋抓住了艺术的根，挖掘出了艺术的魂，才被人赞叹，传颂他独到的艺术视觉。

2018年6月12日

沙石文学作品中的哲学思路

沙石，原名张汝意，1936年生，乾县人，毕业于陕西师范大学政治教育系。现为中国作家协会会员，陕西省作家协会常务理事，咸阳市作家协会主席等。他文学爱好可能是在中学时就受乾县几位近代文化名人如范紫东、王德安等的影响，使他早期在文学创作中就显示了他的才华，如常在《西安日报》《陕西日报》等报刊上发表散文、小说，使得他有了一定知名度，成了青年作家。出版有长篇小说《倾斜的黄土地》《欲哭无泪》，纪实文学集《生命的使者》，中短篇小说集《夏夜，静悄悄》，纪实报告文学集《帝都秦城的苦旅》《渭水秦川·咸阳城阙》等。

沙石早期的文学作品，注重情感表现，有不少短篇小说如《女货郎》《山乡小店》《豌豆花》《甜》《三婆》《烙印》等都是写人的精神。短篇小说《布谷声里》《小河流水》《月色朦胧》《大雪纷飞》《腊月初七夜》《黎明》《清晨》《夏夜，静悄悄》等都是以景写人，写农村群众生活的百态，故事的构架是以景抒情，反映人物的心理变化和对生活的热爱，以及农家人对未来美好生活的期望。

在一些散文作品中同样是以抒情散文和叙事散文居多。如散文《柳笛》，语言很有诗意，如一个故事，又如一幅农民画，让人觉得在乡村行走，心情喜悦愉快。早春的到来，就是希望的到来。如沙石先生描绘的"柳笛声声，是一支支惊笛，是一架播种机，唤醒了山峦大地，唤醒了人们僵沉的心灵。柳笛声中，播绿又撒绿"，给人以启迪。

步入中年后，沙石思考着人生，用极为敏锐的眼光看社会变化，以积极的态度、饱满的生活激情反映他身处地域的发展。他关注地域在改革中建设新貌，新的技术在此落地，这在他的纪实报告文学集《渭水秦川·咸阳城阙》中就有所体现。如关注城市建设和新项目落地咸阳，咸阳湖的建设，太阳能项目落户咸阳，浙江日月集团投资开发地产等。在第四章中，讲到地理的优势。如"雄关秦川八百里，乃天设地造。有了这天设地造、雄关漫道的一袭平原川地，有了这通达的一条河流，我们人类才有了这一处歇身、生存、繁衍的领地"。

讲到水的重要性时，他写道："水域河流，是生命孕育生长的发源地。所以说水是生命之源。故老子曰'上善若水，水善利万物而不争'。又曰'天下莫柔弱于水，而攻坚强者莫之能胜，以其无以易之'。我们人的一生，都是在听命于水的诉说，做水流淌的过客。一代又一代，生生不息……水在诞生生命，养育生命，亦在做生命延年益寿的工作。水，总是把一种机灵，带给自然界，带人类的生活之中，让人们愉快，心旷神怡……水在自然生态界，在城市，在村镇，在山野谷地，都是一种自然景观。水给科学家们提供了永恒的研究课题。"给人以思考，又给人以想象。

在第十五章中着重讲到城市规划管理学的意义："城市规划管理学，一门历史与现实、自然科学与美学、自然地理与人文地理、天体物候与地质经纬、气象变化与人居的诗情画意相融相辅的综合性主体艺术。"

他所学的专业使他的文学作品多在哲理上凸显。如在2003年轰动一时的纪实报告文学《帝都秦城的苦旅》，着重讲了西咸一体化给两地群众带来福祉，以咸阳大拆迁城市改造，以个例分析，如以东连西安的世纪大道变迁、咸阳人民路的拓宽等变化，来见证西咸一体。以不少感人的建设事例说明古都建设者们以集体的智慧、辛勤工作和劳动建设新城市，满怀信心憧憬美好的未来现代化大城市。

2003年3月，朋友推荐我策划沙石老师《帝都秦城的苦旅》一书在咸阳的新闻发布会，让我感到沙石作品的影响力。当时，邀请了《陕西日报》《华商报》《西安晚报》《咸阳日报》等记者报道此会。著名作家赵熙、李春光等到会祝贺并讲话。同时，全国相关新闻媒体也报道了此书的出版意义和在经济建设与发展中的参考作用以及在文学中的价值。

一部文学作品是通过一个文学形式表现其内在的意义，用哲理阐述，沙石写得透彻。《帝都秦城的苦旅》和《渭水秦川·城市城阙》犹如姊妹篇，从历史中的秦代、汉代到现代改革开放，反映了一切发展是必然，创新是根本。只有创造才使我们所处的这个时代变得丰富，世界才会美丽。

　　沙石是站在一定的高度上看问题，因而有了一定的理论观点。沙石的作品是给我们讲基本的道理，要创造，要奋斗，才会有幸福成果。这就是他的哲学思路。

2018年9月11日

读孙犁先生散文《母亲的记忆》有感

孙犁先生是一位文学大家。他原名孙树勋,河北安平人,是我国现代著名作家。他1927年开始文学创作,1945年发表短篇小说代表作《荷花淀》。著有长篇小说《风云初记》,小说、散文集《白洋淀纪事》,中篇小说《铁木前传》,文学评论集《文学短论》等。他对于中国现代和当代文学有着多方面的贡献。文学作品风格朴实,耐人寻味。他被当作著名文学流派"荷花淀"派的创立者。

《母亲的记忆》将几个生活细节串联起来,就像一串珍珠一样醒目,但表现了母爱。天下母爱高于一切。孙犁母亲生了七个孩子,只有他一个活了下来,母亲把他视为宝贝,对他更是心疼至极。

孙犁作为母亲唯一的儿子,以细节描写表现母亲的个性和对母亲崇高的爱,让人思考。人生第一启蒙之人是母亲,养育我们的也是母亲。关于母亲的文章虽有千万篇,但孙犁用简单几个细节就把母亲的爱和特点说得深刻,启示每个人热爱自己的母亲,有一定教育意义和社会作用。

孙犁先生散文风格最大的特点就是朴素无华。《母亲的记忆》如一幅素描画,又如同一幅速写,让人注目深思,感受到母亲深深的爱。实际上,孙犁的大部分文学作品仍然是朴实中见真情。

就如作家管蠡著写的《孙犁》一书上分析他的散文创作特点:"孙犁不但是一位成就卓著的小说家,而且是一位风格独特的散文家。他在散文创作上的成就,并不亚于小说。"

孙犁的散文创作,就其发展过程来说,应当是始于抗战时期,成长于土改时期,长足的发展却是在新中国成立以后。

20世纪40年代初,他有《识字班》《投宿》等散文问世。后来到延安,又以长篇散文《游击区生活一星期》连载于重庆的《新华日报》。

回到冀中，用三年时间，连续发表《三烈士事略》《塔记》《相片》《天灯》《织席记》等二十余篇作品。

中华人民共和国成立后，他由农村根据地进入天津，面对城市生活，感受很多，随之写下大量生活速写。几年当中，先后写了《新生的天津》《人民的狂欢》《学习》《节约》等二十余篇。他几乎是利用散文的形式，记述了他半生的经历。此时在读者中广为传诵的《童年漫忆》《乡里旧闻》《书的梦》《画的梦》《戏的梦》等，都是在这一时期写出的。《母亲的记忆》是在1982年12月时写的。此时，孙犁的散文作品不但数量大幅度增加，而且风格上也有了显著的变化。

孙犁的散文同他的小说一样，都是时代生活的真实记述。如果把他历年来所写的散文以反映的生活年代为序排列起来，就不难发现那一幅幅各自独立又彼此相连的斗方白描，几乎反映了半个多世纪的社会发展。从那里，是可以听到生活前进的脚步声的。

孙犁十分看重文艺的民族传统。他的散文，继承并发扬了先秦诸子散文名家、汉代历史散文名家、唐宋散文名家的现实主义精神和朴实、简洁、自然、流畅的文风。他反对写文章装腔作势、拿架子。他认为："心地光明便有灵感，入情入理就是文章。"若拿起架子，那就失败了一半。他的散文，既无辞藻华艳之弊，也没有刀削斧砍之痕。他似乎只是以生活的语言和生活中交谈的方式去表现生活的。读起来如友人交谈，如邻里相叙，平易而亲切。

孙犁的散文也是很美的。美在真挚而生动的生活情趣，美在形象而鲜明的生活画面，美在深刻的生活哲理，美在旁敲侧击的语言艺术。这一切，形成了孙犁散文特有的风格。

"真诚"，这是孙犁文学观的总题目。孙犁在自己的著作中反复强调：文学要"真诚和真实"。"我国文学艺术的现实主义传统的特点之一，就是真诚。""作家应该说些真诚的话。如果没有真诚，还算什么作家？还有什么艺术？"在我看来，孙犁所说的真诚，是指一个作家对待人生、对待文学事业的总的态度。可以说，真诚，是孙犁文学创作的精魂。他的一系列的文学观念，大都是由此派生而来。

孙犁主张"文艺是为人生的"。他指出："文学是追求真美善的，宣扬真美善的……我始终坚信，我们所追求的文学，它是给我们人民以前途、以希望的，它是要使我们的民族繁荣兴旺的、充满光明的。"因此，孙犁不赞同文学无目的论。他认为："文艺虽是小道，一旦出版发行，就也是接受天视民视、天听民听的对象，应该严肃地从事这一项工作，绝不能掉以轻心，或取快一时，以游戏的态度出之。"

孙犁信奉的是现实主义。他所说的现实主义，是一种内涵宽泛的现实主义，上自庄子、司马迁、柳宗元、蒲松龄、曹雪芹，下至鲁迅、赵树理，他们的作品，孙犁认为都可以包括在中国现实主义文学传统之内。在这里，现实主义已不单是一种创作方法，更是一种创作精神，一种热烈地拥抱现实，真实地反映现实，积极地推动现实生活前进的现实主义精神。

孙犁倡导的现实主义，是一种严格忠于生活、忠于时代、忠实于作家自己的真情实感的现实主义。正像他说的："创作的命脉，在于真实。这指的是生活的真实和作者思想意态的真实。这是现实主义的起码之点。"而要忠实地反映现实，首先就要深入现实生活，认识现实生活。他说："对于现实，对于生活，我们的态度，应该是看得真切一点，看得深入一些。没有看到的，我们不要去写，还没有看真看透的东西，暂时也不要去写，而先去深入生活。我们表现生活，反映现实，要衡之以无理，平之以无良。就是说要合乎客观的实际，而出之以艺术家的真诚。"

孙犁一贯主张"艺术与道德并存"，任何时候，正直与诚实都是从事文学工作必须具备的素质。

孙犁认为，作家的道德、情操，对于创作具有决定性的意义。他说："对于文章，作家的情操，决定其高下……情操就是对时代献身的感情，是对个人意识的克制，是对国家民族的责任感，是一种净化的向上的力量。"孙犁强调作家要有一颗"赤子之心"。要想使我们的作品有艺术性，就是说真正想成为一个艺术家，必须保持一颗单纯的心，即"赤子之心"。有这颗心就是诗人，把这颗心丢了，就是妄人，说谎话的人。保持这种心地，可以听到天籁的声音。为此，孙犁一再告诫一些青年作者，要抵制名利的诱惑，警惕吹捧之风的侵袭，防止各种不正之风的污染，要甘于寂寞。他指出："文艺之途正如人生之途，过早的金榜、骏马、高官、高楼，过多的花红热闹，鼓噪喧腾，并不一定是好事。"

总之，在文学的目的、文学道路、作家的素质这三个基本的问题上，孙犁主张要真诚地对待文学、对待历史、对待生活、对待自我。这样，"心地光明，便有灵感，入情入理，就成艺术"。

小说家的孙犁和散文家的孙犁是并存的。特别是孙犁新时期的散文，不仅数量多，而且内容广泛，真可谓是达天人之理，通古今之变，表现出一位历尽沧桑的老人对人生和文学的深沉思索。文学界有"南有巴金，北有孙犁"之说，巴金和孙犁被誉为"当代散文星空中的双星"，从中可以看出孙犁在当代散文创作中占有的突出地位。

在散文创作中，要求有真情实感，反对虚伪矫饰，这是孙犁散文创作总的美学追求，孙犁的散文创作理论和散文创作实践，为我们提供了许多有益的启示和经验。

孙犁主张散文"要有真情，要写真相"。散文作为一种最个性化的文体，更要讲究"实"和"信"。"实"，就是实有其事，实实在在；"信"就是文章要取信于今人，取信于后世。因此孙犁认为写散文"最好用历史的手法来写。真真假假，真假参半，都是不好的"。他特别强调要尽可能写出此时的真情实感："所谓感情真实，就是如实地写出作者当时的身份、处境、思想、心情，以及与外界事物的关系。"像孙犁在战争年代所写的许多作品，大多是"有所见于山头，遂构思于涧底；笔录于行军休息之时，成稿于路旁大石之上；文思伴泉水而淙淙，主题拟高岩而挺立"。他的散文正是做到了实与信，才成为不可多得的民族历史和作家心灵历程的真实记录。

孙犁散文的第二个特点是所见者大，取材者微。如《回忆沙可夫同志》《清明随笔——忆邵子南同志》《远的怀念》《伙伴的回忆》《悼念李季同志》等，常常是通过一些所谓细枝末节的小事、琐事，表现出一个人的个性和他的精神风貌。有的散文，如《相片》《天灯》《石子》《黄敏儿》《成活的树苗》《青春余梦》《火炉》等，也大多是从具体事物写起，从中引出一种见解、一种道理。所以孙犁的散文题材细小而内容博大，文字平易而思想深邃，是属于一种高境界、大手笔的散文。

孙犁散文的第三个特点是直面人生,直言是非。作为一位有丰富生活阅历又善于思索的老者,孙犁有着更清醒的社会观察和更深刻的人生体验;同时,诚实和正直的品格,使他敢于讲真话,不论是针砭时弊,还是批评错误缺点,总是直言不讳。他为很多作家写的序跋,为许多亲朋好友写的悼文,都能做到不溢美,也不隐恶,既有情致,又有分寸。他说:"我为人愚执,好直感实言,虽吃过好多苦头,十年动乱中,且因此几至于死,然终不知悔。"他对现实生活与当代文坛上的种种消极、丑恶现象,诸如嫉贤妒能,阿谀逢迎,见风使舵,追名逐利,格调低下,官浮于文,赶浪头等,更是痛加鞭挞,不留情面。孙犁讲:"我九死余生,对于生前也好,身后也好,很少考虑。"可以说,他摒除了一切私心杂念,只对历史负责,对神圣的文学事业负责,对自己的艺术良心负责。同巴金一样,他把自己的生死荣辱置之度外之后,就有了一种真正的大勇。

孙犁散文的第四个特点是"低音淡色",朴实自然。孙犁在讲到自己创作散文的体会时说:"散文短小,当然也有所谓布局谋篇,但我以为,作者如确有深刻感触,不言不快,直抒胸臆即可,是不用过多构思设想的。散文之作,一触即发。真情实感是构思不出来的。"孙犁的散文,一般不太讲究篇章结构,更很少有虚张声势的激昂慷慨之词或扑朔迷离的故弄玄虚之语。他只是用细致的笔触、轻淡的色彩,去描绘现实生活中人们所习见而易于忽略的心理和景象,有一种单纯的美,朴素的美,自然的美。如一幅幅生活原状图,一幅幅大自然天然形成的风景图画,让人探索,让人向往。他的文章尽情纵意,该行则行,当止则止,无任何人工斧凿的痕迹。孙犁在评论贾平凹的散文时说:"出于自然,没有造作,注意含蓄,引人入胜,能以低音淡色引人入胜,这自然是一种高超的艺术境界。"孙犁的散文,正是达到了这种高超的艺术境界的作品。

最后,还应特别提到孙犁散文的短小。孙犁的许多散文,大都是千把字。他是当代文坛上少有的短文作家。我认为,短不只是一个作家运用语言文字的能力与技巧的问题,从根本上讲,仍然同真情实感有关。有了真情实感,才能删除空洞、浮泛之词,使文章做到短而精。短,也同作者的生活根底有关。作者阅历深广,就能更准确地把握事物的本质,从自己丰富的生活积累中选择出最有意义，最有表现力的部分，使文章做到简而明。

孙犁面对文坛上由于故弄玄虚、夸张虚伪，追求华丽而造成散文的篇幅越来越长的现状，曾发出感叹："欲求古代之一千字上下的散文，几不可得。"而孙犁的散文，则可以成为我们学习创作短而深、短而美的作品的范文。

孙犁是一面不褪色的文学旗帜，他吸引、召唤着一代又一代的作家、艺术家去为真善美而奋斗、献身。孙犁的作品是一座文化宝库，那里有无数思想的、艺术的瑰宝等待我们去勘探发掘。

孙犁又是一个伟大的矛盾体，需要我们怀着一颗赤诚的心去接近他、理解他、认识他、评价他。孙犁是说不尽的。

我虽然没能认识孙犁先生，但从他的作品中可看出他的为人实在。坦诚做人是我们每个正直人的根本常识，孙犁为我们做人也树立了榜样。1993年，由于工作关系，我去了河北京深高速公路勘探工区，休息时，去了邯郸市，在邯郸市火车站十字一位老人摆的书摊中有幸买了一本作家艺术家文学传记丛书《孙犁》，让我更加深入了解了孙犁先生的人生成长过程和文学创作经历，让我也从中得到了很好的教育和启发。人生要如此真诚、坦诚，文学更应该如此。我从此书中知道了孙犁成为文学大家，与他从小刻苦读书以至到老年发奋读书是分不开的。十岁时，他便认真阅读了《红楼梦》。进入中学之后，阅读的范围更加广泛，他除去继续阅读中外文学名著，特别是文学名著《铁流》《毁灭》等之外，还阅读了不少哲学、历史、伦理等基本理论书籍，又认真阅读了几种马列主义的经典，还十分尊崇鲁迅，不但热衷于阅读他的小说，而且热衷于阅读他的杂文，对于当时报纸杂志上发表的鲁迅的文章，每次都是反复默读，直到背诵下来为止。可见孙犁读书的刻苦程度。

孙犁先生的作品之所以受广大文学爱好者喜爱，就是因为他的作品有吸引人之处，朴素、真实、耐读。他的散文《母亲的记忆》就是其中的代表作。他让我们每位读者想到了自己的母亲，细微之处见母爱。文学不老，朴素长存。

2018年10月19日

胡适散文《我的母亲》的艺术感召力

胡适，原名嗣穈，学名洪骍，字希疆，后改名适，字适之，笔名天风、藏晖。其中，适与适之的名与字，乃取自当时盛行的达尔文学说"物竞天择，适者生存"。1891年12月17日生，安徽绩溪上庄村人。毕业于美国康奈尔大学、哥伦比亚大学。因提倡文学革命而成为新文化运动的领袖之一，成为现代著名学者。他是中国白话文的倡导者，新文化运动的开拓者，并荣获三十五项美国博士桂冠。作为中国现代自由主义的先驱，胡适的思想影响了"五四运动"以来的新文化运动，曾担任北京大学校长。他兴趣广泛，著述丰富，作为学者，在文学、哲学、史学、考据学、教育学、伦理学、红学等领域都有深入的研究。他首创新红学，重修禅宗史，以及用历史演进法来研究中国章回小说。胡适深受赫胥黎与杜威的影响，毕生宣扬自由主义，是中国自由主义的先驱；毕生倡言"大胆地假设，小心地求证""言必有证"的治学方法，以及"认真地做事，严肃地做人"的做人之道。

胡适的文采，用在表达对母亲的感情上胜过一切。母亲的严格教育，使他在幼时刻骨铭心，对他日后走向成功起到了重要作用。

胡适的散文《我的母亲》以真实、朴素的语言全景式对他的母亲以无比敬仰之情进行叙述描写。让人感到他母亲的坚毅，对屈辱的忍耐和处事的淡定，以及对他严格的教育，使他从小受母亲的教诲，成长为中国现代文化名人，让读者感叹胡适母亲的伟大。

《我的母亲》其艺术感召力就在于有极强的情感穿透力，家庭不寻常的人员结构，使他母亲以一个年轻主人的身份主持家事。朴实的语言，让人感到伤感，其艺术魅力也在于有戏剧色彩，是旧中国时代家庭的浓缩版。

让人感悟，不平凡人的成长历程往往早就有一个伟大的人在衬托，那就是他的母亲。

如其文："每天天刚亮时，我母亲便把我喊醒，叫我披衣坐起。我从不知道她醒来坐了多久了。她看我清醒了，便对我说昨天我做错了什么事，说错了什么话，要我认错，要我用功读书。有时候她对我说父亲的种种好处，她说：'你总要踏上你老子的脚步。我一生只晓得这一个完全的人，你要学他，不要跌他的股。'（跌股便是丢脸，出丑）她说到伤心处，往往掉下泪来。"这平实的叙述，让人看到胡适母亲期盼儿子早日成才的一番苦心。

还有感人之处，如"我母亲管束我最严，她是慈母兼严父。但她从来不在别人面前骂我一句，打我一下。我做错了事，她只对我一望，我看见了她的严厉眼光，就吓住了。犯的事小，她等到第二天早晨我睡醒时才教训我。犯的事大，她等到晚上人静时，关了房门，先责备我，然后行罚，或罚跪，或拧我的肉，无论怎样重罚，总不许我哭出声音来。她教训儿子不是借此出气叫别人听的。"其叙述反映出胡适母亲虽然文化不高，但她有自己管教儿子的方法。

幼小的胡适不懂事，为了穿一件小衫顶撞他的姨母，被他母亲看见。"她说：'穿上吧，凉了。'我随口回答：'娘（凉）什么！老子都不老子呀。'我刚说了这句话，一抬头，看见母亲从家里走出，我赶快把小衫穿上，但她已听见这句轻薄的话了。晚上人静后，她罚我跪下，重重的责罚了一顿。她说：'你没了老子，是多么得意的事！好用来说嘴！'她气得坐着发抖，也不许我上床去睡。我跪着哭，用手擦眼泪，不知擦进了什么微菌，后来足足害了一年多的眼翳病。医来医去，总医不好。我母亲心里又悔又急，听说眼翳可以用舌头舔去，有一夜她把我叫醒，她真用舌头舔我的病眼。这是我的严师，我的慈母。"这是文中的第七自然段，就是文中最经典的地方。让人看来，作为一个母亲又气又疼孩子，这是天下所有母亲的天性。胡适母亲独特的教育方法就是用言行去表现，赏罚分明，体现了与众不同的大家妇女要求儿子规矩做人的品格。文中为天下母亲树立了教育子女的风范和榜样。

后来还有写母亲生活的不易，以及处境，重重几笔让读者都觉得煎熬。"我母亲二十三岁做了寡妇，又是当家的后母。这种生活的痛苦，我的笨笔写不出万分之一二。家中经济本不宽裕，全靠二哥在上海经营调度。"还有文中写到同父异母的大哥从小就是败子，吸鸦片、赌博，大嫂是最无能又最不懂事的人，二嫂是个很能干而气量很窄小的人，两个人关系不和睦。五叔是个无正业的浪人。胡适母亲面对这样的情况，气量大，性子好，作为后母，事事留心，格外容忍。还有文中写道："我母亲待人最仁慈，最温和，从来没有一句伤人感情的话。但她有时候也很刚气，不受一点人格上的侮辱。"是因五叔说他母亲坏话，他母亲叫几位本家的人来当面质问，直到五叔当众认错赔罪，母亲才罢休。反映了胡适母亲的正义感、自尊感，也是中国传统妇女美德的表现。这就是胡适母亲的勇敢之处。

文中最后一段讲述胡适被母亲管教了九年，是他人生最宝贵的财富，对于他后来在待人接物和气，宽恕人、体谅人方面起到了重要作用。他的人生第一任最亲近的老师，就是伟大的母亲。

1918年11月，胡适劳碌一生的母亲在家乡不幸病逝，终年四十六岁。悲痛欲绝的胡适与刚完婚不久的妻子江冬秀回家奔丧，写下《先母行述》：生未能养，病未能侍，毕世勤劳未能丝毫分任，生死永诀乃亦未能一面。平生惨痛，何以如此！

胡适用功读书，成为现代文化学者，他母亲的教育成了他早期的宝贵财富。他把母亲的一番苦心早已化作了自身的动力和力量，一直在努力做文化和哲学的探究者。他从小养成良好的读书习惯，一直到老都始终保持着，让我们学习。

胡适母亲冯顺弟最伟大之处是她知道教育儿子要早读书、多读书，才能改变人生命运的长远意义。她知道作为续弦的责任，那就是助夫教子。自从丈夫胡传去世后，她知道只有把胡适培养成才，像她丈夫一样有学识，为胡传争气、争光，才不愧对早已去世的丈夫。因此她对胡适严加管教，为胡家再创一片辉煌。因而胡适《我的母亲》一文就是对母亲最好的评价，再现中国优秀母亲代表形象，使一个感人的伟大母亲形象展现在读者面前，给人们以启发。冯顺弟这位伟大母亲出身旧封建旧时代旧传统，一生默默无闻，为中华民族养育了新文化的领袖胡适。古今许多名人成长之初都离不开父母的教诲，尤其是母亲。胡适母亲说她夫君是一个"完全的人"，她自己又何尝不是呢？

胡适散文《我的母亲》艺术感召力已超出它的文学价值，他的写作构思主线以母亲为主,但贯穿着整个胡家,让人有俯瞰全貌之感,浓缩了一个旧时代家族的兴衰,给人警示,现实教育意义深远。艺术在于生命力的长久,《我的母亲》之所以成为经典美文,就是因为它有经久不衰的生命力。

2018年9月17日

李宏涛先生的书法与人品

　　认识李宏涛先生是我在咸阳民营企业家协会时，李勇常务副会长带我去李宏涛先生那儿联系书画活动，便与他熟悉了。后来常看到他的书法作品，他的书法与他的人一样朴素、秀美、耐看。他的书法作品以行书为主，内容以古诗词居多。如唐宋诗词，诗词以行书表现，更显得诗书为一体的动感美，他把书法写活了，似乎注入了生命，使其有了灵气。

　　如写两首唐诗，孟浩然的《春晓》："春眠不觉晓，处处闻啼鸟。夜来风雨声，花落知多少。"王维的《渭城曲》："渭城朝雨浥轻尘，客舍青青柳色新。劝君更尽一杯酒，西出阳关无故人。"两首诗本是千古传唱的名篇，他如神的笔写得字体整洁，布局巧妙，下笔如行云流水，潇洒自如，字压纸有力却有飞跃之势，真不愧是老道的书法家。

　　后来知道，他学练书法是从儿童时期开始的。他是耀州区人，曾任咸阳博物馆馆长，与著名书法家钟明善师出同门。可见他的书法功力很深，几十年习练书法，也临摹了不少古代著名书法字帖，他刻苦学习书法理论，书法修养到了一定层次，成了咸阳、西安乃至陕西的书法名人。咸阳有许多牌匾都是李宏涛先生的杰作，如写"咸阳渭城中学"，有历史厚重感，秀美且文化气息浓厚，悬挂在学校大门口，引人注目，学校大楼上方几个大字更是醒目夺人。

　　李宏涛先生为人朴实，视名利淡如水，朋友中只要有求字的，他慷慨书写。他还教一些书法爱好者书法技法。一次，他告诉我，习练书法要认真，根据自己的特点选定字体，一定要刻苦练习，一般情况下，练书法要练到十年后，写的东西才可拿出让人看。否则，功力不到，字形松散，字痕无力，成不了章法，就会成为败笔之作，也无法与人交流书法。我听后，耳目一新，似乎长了见识，原来书法这么讲究，从李宏涛先生那儿知道了练书法必须循序渐进,以练基本功为主,日积月累,才会有长进。

有一个故事,可见李宏涛先生更是视金如土。他的老师是一位书法家和画家,既擅长于行书,也能画出好的山水画和花鸟画。老师为了鼓励他,专门为他画了一幅四尺的山水画,以作留念。他便收藏起来,到了20世纪90年代,画价上涨,曾有人出价一百八十万元,欲收购那幅画,李宏涛先生一口回绝,说那是老师送他的,只作为纪念,说不定还要送回老师那儿。

此后,过了几年,老师儿子整理其父生前的作品,手里却只有书法,没有一张画作,后想到只有李宏涛先生有一张山水画。这只是个想法,后来被李宏涛先生知道后,他叫老师儿子取走那张画,老师儿子万万没想到李宏涛先生如此豪爽,因而不好意思取走。为了回报李宏涛先生,老师儿子专门叫钟明善先生写了十几幅书法回赠他。李宏涛先生坚决不收,老师儿子说一定要收,他见推托不了,知道这也是一番心意,只得收下。后来,这个故事在咸阳书画界传为美谈。大家都称李宏涛先生以师生情感为重,视金如土,真诚待人,精神可嘉,值得书画界及文化界学习。

他教育子女也有方,听说两个儿子一个在一家国企做技术骨干,一个在文化部门当核心主管。

李宏涛先生到了八十多岁时,因病去世。他人虽已逝去,但在书法界的书法功力和人品为世人传颂。认识李宏涛先生,他的书品和人品,他的书法境界和真诚为人让人敬佩。

2018年12月30日

岳晖花鸟画欣赏

岳晖是周至人，1964年生，西安美术学院毕业，后在咸阳实验中学当美术教师。与岳晖认识缘起于一次文化活动，同他熟悉了，我俩便常聊绘画之事。

岳晖擅长画花鸟画，画公鸡成为他画作一大特点，他抓住鸡的神韵，羽毛丰满，仰头挺立，将吉祥之意注入鸡的全身，使雄鸡站在石上有昂首挺胸之气势。整幅画给人一种奋进之感，让人振奋，是一幅佳品。

在绘画道路上，岳晖始终注重画的细节，使得作品的品质越来越高。如花卉落墨浓淡、色彩搭配均匀和谐，体现了花卉图的耐看性和美感。如梅花图，枝叶分明，花朵繁茂，有欣欣向荣之势。

我主编《秦汉文化》专刊时，作家王海专门向我推荐岳晖的花卉画，并将岳晖的个人介绍和雄鸡图给我，让我做宣传，供读者欣赏，也丰富了版面的灵动。报纸出来后，岳晖来取时，我们也聊起他绘画的经历，更加深了对他的了解。

岳晖将花鸟画画活了，以至于在教学中、书画展中受学生欢迎，受书画爱好者喜爱。这是他几十年的功力所致。

作为朋友，我有一次劳烦他，问他是否能画山水画，他说："平常不画……主要是花卉。"我说："有朋友想求你一幅斗方山水，可以吗？"他想了想说："那就试试。"这样，一个星期后，他画好了，他打电话约我到他的画室取，实际上，画才画完，画还不太干，他蹲下用电吹风吹干，我看到这个场景很感动，他为了朋友之情认真作画，而且画出了不错的山水画。

社会没有忘记他的作画水平之高超，他现在已担任咸阳市美术家协会副主席、秦都区美术家协会主席等职务。

画花鸟画的画家,能画出好的山水画,可见其基础扎实。岳晖不愧是美院毕业的画家。

2019年1月2日

陆树铭《一壶老酒》的歌曲艺术感染力

电视剧《三国演义》中关羽的扮演者陆树铭，以其成功的表演和内在的气质塑造了关公的形象。关羽"义""勇""智"的形象使全球华人刻骨铭心，关公美名扬天下，陆树铭的名声也随之传天下。

由陆树铭自己作词、自己谱曲、自己演唱的《一壶老酒》表达了他对母亲及天下母亲最真挚的爱。歌词句句感人，曲的韵律起伏有度，加上陆树铭深沉的歌喉，听起来沉重，让人记忆犹新，让广大观众深受感动，让每个人要懂得一个道理：世上只有妈妈好，有妈才有家，要有感恩之心。天下第一善，孝道父母第一位。

2016年10月中旬，我因策划咸阳青年歌手胡国强演唱会，要邀请陆树铭老师担当此演唱会顾问，由胡国强引见，认识了陆树铭老师。他一米九的个子，留有胡须，活生生的关公形象。他与我们谈演出的事，豪爽，为年轻人出主意，与我也交流了策划之事，提出了几个指导性意见。后知道了他唱的《一壶老酒》，听了十几遍，很受感动，陆树铭声情并茂唱出了天下所有子女对母亲最真诚的心。母爱大于一切。

聆听和欣赏《一壶老酒》，给人上了一堂高品位的孝道课，把中国传统美德发扬光大。陆树铭，关公形象的代言人，他把中国传统美德"孝"当作歌曲演绎，传承着孝、义文化，传递着爱心。

2017年6月16日

片言只语

说认人

我们一生,不知要认识多少人。网上有一个资料说道,普通人一生认识的人有2000~3500人,如稍有影响力的人认识的人估计有5000~6000人。

以自己半百的年岁,认识的人约有3000人。叫得上名字的就有1300人左右,平常手机上存储的联系人不到800人。

还从网上知一分析,人一生会遇到2920万人,这些人可能在各种场合上遇到,如车站、码头、宴会上等。我想,我们一般人遇到1000多万人就是不小的数字了。

俗话说,近朱者赤,近墨者黑。说明识人的重要性,甚至关乎人一生的命运前程和事业。

人一辈子认识好人了,首先会感到快乐、幸福,似乎每隔一段时间就会想念对方。

网上有一评论,"有意思的人,总是让人记得很轻松。人的脑容量是有限的,值得记住的人,总是能从他们身上感受一些自己缺少的东西。不给负面记忆留下空间,长此以往,人就会轻盈起舞,越活越年轻。"

认识品位差的人,误人、误事、误时,荒废人生,甚至影响人成长,影响人的健康,甚至成疾。一失足成千古恨,终生遗憾。历史上无数个事例足以证明。

一位优秀者、成功者往往会通过智慧、丰富的生活实践去认人,去寻找与他志趣相投的人。在适合自己的平台上发展、壮大,成就一番事业。

生活中,我们要擦亮眼睛,先要过识人关,识人不清的人,坚决不能结交。领袖、名人、普通人等成长过程无不始从认人。但往往最初认人是通过言语、行动甚至长时间打交道分辨出人的本性。知道哪些人可交,哪些人不可交。

认人的重要性，关系到我们的生存甚至生命。历史上，多少人识人不清，误事、误国。但有许多优秀者能够把握人生，洞察人性，才使事业辉煌。可见认人是多么重要。

认人非一日之功，"人"字好写，不好认，就是这个道理。我认为，认人如同攻克一个难关，一个课题，要长期分析，需要破解。

人作为高级动物生存于世界，改造世界，生来都是一样的，只不过经过婴儿成长到儿童、少年、青年、壮年、中年、老年长期的过程，认识世界，观察世界，长期的知识积累、学习、修行，完整系统的专业学习，长期的生活、劳动实践，直到掌握生存技法，从事某一个行业。通过自我约束，认识事物不一样，各自为自身寻找已定型的类别，才出现了人类的专用词。如伟人、贵人、恩人、亲人、善人、高人、事业人、学问人、文化人、航空人、军人、技术人、公家人、工人、手艺人、匠人、普通人、社会人、梦中人、打鱼人、养蜂人、拾荒人、蜘蛛人、保洁人、病人、变性人、残疾人、恶人、废人、闲人、男人、女人、老人、道人、僧人、俗人、罪人、犯人、下人、江湖人、坏人等叫法。其人生的价值和结果完全不一样。

所以，认人贵在精，不在多。

2017年7月21日

蛹虫草茯茶的魅力

茶道，即人道，品蛹虫草茯茶，知天下冷暖。如果说生命体是由气和血组成，那么茶就是一种生命的调节剂，蛹虫草茯茶就适于现代社会快节奏生活的人群。

蛹虫草茯茶的诱人之处在于它是百分之百发酵，发酵后的茶人喝后无刺激感，被人们称为"生命之茶"。它尤其适合改善现代人的亚健康状态。

发酵茶的最大特点就是去掉了茶中使人兴奋的茶甘酚和茶多酚，真正使人饮后有安神作用，极大地改变提升茶叶的品质，茯茶的特殊口感和功效便由此形成，它大大提高了茶品的保健和药理功效。

蛹虫草茯茶茶体紧结，黑褐油润，金花茂盛，菌香飘扬，香味扑鼻。茶汁枣红透亮，似琥珀色，喝起来绵润可口，醇厚悠长，口感甘甜，浓淡相宜。尤其对"三高人群"、亚健康人群、减肥瘦体人群具有独特的养生保健、强身健体、防止疾病的效果。

2014年

借《汉武大帝》扬咸阳之名

电视连续剧《汉武大帝》在央视的热播，使我们每位久居古城咸阳的群众深感自豪。古咸阳，数秦汉名盛，西汉强大，汉武帝时利用儒家学说加强思想统治，开辟了著名的"丝绸之路"，发展了绘画艺术，尤其以西汉的石刻最有代表性，其中在今茂陵博物馆内为纪念霍去病而刻的"马踏匈奴"石刻，形象、生动、逼真，最为著名。在史学上为中国历史留下了重要的一笔，是司马迁的《史记》和班固的《汉书》，而且班固还是地道的咸阳人。在算学上，有我国古代第一部算学著作《周髀算经》，这部书是我国现存文献中最早引用勾股定理的著作。这一切都是在汉武大帝刘彻执政时国强、民强、人和的显现。

咸阳因有茂陵而骄傲。时下，作为魅力之都，我们更要细心呵护、保护和开发这块资源，大力发展咸阳旅游文化产业，带动其他相关产业成长。《汉武大帝》播放之后，应利用这一时机，再掀起一股宣传咸阳历史文化的高潮。采用形式多样的方法打造魅力咸阳的城市品牌。咸阳之所以有魅力，除过先进的电子工业、石油化工，主要是因为它有着几千年的历史文化内涵。所以，发展咸阳旅游是重中之重，城市建设更要考虑它的"古味"，古味才是咸阳的魅力所在，才是经济依托点。

2005年

说通畅

通畅，说的就是首尾相通。如人的身体必须气血通畅，人才有精神。

人有病了，是身体哪个部位受阻了。遇事，想不通，便会有心结。打通心思，才通畅。通畅，对人来说，至关重要。气顺，一切都顺。如排毒养颜，喝水解渴，稀释血液，每天大小便，讲的都是通畅。

说话是表达心声，说到点子上，说到道理上，才会让人心服口服，也称之为心理通畅。否则，不通的话，难以让人心服口服，会成为矛盾点。

合理利用资源，修路架桥，是保障直达、快速发展经济，是为了通畅。

通畅的含义成了有生命的活动主体。那么，我们只有尊重通畅的科学性了。实际上，世界一切万物都包含着"通畅"意义。

2018年11月12日

后记

  年过半百，才知健康的重要，时光匆匆如流水，要珍惜每一天。回望几十年来的点点滴滴，铭记在心里的是令我感动的人、感动的事、感动的物，才使得我写下这本集子。通过语言文字记录和描述表达我的心声，抒发向上的精神。杰出者、普通人都在这个世上走动，留下的是自我价值的体现。发挥才能，才算是为社会做了些有益的事。

  美好的事物使人有所感悟，让人落笔抒情，有了实感，才有了文章。有感而发才有了对心灵的撞击。

  早有出散文集的想法，只是散章零篇不能构成册，经过多年的积累，才在如今问世。

  散文集的出版，离不开朋友的支持，这里特别感谢刘炜评教授作序、王海兄、朱鸿教授评鉴，以及解伟先生、李勇先生、蒙永先生给予的大力支持。还要感谢帮忙打印的胡婕女士和出版社的马凤霞编辑、关珊编辑的辛勤工作，王威老师等亲友的关心，以及印刷厂的员工们精心设计和印制。有了他们，我才有了后盾，才使这本散文集能圆满出版。

  这本散文集，使我在文学创作道路上迈出了重要的一步，今后还得加深文学修养，继续努力学习，再写出能让人感动的作品来。创作之路依然艰辛，但选择了这条路，就要进一步完善、修炼自己。

  因集子中人和事稍有时间等方面的偏差，敬请谅解。

2020年10月26日于咸阳